卡梅里亚的哲学世界

[西班牙] 胡安·安东尼奥·里维拉 著
王语琪 译

海南出版社
·海口·

图书在版编目 (CIP) 数据

卡梅里亚的哲学世界 /（西）胡安・安东尼奥・里维拉著；王语琪译. -- 海口：海南出版社，2020.10（2021.5 重印）
书名原文：Camelia y la Filosofía
ISBN 978-7-5443-9433-8

Ⅰ. ①卡… Ⅱ. ①胡… ②王… Ⅲ. ①长篇小说－西班牙－现代 Ⅳ. ① I551.45

中国版本图书馆 CIP 数据核字 (2020) 第 154638 号

卡梅里亚的哲学世界
KAMEILIYA DE ZHEXUE SHIJIE

作　　者：［西班牙］胡安・安东尼奥・里维拉
译　　者：王语琪
监　　制：冉子健
责任编辑：张　雪
封面设计：冉子健
责任印制：杨　程
印刷装订：北京天宇万达印刷有限公司
读者服务：唐雪飞
出版发行：海南出版社
总社地址：海口市金盘开发区建设三横路 2 号 邮编：570216
北京地址：北京市朝阳区黄厂路 3 号院 7 号楼 102 室
电　　话：0898-66812392　010-87336670
电子邮箱：hnbook@263.net
经　　销：全国新华书店经销
出版日期：2020 年 10 月第 1 版　2021 年 5 月第 2 次印刷
开　　本：880mm × 1230mm　1/32
印　　张：8.625
字　　数：221 千
书　　号：ISBN 978-7-5443-9433-8
定　　价：52.00 元

我不禁问自己，究竟是谁把人类定义成理性动物的。这真是最不成熟的定义之一。

——奥斯卡·王尔德（Oscar Wilde）

致华金·特利戈·波尔德拉，

谨以此书纪念哈维尔·普拉泽拉，

感谢他们在关键时刻所给予我的支持。

编者序　打开哲学世界的大门

生命中难免会有压力与不安，世界的荒谬与不公也无法完全消弭，我们时常看到追逐名誉、权力、金钱等虚假的东西是如何让人误入歧途的。什么是最好的生活？做什么才是真正正确的？努力究竟值不值得？追求成功的代价有多大？……我们在工作、学习与生活中遇到的这些困惑催促着我们对人生、世界与价值进行深入思考，而当我们开始反思这些问题的时候，就已经开始探索哲学了。

每每提及哲学，人们都以为这是一门高深的学问，并因此望而却步。然而事实却是，哲学是我们生活中一个触手可及的存在，诚如胡安·安东尼奥·里维拉所说，“哲学就是对在常人看来稀松平常的对象进行思考”。因此，每个人都可以进行哲学思考，每个人都可以是哲学家。而哲学最鲜为人知的魅力恰好也在于，即使对哲学理论一无所知，我们仍然可以在日常的点滴中对周遭的一切展开思考，进而窥见世界的真相。

梭罗在《瓦尔登湖》中说，“成为哲学家的先决条件不仅是拥有深奥的思想，甚至也不是创建了某个学派……而是解决生活当中的一些问题，不是在理论上，而是实践上解决”。可见，认识哲学最好的方式并非阅读过去伟大的哲学著作，也不是学习严肃又严谨的哲学史，而是直接思考与人们生活有关的种种哲学问题。一旦这种思考活动开始，我们就打开了进入哲学世界的大门，而思考得越深入，就越能理解哲学家的著作，越能理解哲学发展的脉络。

鉴于此，海南出版社策划推出了这本哲学入门书，希望书中所述能够使你对生活有所思考、有所感悟。

《卡梅里亚的哲学世界》以小说的形式记叙了高中生卡梅里亚（卡梅）与其哲学老师贝尔之间的故事。卡梅将其一学期所上的哲学课的课堂笔记浓缩成36封信，在信中她探讨了一系列问题。比如：认为努力不值得就是贬低生命的价值？像尼采一样向困难挑战，是不是很愚蠢？这世上最重要的不是幸福——这听起来很令人费解吧？为什么理性不能实现乌托邦社会？法律为什么不能禁止所有危害他人利益的行为？……当哲学与日常生活、现代科学建立起联系，我们就可以在彼此的互动中追溯一些核心问题，开启一场哲学世界的探险之旅。

作者胡安·安东尼奥·里维拉作为西班牙哲学界富有洞察力的学者，对哲学的思考总是与当代重要的科学紧密相连。他将我们带入一个全新的哲学世界，并在其中与经济学家、心理学家、神经科学家展开跨越时空的思想交锋，在轻松、有趣又不失深度的前提下传达出他对哲学问题的关切与反思。

也许，阅读本书并不能让一直以来困惑着我们的问题得到解答，但它可以为我们提供一种新的思考世界的方式。

人生中可能会遇到的问题数不胜数，最重要的当属"人生有什么意义"。很多人弄不清楚自己生存的价值，于是常常和人比较。然而，一味地拿自己跟别人比较，又常常让人迷失自我。其实这种比较毫无意义，因为根本没有可依据的标准，自然比较不出什么。那么在不可比较的情况之下，什么才是最重要的呢？如果你能开始反思、追问，向内心探求答案，本书的目的就已经达到了。

法国哲学家笛卡儿认为，一切我们所认为是天经地义的常识与道理，都不可靠，我们眼中的世界，乃至整个生活本身，也许是"一场不停息的梦幻"。我们所要做的，并非是要以微薄之力改变世界，甚至不是要找到改变世界的方法，而是要改变自己，改变自己思考世界的方式，哲学正好提供了这样一种方式。

这对于正在成长、逐渐成熟的青少年来说，尤为重要。周国平先生曾说，倘若你更想让孩子成长为一个优秀的人，哲学就是“必修课”。

随着内在自我的慢慢觉醒，青少年的探寻之心也在蓬勃生长，他们正以无限的好奇心面对世界、人生与自我。由于没有遮蔽智识的欲望，他们可能比汲汲于俗世功利的成人更容易接近真相。又因为还没有建立独立的价值评判标准，在面对既定的结论、理所当然的偏见与习以为常的规则时，他们常常质疑自己的判断的合理性。再加上涉世未深、阅历不足，他们更是极容易放大自我的情绪、情感体验，孤独感和压抑感便与日俱增。如果放任不管，很容易成为一生的心理羁绊。哲学思考因此而被需要。通过对有关世界和人生的一些问题进行思考，我们可以收获哲学的思维方式。《卡梅里亚的哲学世界》把哲学与科学的对话当作探索哲学的重要方法，通过在各个领域对于世界与人生的设问与解答，我们将更容易认清世界的真相，也将在追寻智慧的旅途中开辟出更多的可能性。

首先，会让我们越来越了解这个世界。在整个人生之中，怀疑与探究促使我们对根本的人生问题进行思考，进而形成自己的判断。而较早地想通一些根本性的问题之后，也更容易建立起自己的价值观——知道什么是真正正确的。这会让我们更加了解这个世界、更加了解自己，从而找到最适合自己的生活方式——成为自己该成为的人。而“成为该成为的人并不意味着必须成为公务员、科研人员或士兵。因为一旦成为自己应当成为的人，便已经完成了自己人生的使命”，托尔斯泰如是说。的确，生命只有一次，尽力尝试自己想做的，把自己真正喜欢的事情做好就是最好的生活方式。除此之外，只知按部就班地生活的人，无异于行尸走肉。

其次，会让我们成为有想法的人。每个人所接触到的世界都是不完整的，对于世界的理解自然无法做到完全清晰，因而有局限是不可避免的。当我们学会用哲学思辨的眼光去看那些所谓“正确”的以及“合理”的东西的时候，就已经挣脱了权威与桎梏，摆脱了成见与偏见，重新确立起生活的意义。更重要的是，我们会在心中埋下自由思考的种子，逐渐获得自由思考的能力；会学着接受不同的观念，尤其是与自己的看法不同的观念，自己的思想也更具包容性；会知道如何与和自己想法不同的人交流，思考他们的想法到底有没有道理，进而接受其中积极的部分。

再次，会让我们更容易获得自我认同。很多人在不同的人生阶段都经历过迷茫期、焦虑期，有时是因为看不清自己未来的方向，有时是因为与某些同龄人之间天壤般的差距，但归根结底都是无法在与世界和解的同时达到自我认同，而陷入自我怀疑的怪圈之中。然而，倘若一直让自己沉浸于怪圈，可能这一生都无法让自己满意。只有深入迷茫、焦虑的背后寻找自身情感力量的源泉，让自己与周围的环境、与自我达成和解，才能够实现自洽，才能获得真正的成长。正如本书所言，一个人对自己更有信心，内心也会感受到更多的愉悦。

希望本书能陪伴你在探索哲思之路上永不停步。

目录

女老师的自我介绍

故事开始的时间不提也罢。不过要说明一下的是，我虽然才 30 岁出头，却自视为一名久经沙场、经验丰富的哲学老师。我在巴塞罗那附近小镇的一所学校教书，从校园可以远眺环绕市区的科利塞罗拉公园[①]。今天是开学的第一天，和往常一样，新学期开学时我总是情绪低落，能怎么办呢？我不是那种使命感极强、整日盼望着早点去给学生上课的老师。这种人假期也过得不开心，他们总希望能赶快结束恼人的长假，投入到循规蹈矩的工作中去。不，虽然学生们的陪伴让人轻松愉快，我却一点儿也不想念他们。至于和同事们的交往，就更无法用“轻松”来形容了。不过，我还是来上班了。作为一名职业教师，如果有同事或是教过的高二学生在走廊碰到我，走过来问我“假期过得怎么样”，我就回答“还可以”。如果有人问我“这学期学什么”，我就含糊地回答“回头再告诉你”。我一边亲切地和他们打着招呼，一边想着：心里这么闷闷不乐和不情不愿，要是被谁看透了，可就糟了。

这学期每周一早晨我值班。新学期开始，还不用特别认真。我钻进哲学教研室，打开电子书阅读器，开始读那本不知道已经读过多少遍的

① 科利塞罗拉公园，近巴塞罗那市。——译者注（除非特别说明，书中注释均为译者所注。）

《道林·格雷的画像》(*The Picture of Dorian Gray*)①。这是我第一次读这本书的电子版，每当感到不自信的时候，我都会打开这本书。在读到亨利爵士那句意味深长的话时，我不禁笑了："比起原则，我更喜欢的是人本身，在这世上，我最喜欢的就是没有原则之人。"铃声响起，上课的时间到了。我关掉电子书阅读器，把它塞进包里，不慌不忙地走向高一年级的教室。学生们陆陆续续进入教室。"淡定，亲爱的，淡定，"我安慰自己，"不过是年年都要表演的小节目，没人比你更熟悉了。"

我一声不吭地走进教室，从文件夹里掏出花名册，然后镇定地抬起双眼，用审视的目光望着那二十多张正看向我的面庞：真是戏剧般的景象。实际上我什么也没看清，眼前只是一大片混杂在新鲜雾气中的脸蛋和身体，这雾气只能随时间的流逝而消散。那时，学生们的模样才会从这幽暗的"蝙蝠洞"中浮现出来。我感到有个留级生像对同犯似的冲我笑，但这会儿我选择无视他。我的眼睛从教室的一边扫视到另一边，直到所有人都被此刻的寂静弄得浑身不自在。这时我才吐出下面一段例行公事的话：

"早上好，我是贝尔特丽思·梅合阿·索贝开丝，你们这学期的哲学老师。现在我点一下名，如果有同学希望我用小名或是昵称称呼他，最好在我念到名字时说明一下。不然，过了这个村可就没这个店了。"

学生们听完这话，刚刚还紧绷着的、像接到红色警报的脸顿时放松了。我听到了几声窃笑，教室里冷漠庄严的气氛一下消失得无影无踪。

就这样大约过了两个星期。周三值晚班时，一名叫卡梅里亚的高一新生出现在哲学教研室门口。她叫加米丽，也叫卡梅里亚，或者卡梅（她说她喜欢大家这么叫她）。看来这将是率先从那片迷雾中浮现出的面庞之一。我打算了解一下她此次来访的目的。

---

① 英国作家奥斯卡·王尔德的小说，讲述了美男子道林·格雷和一幅画像之间的奇妙故事。

“是敌是友，都请进。”我听到她在敲“鸽子窝”的门，回答道。哲学教研室因为位于学院大楼的最高处，也被大家叫作“鸽子窝”。

“您好。是我，卡梅。”她一边说着，一边不客气地走了进来，仿佛走进了自家的厨房。

“卡梅？哦，对，加米丽·拉克曼。你的名字是‘加减’的‘加’，对吗？”

“对，我的阿拉伯名字叫加米丽，在西班牙语里念‘卡梅里亚’，我喜欢大家这么叫我，叫我‘卡梅’也行。”

“卡梅里亚，真好听。‘茶花女’的西班牙语也念作‘卡梅里亚’，还有威尔第的歌剧[①]……哦，对了，快请坐。”这时我才发现卡梅没等我邀请，已经在桌边的椅子上坐了好一会儿了。我有点儿尴尬，这些都没逃过卡梅的眼睛，她冲我高兴又大方地笑了一下。

“这姑娘可不会轻易不好意思。”我暗暗想。

“卡梅里亚是一种花。”她用老师的口吻解释。

“是的，是茶花。”

“我一个姐姐叫纳吉斯（这个名字在阿拉伯语中男女通用），就是西班牙语中水仙花的意思。另一个姐姐叫瓦尔达，是玫瑰花的意思。”

“你看你，多好，家里就是花园。你父母很会取名字，他们应该懂诗歌吧？”

“我妈妈喜欢诗歌，我们的名字都是她取的。爸爸对这个一直不置可否——他向来这样。”

“噢，原来如此。”虽然不了解卡梅父亲的为人，我还是继续问，“你是哪里人？”

“摩洛哥人，准确点儿说，是卡萨布兰卡人。”

---

① “camelia”在西班牙语中是茶花的意思，音译即为“卡梅里亚”。威尔第（Giuseppe Verdi）根据小仲马（Alexandre Dumas fils）的小说《茶花女》（*The Lady of the Camellias*）创作过同名歌剧。

“介绍介绍你自己吧，卡梅。”我一边请她往下讲，一边往椅背靠了靠。

“没什么，我了解到您周三值晚班，今天有时间，所以来和您交谈一下。对了，我还有一个有点儿不体面的建议想和您聊聊。”

我确定自己在听到“交谈”这个词的时候抬起了眉毛。从记事起，我从没听过哪个学生用这个词。卡梅说完这句话，我的眉毛还保持扬着的状态。“不体面”这个词让我想起阿德里安·莱恩导演①的一部电影②。

“好吧，请说说看。”我有点儿吃惊，这个女孩大胆极了，一点儿也不拘束。

“您看，”卡梅向前倾倾身子，十个指尖碰在一起，严肃地说，“到目前为止，我们已经上了两周哲学课。上第一节课的时候，我就知道自己一定会喜欢哲学这门课。虽然我是理科生，但这是我本学期最喜欢的课。”

“很高兴听你这么说，刚开学的时候，老师们很难从学生那儿听到这样的夸奖。”

“不，不是夸奖。您误会了，我不是想奉承您以得到什么好处。您不是普通的老师，我也不是普通的学生。所以我们俩最急需的，就是消除对彼此的误会。”

卡梅说话时有种罕见的果断，不太符合她高中生的身份，她看起来要比其他同学大一点儿。“估计她快 20 岁了。”我暗暗地想。作为老师，我仿佛受到了她的挑战，我不喜欢丢掉谈话的主动权。

“第一天上课我就意识到了，你不是普通的学生，相信这一点以后会有机会听你解释。那么，为什么说我不是普通的老师呢？”我故意调侃道，等着恭维话从她的嘴里说出来。

“说实话，作为老师，您的教学技巧并不丰富，这点几乎所有老师都

---

① 阿德里安·莱恩（Adrian Lyne），英国著名导演，1941 年出生。

② 这里的电影指的是影片《桃色交易》（*Indecent Proposal*）。

比您强。”“这个头开得不错。”我一边听，一边想。“您太沉静了，讲课时总是舒舒服服地往椅子上一靠。您不用PPT，也从来不在黑板上画图表。您的声音太轻柔，传不到教室后排。在这些方面，经济学老师的水平要比您高得多，他们比您有精神得多。”

“你这话有点儿伤人，不知道你意识到没有？”

“不，不，您误会了，这些不是最重要的。对我来说最重要的是您的幽默感，您从来不泛泛而谈，也不讲粗鄙的笑话，您的西班牙语更是无可指摘，所以我说，您的课很特别……”

“稍等，”我打断她，“请先回答我一个问题，好吗？我有点儿糊涂。你的西班牙语好像是从另一个世纪来的，‘泛泛而谈’‘粗鄙’‘无可指摘’……我从没听过哪个学生用这些词，你的句子和用词都不一般。更何况你还是摩洛哥人，母语是阿拉伯语。”

“对，确实如此。不过我5岁时就来到了西班牙，西语要比阿拉伯语好，我的姐姐们的西语也很好。母亲平常说阿拉伯语，但她的西语也是母语水平。”

“那你父亲呢？”

“他……不提也罢。”

我看了她一小会儿，察觉到她话语里隐隐透露出的苦涩与反感。他们似乎处得不太好。

收回正在飘散的思绪，我继续刚才的对话，对她说：“好吧。我还是希望能知道你的秘诀是什么——为什么西班牙语说得这么好。”

“我不仅说得好，写得也不差啊。”她似乎有点儿生气地强调道。

“对不起，我不是故意要令你不愉快。那……请问你是怎么做到既说得好，又写得好的呢？”

“看到了吗？”卡梅有点儿激动，“从这句话就能看出您很幽默，您的讽刺技巧运用得特别熟练。不是所有同学都听得出来的，但是我可以，每次都可以。”

“谢谢你，看来我只能承认你说得对。不过拜托啦，还是先回答我的问题吧。”

“原因有好几个，”卡梅瞅着地面，做出认真思索的样子，这样的她看起来有点儿滑稽，“今年夏天，我读了《堂吉诃德》（*Don Quijote de la Mancha*）……”

“《堂吉诃德》吗？真厉害……”

“我不仅读了，还对这本书进行了深入的研究。我查了不懂的词，又根据这些词列了同义词和近义词表。我特别留心塞万提斯（Miguel de Cervantes Saavedra）遣词造句的那种精妙，这是他最难被模仿的……啊，对了，然后我把书背下来了。”她故意漫不经心地说。

“背下来？你是在开玩笑吧？”

为了打消我的疑虑，她从座位上站起来，右拳紧握，举得高高的，背诵道：“那是多么美好的岁月、多么幸福的时代啊！难怪古人冠其以‘黄金’二字。倒不是因为我们这个黑铁时代如此钟爱的黄金，在那个幸运的时代可以毫不费力地获得，而是因为生活在那个时代的人们不知道‘你的’和‘我的’这两个词的区别！在那淳朴的岁月里，一切都是共有的。每日的食物，人们只需伸伸手就能得到：粗壮的橡树随时都会把成熟的甜美果实慷慨地馈赠给他们；晶莹的溪流和奔流的江河为他们提供了大量清澈甘洌的水源；勤劳灵巧的蜜蜂在石缝和树洞里建立了自己的王国，向任何一只伸出的手奉献着丰硕甜蜜的劳动果实，而不收分文报酬。此外，雄壮的软木树，无需人们操劳，自己殷勤地褪下大片轻柔的树皮，给人们去遮盖架在简陋木桩上的房屋，用以抵挡风雨。那时候，天下太平无事，人们友善和睦。弯弯的犁杖还不敢冒昧地把沉重的犁铧插进我们大地母亲仁厚的肚腹。而她，不待别人催逼，便奉献出宽大胸怀里的一切，来餍足、养育并取悦那些已经占有了她的儿女。那时候，美丽纯真的牧羊女确实可以漫山遍野地走来走去，有的梳着发辫，有的披散着头发，身上的衣服只规规矩矩遮盖着古往今来羞耻心要求遮盖的部位……”

“好了好了，”我打断她，“这是堂吉诃德手里抓着橡子对牧羊人说的那段话，对吗？”

“对，”卡梅表示赞同，“是第一部的第 11 章。”

“你整本书都背下来了？”

她有点儿怯怯地坐下来。

“小姑娘，你的记忆力真是……”

“我知道，是照相机、计算机的记忆。我不是那种只会背书的书呆子，有些人连最基本的概括和评论都不会，请您不要把我想成那种人。”

“不会，不过我确实很少遇到这样的学生……你真是让我大开眼界！没想到我能在有生之年碰到天才。”

“我还有书写癖。”她像挑战似的抬起了下巴。

“书写癖是……”

“单纯因为喜欢而写字。我控制不住自己，总想写点儿东西，不到几天就能写满一本笔记本。对了，您在课上说的话，我一字不差，都记下来了。”

“你真是个奇才，卡梅。凭这个本事，你就可以赚不少钱了。你是说所有我在课上说的话吗？你一定记得飞快吧。”

“不，课上我只注意听。等晚点回到家了，我再把记住的内容默写下来。”卡梅用一种不冷不热的语气描述，“有些是按原话记下的，有些是我自己复述的。”

我感觉她在描述自己的这些能力时有点儿防备。“以你的年龄和能力，应该至少上大一或大二了，不应该还在高一啊。”

“我休过两年学。”

“两年！为什么？出什么事了吗？”

她睁大了眼，有些紧张地望着我。

“我与您的熟悉程度还不足以让我回答这个问题，也许将来某天我会告诉您，但现在还不是时候。”

“好吧，随你。我不过是个喜欢追根究底的人，对了——”我试着缓和我们两人之间谈话的氛围，“我想起来了，《堂吉诃德》第一部中有一个小故事，题目就叫《喜欢追根究底的人》。”

“啊哈，原来您也熟悉塞万提斯。”她微微一笑，“我就说嘛，我们俩很像。”

“别夸我，我可不是天才，也没有照相机般的记忆。”

“您知道我不是这个意思，贝尔。”

“贝尔？这么说，现在我是亲爱的贝尔了？”我显出一副大度的样子，这当然不是学生们第一次这么叫我了。

“啊？难道您不知道？大伙儿都这么叫您。同学们本来打算叫您‘特例’的，因为您的名字是贝尔特丽思。第一天上课时，您说过一句话：‘我尤其不喜欢将哲学看成一门晦涩而小众、特例的课程。’”卡梅将声音压低，模仿我的声音说，“您还记得吗？不记得了？没关系。总之，‘特例’这个词一下就炸开了。起先大家不明白‘特例的课程’是什么意思，到了第二天，几乎全班人都把这个词当成一个笑料，相互调侃：‘我非常嫉妒你特例的穿衣风格。’‘这个椅子腿瘸得十分特例。’有的同学开始叫您‘特例’。这个名字似乎就要这么用下去了。可‘特例’听起来总归有点儿生硬，也没有女人味，后来同学们一致决定叫您‘贝尔’。现在，您已经是大家口中的贝尔了。一个班就像一个小村落，被人起外号在所难免。另外，本着语言经济简练的原则，现在您的外号的全称是‘哲师贝尔’。”

“这么说，现在的这个名字还不算糟糕。特例……这名字真可怕。”

“对了，刚才我们在说，”卡梅接着说，“我对哲学这门课感兴趣，特别感兴趣，也许是因为您讲课的方式。您从来不说晦涩深奥的话，课上总是举很多例子，用词也很讲究，不让人费解……也许，只是因为我们俩是同一个部落的。”

“同一个部落？什么意思？……”

“对，同一个部落。您看，如果不是这样，我们俩怎么可能坐在一起讨论半个小时深奥的话题，还都不觉得尴尬呢？即便是和年纪相仿的朋友，恐怕也很难做到。我无法容忍愚蠢粗俗的人——我不是说班上同学都愚蠢粗俗，只是例外太少，所以我喜欢和年长的人在一起。我长这么大，一直都是这样，估计以后也很难改了。”

卡梅停顿了一下，深吸一口气，接着说：“我想学好哲学这门课，想和您学，不是因为它能带来什么智力上的优越感。我想学哲学，因为它会有助于我的生活。我的生活……有时真的很复杂。我想跟您学。这些天来，我在观察您的一言一行。对不起，您千万不要介意。我没有在您身上看到任何应该注意的地方——粗鄙的用词、不友善的举止，这些都会让我反感。至于我的提议，具体来说是这样的：每节课后，我把上课的笔记以书信的方式发给您。对于我来说，这将有助于我复习，缓解我的书写癖，有问题时还可以向您提问。当然啦，首先要征得您的同意。”

“书信？”我谨慎地问。为了争取更多的时间思考，我抛出了一个不那么重要的问题：“你说的是纸质信件？”

“不是，是电子邮件。”

听到这儿，我挺直背，这个动作表明我正在认真考虑。卡梅继续说：“我会和您在课上还有课堂外保持距离的，别担心。您是老师，我是学生。我向您保证，我绝对不会忘记这一点。我不喜欢行事鲁莽的人，我自己也不会那样。我明白，我们俩之间有不可消除的社会和学术距离。虽说……虽说……我们俩是同一个部落的。”

卡梅的话一针见血。我确实担心，一旦接受她的提议，我们就可能会失去老师和学生之间的安全距离。很多时候，这种距离的存在是必要的。不过，另一个原因更让我感到惴惴不安，或许我有些自私了：如果每周都阅读她连篇累牍的邮件（我已经预感到邮件的篇幅不会短），再加上细致烦琐的评论，我的工作量会骤增。可是，她的提议是那么吸引人，让人很难拒绝。我知道自己能从这些经历中获益。若错过这次机会，恐怕我这辈子都难遇到像她这样的学生了。我绕着椅子踱了近一分钟的步，心中的想法越来越明朗。

“好，就按你说的办吧。知道我为什么答应你吗？”

“您觉得我人不错。”她微笑地望着我。

“对。我还肯定一点，我们俩都可以从彼此身上学到很多。”

其实我当时只是随口一说罢了。后来的事实证明，这句话非常正确。

见面后第二天，我就收到了卡梅的第 1 封信。

第 1 封信

哲学是什么？它是怎样来的？

星期一，第 1 周

我有点儿紧张，没什么好遮掩的。今天是开学第一天，而我已经休学整整一年了。居然在这儿看到了她，运气太差了！这个学区里那么多学校，为什么偏偏在这里碰到她！不过现在还不是考虑这个问题的时候。我打算像《飘》(*Gone with the Wind*)里郝思嘉说的那样，“明天再想吧”。

第一节是哲学课。哲学是什么？这是我第一次接触这门课。“philosophy”这个词听起来有点儿像希腊语，对吧？[①] 我打算一会儿上维基百科搜搜它的意思。如果能鼓足勇气，也可以问问哲学老师。

说曹操，曹操到。来的居然是个女老师，天气这么热，她还穿得很正式！班里同学这会儿肯定已经开始对她的年龄和性取向感兴趣了，我真的不想像他们一样幼稚！

老师用犀利的目光在教室里扫视了一圈，张开嘴说：“早上好，我是贝尔特丽思・梅合阿・索贝开丝，你们这学期的哲学老师。现在我点一

① “哲学”在西班牙语中为“filosofia”。(此句是说“哲学”的西班牙语发音和希腊语发音相似。——编者注)

下名，如果有同学希望我用小名或是昵称称呼他，最好在我念到名字时说明一下。不然，过了这个村可就没这个店了。”

我扑哧笑了，还好，她有幽默感。老师开始点名，点到我时，我告诉她我希望她叫我卡梅里亚或者卡梅，卡梅就行。她用圆珠笔在名单上记了一下，接着点名，直到点完名。

“每次上课我都会点名，记下缺勤的人，这关系到你们的期末成绩。”她说，“下面强调三点：分别和课程内容、评分标准、课堂纪律有关。一眼望过去，你们都是守规矩的好孩子，有些人长这么大，可能连盘子都没摔坏过。但我很清楚，我对你们知之甚少，你们中有些人可能是‘惯犯’，这些人可能不只摔过盘子，还摔坏过整套餐具。所以，为了防患于未然，先提醒一下大家。好，接下来，我们来了解一下本学年的学习内容……”

“老师……”有个女生举手。

“请讲。”

“老师，我有一个问题，哲学是什么？”

我想，这下好了，被人抢在前面了。

“这个问题以后会讲到的。没关系，我今天先回答一下吧。能告诉我你的名字吗？”

“赛丽。”

“在回答你之前，赛丽，能先问你一个问题吗？你认为哲学是什么？”

“我不知道，老师。我想弄清楚，所以才问您呀。”她停顿了一下，做出罗丹“思想者”的表情，“我觉得哲学好像就是谈论存在、幸福这类话题的，都是些严肃的话题，有的挺没意思的。”

“不错。”老师表示赞成，“存在和幸福就像两艘大船，标志着哲学的两条主流：一条是理论哲学，也叫思辨哲学，主要讨论存在、形而上及有关认识论的问题；另一条是实践哲学，包含伦理学、政治哲学等。如果你们能顺利通过本学期的考试，下学期我们会学习理论哲学。很多人都认为理论哲学更加乏味，或者借用赛丽的话说，更‘没意思’，这种感觉不是空穴来风。哲学史上，有许多作者都曾写过深奥、晦涩、矫揉造作的句子，让他们的读者受尽折磨。黑格尔（Hegel）、胡塞尔（Edmund Husserl）、海德格尔（Martin Heidegger）等人，还有他们蹩脚的模仿者们……都为哲学扣上了费神、难懂的帽子。有些人错误地以为，哲学家的作品越是费解，就越应受到重视，这种想法真的让人难以理解。你们中如果有人沾染了这种想法，将来在学习哲学时是不会好受的。20 世纪杰出的哲学家奥特加·加塞特（José Ortega y Gasset）曾说过：‘哲学家最大的礼貌在于简洁明了。’我希望大家能记住这句话。

“我希望成为一名懂礼貌的哲学老师，因此我反对用晦涩难懂的词进行教学，这些词好像在对学生们说：‘你们还不够格儿。’这学期我们运气比较好，还学不到理论哲学，感谢老天爷！我们只要集中精神学习实践哲学就行（实践哲学包括伦理学和政治哲学）。在课上我会解释相关的内容，举出例子，并提供相关材料。不知道我有没有回答你的问题，赛丽？”

“您讲了好长一段，”她回答，“可我还是不太懂。”（同学们哄的一声笑了，贝尔老师也笑了。之后我还会提到这位赛丽同学的，她有点儿死脑筋。）

“好吧。”老师让步了，继续说，“那我再试着讲清楚些。从苏格拉底（Socrates）开始，哲学一直是一种概念的分析：哲学家会研究他们感兴趣的词，并把这些词掰碎咀嚼，再在语义网上查找这些词同其他词的关联。举个例子，‘正义’‘义务’‘利他’‘理性’，这些词都是哲学家研究的对象。从柏拉图（Plato）的《理想国》（*The Republic*）到约翰·罗尔斯（John Rawls）的《正义论》（*A Theory of Justice*），从公元前 4 世纪到公元

20世纪的分析哲学，哲学家一直试图用概念分析法探究‘正义’的含义。

“直到现代，确切地说，直到近些年，哲学家才开始用实验的方法研究哲学问题。在这之前，他们只需要舒服地坐在椅子上，把对于‘正义’的思考写下来就可以了。而现在，哲学家从椅子上站起来了。他们开始进行一些简单的‘实验’，大家可能要问了，什么实验？来，哪个同学问我这个问题？”

“什么实验？”赛丽接话说，她看起来像一只温顺的羊，懒洋洋的。

“好问题，赛丽。哲学家的目的是了解人们对正义和非正义的看法，也就是说，什么是好，什么是坏。他们会提出一个道德上的两难困境，打个比方，约翰·福尔斯（John Fowles）在《巫术师》（*The Magus*）中提到过一个道德困境。这本书杂乱冗长得像裹脚布，但有些篇章却精彩得出人意料。书中有一处这样的描写：1943年秋天，爱琴海上一座风景如画的小岛被德军占领，岛上的3名希腊游击队员杀死了4名德国士兵。德军抓住这3人，将一个人折磨至死，留另外两人勉强活着。德军小分队的指挥温梅尔上校给村长康奇斯出了一道难题——要么枪决80名当地村民，每20条人命抵一个死去的德国士兵的命；要么亲手杀死两名游击队员。村长必须选一个。一开始，村长拒绝了。‘我不是刽子手。’他说。在上校的威逼下，康奇斯动摇了，他准备杀死两名游击队员。德军给了他一把冲锋枪，他瞄准后扣动扳机，只听咔嗒一声，枪里没子弹。他又扣了一次扳机，还是没子弹。他大惑不解地转过身来。

“‘怎么了？’上校问他。

“‘这枪不好使。’

“‘这是施迈瑟冲锋枪，上等的武器。’

“‘我试了三次。’村长回答。

“‘枪里没装子弹。’上校回答，‘平民不准持装有子弹的武器。’

“‘那我怎么杀他们？’村长疑惑地问。

“‘你的时间不多了。’上校只抛出这么一句。

"这时村长才明白，上校是要他用枪生生砸死那两名游击队员。在这之前他只是把温梅尔上校看作'文明'军队中的一员，此时他才明白，这个人已经残忍到令人发指的地步。他靠近其中一名游击队员，那个游击队员的牙齿被人踢进了牙床，舌头被红通通的烧火棍烧得只剩下了舌根。他听见游击队员'深色阴户一样'凹陷的唇中（福尔斯用词）正吐出一丝难以察觉的喘息。

"村长想听清他绝望呓语中的一字一句。'他说了一个词，'村长回忆说，'这个词向我揭示了一个和我的世界完全不同的世界：在我的世界里，生命无价，它珍贵到无法用价格衡量。但在他的世界里，自由和生命一样珍贵。'听到'自由'两个字后，村长表示自己不愿杀他，德军于是用机关枪扫射了 80 名人质。'许多次，'村长回忆，'理智都告诉我自己错了，我作了错误的选择。可作为一个正常的人，我相信我的选择是正确的。'

"好，故事到这儿就结束了。"老师停了几秒，然后问，"赛丽，如果你是村长，你打算怎么做？"

（赛丽把下巴颏支在拳头上，做出沉思状，想了一会儿。）

"说实话，"她终于开口了，"我不知道，我不知道怎么办，也许和故事里的村长一样吧。我不太喜欢他的角色设定，如果可能，我宁肯不作任何选择，干脆直接离开那个村子。"

"我知道怎么办。"一个高高胖胖的男孩发言了，"算人数，80 个比 2 个多。我不允许在我手里死这么多人，这里面说不定还有亲戚朋友。"

"行啊，大卫。"赛丽反驳他，"这么说，你能心平气和地杀了那两个小伙子？"

"那个村长本来就打算杀掉他们了。"大卫说，"你记得吧，他都准备开枪了，只是不知道枪里没子弹。"

"你愿意把他们活活打死？"赛丽继续说，"鲜血和脑浆溅得你满脸都是？"

“听着，这种时刻我可不会像小女生一样。”大卫回答，“有那么多人命要救，就不能畏首畏尾。我和你一样不喜欢大开杀戒，不过如果为了救人而不得不杀人，那就杀。”

教室里出现了一阵骚动。同学们开始窃窃私语，交头接耳地议论，第一节新课上很少出现这样的情况。

“好了，好了。”贝尔打断大家，“现在大家明白了什么是道德困境，这种问题主要考查人们对于善恶的直觉判断。情况往往很复杂，在这样极端的情况下，很难说清楚到底什么是正义、什么是非正义。因为无论怎么选，心里都不是滋味。只能在两个坏的选择里选择其一。实验哲学家在志愿者做决定时，会用仪器观察他们的大脑的神经图像。结果发现，有些参与者和大卫一样，会衡量活下来和死去的人数；有些人则像赛丽一样，不计算人数，选择回避或不参与。哲学家发现在作这两种选择时，大脑的活跃区域也不同。这个结论很有趣，哲学家和神经学家在这类实验中的合作也具有里程碑式的意义。”

“哲学家所能做的实验不限于此。”贝尔停顿了一下，接着说，“他们有时还与实验经济学家合作。这次人们可以直接参与游戏。”

“游戏？好棒！”赛丽又一次打断老师的话，她的反应迅速得令人咂舌。不知道是因为她控制不住表达欲，还是有什么别的原因，还得再观察一下。

“是的，赛丽。不过抱歉地告诉你，这里说的不是我们平常玩的游戏。这里的‘游戏’指的是博弈理论学者所说的‘博弈’。‘博弈’是经济数学中一门重要的分支学科，它和我们平日玩的游戏有共通之处，但它更加概括、抽象。博弈论认为，通常有两个或两个以上的人参与博弈，博弈的最终结果取决于所有参与者的决策与行为。我们平时玩的桌上游戏也符合这个定义。今天要讲的一种博弈叫作‘最后通牒博弈’。

“大家可能会问，什么是‘最后通牒博弈’？在这场博弈中有 3 个参与者，分别是实验者、提议者和响应者。首先，实验者在口袋里装了 100

块钱，他把这 100 块钱交给提议者，然后对他说了下面一番话（此时响应者也在）：‘给你 100 块钱，这些钱你和响应者分。你需要提出一个分配的方法，如果对方接受了，你们俩就按约定分钱。如果他不接受，你们俩谁也拿不到钱。你想想怎么办比较好。’同学们明白了吗？”

“明白了，老师。”大卫大声嚷道，“假设您是实验者，给了我 100 块，我对赛丽说：‘小姑娘，老师给了我 100 块，让咱俩分。我 99 块，你 1 块，要不要？’是这样吧，老师？”

“我觉得不对，大卫。”赛丽跳起来对他说，“如果我拒绝了你——我真打算这么做，不是逗你，那你 1 分钱也拿不到。”

“真可笑。”大卫回答，“如果拒绝我，你 1 块钱也分不到。”

“你听好了，比起不要那 1 块钱，我更愿意看到你拿不走剩下的 99 块。”

“大家的反应很有趣，”贝尔打断正在争执的两人，“你们触碰到问题的实质了。哲学家和经济学家认为，人类是理性的，他们会判断什么最有利，并据此采取行动。这样看来，大卫的行为是理性的。他想获得利益的最大化，同时他认为对方和他一样理性。大卫相信，对方愿意拿那 1 块钱，而不是在拒绝他之后什么也拿不到。听起来很有逻辑，对吧？可实验的结果却不是这样。在‘最后通牒博弈’中，大多数提议者选择以近 50 块的数额和对方分钱，也就是说，一人一半，对方往往也接受了。对了，要补充一点，提议者只有一次提议的机会，双方在实验前根本不认识彼此。当提议者提出的方案明显偏袒自己时，即使响应者知道可能 1 分钱也拿不到，也会选择拒绝。大家刚才听到了，赛丽说她要拒绝大卫的提议。从表面看，这么做似乎不太明智。大家有什么要补充的吗？”

等我回过神来，发现自己的一只手已经举得高高的了。

“我认为这说明人类对正义有一种与生俱来的判断。嗯……还有，我们并没有我们自己想象的那样理性。”

“回答得不错。你的名字是……”

"卡梅里亚……叫我卡梅也行。"我说。

"非常好，卡梅，你说到了关键之处。'最后通牒博弈'揭示了我们对于正义有一种天生的直觉。我们憎恶非正义，即使知道自身利益可能受损，也要惩戒非正义。现在，同学们应该可以领会，为什么这项实验能帮助我们理解'正义'的定义。如今哲学家不再撇开经验单纯地思考'正义'的含义，他们会对人们在不同情况下的各种行为进行探究。

"我同意你的看法，卡梅，不过我还有几点想补充一下。在经过自然的选择后，我们的潜意识中可能存在着某种正义本能（姑且这么说吧），它是人类共有的一种本能。有了这种本能，我们不用费神思考，就能自动拒绝那些带有侮辱性的不利交易。除了本能以外，人类所处的不同文化环境和背景也会对行为产生影响。

"约瑟夫·亨里奇（Joseph Henrich）在 1996 年发现了这一点。亨里奇是心理学家，也是人类学家。他让居住在秘鲁东南部的马奇根加人参与'最后通牒博弈'实验，结果惊讶地发现，不公平提议的数量远超出了他的预计。此前，研究者所选取的样本往往非常统一，实验对象均来自发达的工业国家。这让亨里奇产生了怀疑，他展开了覆盖地域更广的实验。他选取了 12 个国家中的 15 个前工业化社会（其中包括巴布亚新几内亚），这些国家分布于四大洲。在 15 个研究样本中，人们生活和获取食物的方式存在明显差异：有些群体以狩猎采集为主，有些以农业种植为主，有些以游牧为主。实验结果显示，越少接触市场交换的群体，提议者给出的份额越少。坦桑尼亚哈扎部落的狩猎者们给对方的份额要少于那些经常进行市场交换的群体——比如肯尼亚奥尔马的牧民。这推翻了'市场经济腐蚀道德，使人更加自私'的看法。关于这一点，18 世纪时的哲学家孟德斯鸠（Baron de Montesquieu）早有论断，他认为，商业所在之处，人的行为也会更温和。

"孟德斯鸠的话非常在理，商业交换能够改变人们的相处方式，交换能促使人们与不认识的陌生人达成互利共识。在远离市场经济的社会，人们倾向于认为与陌生人接触和交换是危险的。有些人把接触看作一个获得利益的机会，但他们不在乎对方是否得到了满足。所以说，正义观不仅受自然进化的影响，也受群体相处时所遵循的原则的影响。每个群体都有其需要遵守的原则。”

“相当于弗洛伊德（Sigmund Freud）的潜意识吗？”我问道。

“很高兴有人问这个问题，但我说的不是弗洛伊德的潜意识。弗洛伊德认为，潜意识就像一间阴暗的地下室，里面关着各种各样的野兽和怪物。这些野兽和怪物其实就是人们自童年起心中孕育的欲望，迫于社会大环境的压力，人们无法释放它们，这是弗洛伊德的潜意识的基本观点。我所要说的‘潜意识’更倾向于广义上的潜意识，例如一个人在面对食物时，会分泌唾液，这是一种潜意识。它不是后天习得的（人们不用学习怎么分泌唾液），而是在经历漫长的自然选择和演变后，我们通过反复的试错、练习而拥有的。但有一些潜意识行为是我们在社会环境中习得的。起初我们会有意识地学习，时间久了，就变成了一种自然而然的举动，比如如何与刚认识的人打招呼、如何在课堂上和老师互动等。

“最后还要告诉大家：每个人的潜意识是不同的。那些看起来自然而然的行为，在我们一开始学习的时候也许要花费大量的精力。打个比方，我会开车，这是我下功夫学会的技能。但我不会玩滑板，也不会弹钢琴。有些人滑板玩得好，钢琴弹得棒，却不会开车。‘最后通牒博弈’清楚地展示了这种差异：作为提议者，有些人更加慷慨、善良，有些人更加自私、狡猾。同样，作为响应者，有些人愿意接受不平等的分配，而有些人，比如赛丽，会选择断然拒绝。我们刚才提到了马奇根加人、哈扎人、奥尔马人，他们在博弈中所做的决定虽然和集体因素有关，但单个个体间还是有差异的。”

作为第一堂哲学课，这节课的内容实在是出人意料的充实。听了这么多，我对人类那种表面上的非理性有几点看法。有些人大方慷慨，有些人拒绝不公平的提议。在面对不公时，这种情绪看起来不理性，实际上却不简单。那些拒绝不公平提议的人可能短期内会有利益损失，但同时也赢得了不好惹的“美名”，这能使他们脱离被剥削和被操控的危险。反过来，如果响应者在“最后通牒博弈”中表现得很理性，接受了对方不公平的提议，那么很快就会被认为“好骗”，是个“懦夫”。长此以往，容易被无耻之徒利用。因为他们知道，即使他们随意宰割这些“理性”的人，这些人也不会进行报复。

“老师……”赛丽开口说。

“请讲。”

“我只是想表达一下惊讶。没想到哲学能和物理、生物一样，变成一门经验科学。”

“并非如此。”贝尔回答，“没想到让大家产生了这种印象，很抱歉。在哲学研究中，概念分析还是占主导地位的。我之前说过，概念分析和实验之间没有必然的联系。概念分析与‘先验’以及未知有关。大多数哲学家还是书房里的哲学家，他们依靠想法与直觉，思考道德、政治和形而上的问题。有些哲学家会学习物理、生物、法律理论，试图找到灵感，建立新的哲学理论。不过，概念分析哲学家的确会尽力使自己的理论符合大多数人的直觉判断。‘实验哲学’并不要求哲学家亲自使用科学仪器，他们只需在某门学科的基础上，削出‘哲学的尖儿’就可以了。‘最后通牒博弈’就是这样。1982年，这种理论首先由3位科隆大学的经济学家：维尔纳·居特（Werner Güth）、罗尔夫·施密特伯格（Rolf Schmittberger）和贝恩德·施瓦策（Bernd Schwarze）提出。道德困境问题则是先由哲学家提出，之后才由神经科学家以及乔舒亚·格林（Joshua Greene）这样的有神经图像背景的哲学家去实验。

“想要进行实验哲学研究，你可以在某个整体中随机选一部分人。例如：要研究村长康奇斯的道德困境问题，可以先用调查问卷的方式了解人们的道德直觉，再通过统计和推断得出结论。不过，并不是所有的哲学问题都要做实验。有些形而上的问题，是无法通过实验研究解决的。”

剩下的时间里，老师解释了考试的评分标准。她警告那些调皮的学生，说她准备在课上推行“宗教裁判所”的纪律和规范，又强调上课时要关闭手机。至于哲学是什么，我始终还是没太明白，一会儿得查查维基百科，不然，就只能等老师以后再讲了。至少这节课我弄清了贝尔老师是什么样的人。到目前为止，我一点儿也不讨厌她，以后怎么样，还得再观察一下。

| 补充说明 |

1. 费尔南多·阿吉阿尔、安东尼奥·盖依旦、布兰卡·罗德里格斯在《实验哲学与实验经济学：多元视角》（《伊塞格利亚》，2014 年，第 51 期）一文中对哲学的各种形式及其各自的价值进行了详细介绍。
2. 关于概念分析哲学这一部分，老师推荐阅读杰维尔·穆埃尔沙的《引言：哲学分析的精彩与奥秘》。该文选自杰维尔·穆埃尔沙所编的《哲学概念分析》（马德里，联盟出版社，1974）一书。
3. 约翰·罗尔斯在阐述“正义”的概念时认为，如果想用概念分析的方法探讨哲学问题，即进行所谓“思想实验”，就应当尽量去接近“无知的面纱”。
4. 关于实验哲学，可参见约书亚·诺布和肖恩·尼科尔斯的文章《实验哲学宣言》，该文章被收录于两人所编的《实验哲学》（纽约，牛津大学出版社，2008）一书。
5. 关于伦理学中的实验研究，可参阅奎迈·安东尼·阿皮亚的《伦理学实验》（布宜诺斯艾利斯，卡茨出版社，2007）。
6. 村长康奇斯的道德困境是根据约翰·福尔斯的作品《巫术师》（巴塞罗那，阿纳格拉玛出版社，1988）所写的。
7. 熟悉哲学的读者不难发现，康奇斯的道德困境是著名的“铁轨问题”的衍生。这一问题最先由哲学家菲利帕·福特在论文《堕胎问题和教条双重影响》（《牛津评论》，1967 年，第 5 期）中提出。

8. 讨论“最后通牒博弈”的文章不胜枚举，安娜尼斯・乔杜里的《经济学实验：正派的资金运作》（伦敦，劳特利奇出版社，2009）就很不错。

9. 约瑟夫・亨里奇的前工业社会实验可以参见约瑟夫・亨里奇、罗伯特・博伊德、塞缪尔・鲍尔斯、科林・凯莫勒、恩斯特・费尔、赫伯特・金迪斯共同编写的《人类社会基础》（纽约，牛津大学出版社，2004）。

10. 孟德斯鸠在著名的《论法的精神》（马德里，科技出版社，1987）中提到了贸易的文明作用。阿尔伯特・赫希曼在《欲望与利益》（墨西哥，经济文化基金会，1978）一书中也阐述了相似观点。

11. 关于“潜意识”非心理层面的定义，可参阅约翰・巴奇等编写的《新无意识》（纽约，牛津大学出版社，2005）一书。

第 2 封信

“峰终效应”以及生命终程是如何影响我们对人生的整体评价的

星期四，第 1 周

我算了一下，这学期一共有 35 周课。按照每周两节课算（星期一和星期四），一共要上 70 个小时的哲学课。除去一些不可抗因素，如考试、学生罢课、法定假日、贝尔老师生病、家里有事等各种原因……一共有 60 个左右净学时。能看出我是学理的，对吧？只要能量化的事我都尽量量化。

呃，这有点儿大言不惭了。我只是心血来潮，才用了统计学的行话。对了，哲学老师的名字已经被大家缩短到“贝尔”了，这个名字极有可能被叫到学期末（我又开始自以为是地预测未来了）。第一天上课提问的女同学——赛丽，现在被大家叫作“赛跑的赛丽”，简称“赛丽”。后排的俄罗斯籍男生，谢尔盖 · 朱可夫，被冠以“巨型考拉”之名——这个名字跟他很配。谢尔盖脑袋很大，眉毛浓密，行动迟缓，浑身散发着一种困倦的气息。他身上带着某种游牧民族特有的忧郁气质。对了，也不知道大家给我起了什么外号，难不成我幸免于难了？不想了，脑子里空荡荡的。贝尔进教室了。

“第一节课赛丽说到了‘幸福’这个词，”贝尔点完名以后对大家说，“这个词能让我们走近哲学。今天我们要讨论‘幸福是什么’，也就是说，什么是最好的生活。如果我说这个问题和每个人都息息相关，相信没有人会反驳我。‘幸福’在伦理学中是一个经典问题。在漫长的历史长河中，关于幸福有一个占据主导地位的答案。这个答案认为，一个人想要生活幸福，想要充分享受人生，首先得设立目标，并且运用一种叫作‘目标理性’的神秘能力。在这之后，还要运用一种叫作‘工具理性’的神秘能力，它能帮我们找到达成目标的最佳方法。解决了这些基本问题后，想要达成真我、实现自我（如古希腊诗人品达[①]在诗中所说的那样，‘成为你自己’），还要做到坚持不懈。

“这种幸福观已经渗透进哲学的主流——理性主义。苏格拉底、柏拉图、亚里士多德（Aristotle）、笛卡儿（Descartes）、康德（Immanuel Kant），以及启蒙运动时期的一些思想家都与理性主义密不可分。我刚才提到的幸福观同他们任何一个人的观点都不完全契合，但每位哲学家都为这种经典的幸福观作出了贡献。这种幸福观在许多自我成长类的书籍里可以找到。细心一点儿的人会发现，在有些书店，哲学著作经常和自我成长类书籍放在一起。老实说，这两类没什么必然联系的书被摆得这么近，有点儿让人担心。

“这些话也许对你们来说过于抽象了。不用急，本学期我们有不少时间去探索这种‘幸福观’的各个层面，它忽略的地方、它言过其实的地方……各种观点都值得我们探讨。对‘幸福观’的细致研究并不是为了否定前人的经典论断。

“在幸福中，偶然性扮演着重要的角色，理性主义哲学家往往忽视和低估了这一点。公元前4世纪伟大的哲学家亚里士多德曾毫不避讳地承认，财富对于获得幸福和维持幸福都有重要作用。亚里士多德认为，一

① 品达（Pindaros）：公元前6世纪—公元前5世纪古希腊抒情诗人。

个人想过得幸福，就要拥有所谓的‘外在财产’。金钱可以帮我们获得外在财产：高贵的出身（不是奴隶）、仪表堂堂、和睦的家庭、健康漂亮的儿女、好友的陪伴……此外，要想幸福，一辈子还不能经历什么大灾大难，要平平安安的，不能像普里阿摩斯那样。不过，亚里士多德又补充道，‘不应将至高至美之事（即幸福）寄托于财富’。作为一名理性主义哲学家，亚里士多德这样想实属正常。”

“普里阿摩斯怎么了？”我问。

“普里阿摩斯怎么了？这是一个非常伤感的故事。它告诉我们，生命中的美好是不确定的，命运随时会改变。普里阿摩斯是特洛伊的国王（大家听说过特洛伊战争吧），一直活在幸福快乐中。可到他死的时候，一切都化为了泡影。《伊利亚特》（*Iliad*）第 22 卷中讲到，赫克托耳惨死在对手阿喀琉斯手中，赫克托耳是国王普里阿摩斯最爱的大儿子。赫克托耳死后，当阿喀琉斯打算把他的尸体分给狗和猎禽时，幸好被善良的阿波罗及时发现。阿波罗把他的单子蒙在赫克托耳的尸体上，猛兽们才没能得逞。如果读过古罗马诗人维吉尔（Virgil）的《埃涅阿斯纪》（*Aeneid*），就应该知道，普里阿摩斯后来的遭遇更让人痛心。他被阿喀琉斯的儿子尼奥普托列墨斯杀死，整把剑被插进他的身体，他的头颅也被砍下。维吉尔在书中描述了普里阿摩斯的经历，又表达了对人生的美好易逝的惆怅：‘这便是普里阿摩斯好运的终结，这便是结局。靠神的旨意享有好运的普里阿摩斯远望火焰中的特洛伊，看着崩坍的帕加马。他，昔日是坐拥广阔城池和土地的东方之王。而今，海岸边横躺着一段巨大的树干，他的头颅被齐肩砍下，成为一具无头的死尸。’

“古希腊历史学家希罗多德（Herodotus）的《历史》是一部久负盛名的作品。希罗多德讲了这样一个故事：吕底亚国王克罗伊斯富甲一方。一日，他与雅典的立法者梭伦会面。克罗伊斯正处于权力的巅峰，坐拥无数金银财宝，并自诩为天下最幸福的人。梭伦听毕，回答说：‘克罗伊斯，人生由偶然组成。如今你锦衣玉食，贵为众人之王，但恕我不能称你为天下最幸福的人，因为你还未幸福地过完此生……在生命结束前，一个人最好不要急着说“幸福”这个词，因为他所拥有的不过是好运罢了……结局不可忽视，命运会让很多人瞥见幸福的影子，之后又将它夺走。’梭伦预见了克罗伊斯的未来，这位国王的故事也充满悲剧色彩。他被波斯帝国国王居鲁士击溃，并被敌方俘虏，居鲁士下令用火刑处死他。希罗多德在《历史》中这样描述：‘……克罗伊斯被绑在火刑柱上，如此情形下，大约受到神的启示，克罗伊斯想起了梭伦的警告——活着的人不能说自己幸福。想起这话，克罗伊斯叹了口气。沉默良久之后，他在啜泣中轻唤了三遍梭伦的名字。居鲁士听见了，请翻译问他在说什么。翻译走近克罗伊斯……居鲁士明白了，自己正在处死一个同他一样尽享荣华富贵的人。他害怕神明责罚，也明白世间无任何事能永固，便改变了主意，命人赶紧将燃烧的篝火熄灭，再给克罗伊斯松绑。’

“通过这个故事，我想告诉大家，我们对于人生的评价与‘峰终效应’息息相关。换句话说，我们对人生的定论在很大程度上取决于生命的最后一个阶段。如果一个人一辈子都很幸福，最终却凄凉悲惨，人们会为他感到惋惜。普里阿摩斯和克罗伊斯便是这样。”

贝尔看了看我，又看看班里其他同学，想知道同学们是否理解了她方才讲的。我轻轻点了点头，示意我明白了。就在这时，我右侧座位出现了一阵轻微的震颤。是他，“巨型考拉”谢尔盖。刚才他还是一副熟睡的模样，这时他缓缓抬起头，用 X 光般的目光盯着老师。这场“考拉的变形记”让人赞叹不已。后来的课堂上，这种情况又多次出现。这个人可以从心不在焉、半打呼噜，突然就变得犀利、敏锐。他的双眼闪动着火苗一样的光。短短几秒，谢尔盖就成功变身成为奥威尔笔下的“思想警察”[①]。

---

① 指英国作家乔治·奥威尔（George Orwell）的小说《一九八四》（*Nineteen Eighty-Four*）中监视人们思想的秘密警察。

“老师——”谢尔盖用若隐若现的声音礼貌地发言了，他是班里唯一一个叫贝尔“老师”的同学。

“怎么了，谢尔盖？”

“老师，您说的这些中我有几个地方不太赞成。”

“用‘你’就好，谢尔盖。说吧，我在听。”

“啊，好。是这样的，你说理性无法控制偶然性，对吗？”

“是的。”

“好吧，我不太同意这一点。在数学中，概率论常被用来讨论偶然性问题。概率论认为，在同一个‘样本空间’内，一件事发生的概率和另一件事发生的概率相同。样本空间是指实验中所有可能出现的结果的集合。举个例子，将硬币抛向空中，样本空间就是硬币的正面和反面。如果掷的是骰子，样本空间就是骰子上的 6 个数字。我是这样理解‘偶然性’的：在概率论中，硬币正面朝上的概率和反面朝上的相同（50%），骰子上数字 1 出现的可能性和 5 出现的可能性一样大（1/6 或者约 16.7%）。”

贝尔赞同地朝谢尔盖微笑了一下。同学们都拭目以待，想看看贝尔要怎么回答他，我也很兴奋。

“好，”贝尔说，“先要感谢谢尔盖的提问。同学们的课堂参与度很高，而且潜力无限，这对我来说也是种鞭策吧。谢尔盖机智地反驳了我，大家要多向他学习。

“首先得承认，谢尔盖的话有道理。他给出了数学对于偶然性的解释，偶然性的确切理论定义要比谢尔盖给出的更复杂一些。的确，我们没办法控制硬币正面朝上或是反面朝上，但反过来想想，不是所有不可控的事件都是偶然事件。举个例子：6 500 万年前，在墨西哥尤卡坦半岛附近，一颗小行星撞击了地球。我们可以用物理定律来解释这次撞击事件，也可以用宿命论来解释，说明这一切不是偶然的。然而，对于当时生活在地球上的恐龙和其他生物来说，撞击是突然的，它们没来得及准备，在地球被撞击后它们就灭亡了。小行星的撞击对生物来说是不可控的。如果从偶然性的定义出发，对地球上的生物来说，该事件就是偶然（即不可控）的。可从宇宙中的物理定律出发，撞击又是必然的，因为它一定是由某些物理原因造成的。这两点并不矛盾。

“回到抛硬币上。有些人认为正面朝上还是反面朝上并不是随机事件，因为如果考虑影响抛硬币的所有因素（如抛出时的速度、方向，空气的密度、湿度，地球的运转，金星与火星此刻的距离等），我们可以认为结果是必然的。然而，影响因素如此繁杂，人类的智力又有局限性，因此也可以说硬币哪面朝上这件事无法预测……”

我听得入了神，根本没注意到下课铃响。下节是什么课？

| 补充说明 |

1. 丹尼尔·卡尼曼（Daniel Kahneman）在《思考，快与慢》（巴塞罗那，辩论出版社，2012）中谈到了“峰终定律”。
2. 品达的规劝“成为你自己”出自其诗歌《皮托凯 II》，被收录于《颂歌与片段》（马德里，格雷多斯出版社，1984）。
3. 亚里士多德关于外在财产的论述可参考其著作《尼各马可伦理学》（马德里，格雷多斯出版社，1985）。
4. 普里阿摩斯的故事出自荷马（Homer）《伊利亚特》（马德里，格雷多斯出版社，1991）的第 22 卷和第 24 卷。
5. 维吉尔对普里阿摩斯的描述见《埃涅阿斯纪》（马德里，格雷多斯出版社，1992）第 2 卷。
6. 克罗伊斯的故事可参见希罗多德的《历史》（马德里，格雷多斯出版社，1977）。
7. 这封信主要依据的是胡安·安东尼奥·里维拉的文章《理性未达》（《实践理性摘

要》，2013 年，11—12 月刊）。

8. 抛硬币属于必然，而非偶然事件之理由请参见丹尼尔·丹尼特的《自由的进化》（巴塞罗那，巴依多思出版社，2004）。

9. 如果想要详细了解本学期课程中的偶然性的内容，可参阅胡安·安东尼奥·里维拉的《掌控命运》（巴塞罗那，评论出版社，2000）。

第 3 封信

有关混沌论的文学导论

星期一，第 2 周

“上节课还有什么没解决的问题吗？”贝尔点完名后问大家。

“不好意思，老师。”礼貌的谢尔盖再次发言，“这个周末，我一直在思考上节课你讲的‘硬币抛向空中的结果是必然的，但需要考虑的影响因素太多，似乎又成了偶然事件。’我想起了混沌理论、蝴蝶效应，还有一些别的理论……”

“是的，抛硬币问题的确容易让人想到这些理论。”贝尔说，“抛硬币的动作很复杂，我们可以将它理解为混沌或伪随机事件。不过混沌和伪随机两者有区别，某个现象由多个偶然变量决定（或看起来是随机的），并不代表它像混沌系统一样对初始状态极端敏感。可能大家现在还不明白混沌理论是什么（这个名词到今天依旧很时髦）。下面讲一个美国科幻作家雷·布莱伯利[①]的故事吧，你们也许听说过他……”

谢尔盖举起手，表示他知道。我没有听过这位作家的名字。

① 雷·布莱伯利（Ray Bradbury，1920—2012），美国科幻作家。

"好，小说的名字叫《一声惊雷》(*A Sound of Thunder*)。故事发生在2050年左右。根据布莱伯利的设想，那时，人们可以根据自身需求回到过去任意一个时段。一个叫艾克尔斯的富翁异想天开，想回到白垩纪时期猎捕霸王龙。他和一家专门组织古代狩猎的公司签订了捕猎协议。在乘坐时光机的途中，探险队队长特拉维斯向所有人强调，抵达白垩纪后，大家会看到一条金属铺的抗引力小道，任何人都不能擅自离开这条小道。小道悬浮于距地面10厘米处，主要是防止探险人员在过去的世界中对周遭环境产生影响。随着时间的流逝，任何眼下微不足道的改变都可能扩大，使人类的历史轨迹产生巨大的改变。队长告诉艾克尔斯，如果不小心踩死一只老鼠，那么他同时也踩死了这只老鼠千千万万的后代，这会对其他和老鼠一起进化的动物产生不可估量的影响。'少10只老鼠，'队长用急切的语气说，'就少1只狐狸；少10只狐狸，就饿死1只狮子；少1只狮子，食物链上的昆虫、秃鹫还有其他生物都要遭受灭顶之灾。'大灾难的后果难以设想，一波又一波，势必打破原本平静的历史，影响将要登上历史舞台的人类。'想想吧，地球上仅有的几十个原始人，'队长戏剧性地夸大了数据，'在那只老鼠生活的地区捕猎。但是你，亲爱的朋友，踩死了这只老鼠，本来生活在那儿的野猪和野鹿也就被踩死了，原始人就饿死了。别忘了，原始人的生命不是我们可以恣意浪费的。'

"队长的劝诫让艾克尔斯大吃一惊，他问队长，为什么公司采取了那么多防护措施，避免探险者碰到哪怕一株小草，却可以猎杀霸王龙这样的大型生物。队长回答，先前派出的考察队中有一名观察员发现了这次要猎杀的这只霸王龙终究是要被大树压死的。观察员记下了事件发生的精确时间，还朝那只霸王龙的背部扔了一颗红色颜料炸弹作为标记。然后，时光机才载着一行人到达霸王龙死前的几分钟，也就是说，他们马上就要看到恐龙了。队长说完没几秒，一头巨兽隐隐出现在雾气之中，它的双脚'油腻有弹性'，'爬行动物油油的胸膛前悬着一对纤弱的小爪子’，的确是大自然造物的奇迹。艾克尔斯惊呆了，他知道，面对这样的巨兽，自己必定死无葬身之地。于是他拼命跑，想跑回时光机。队长的警告被抛在了脑后，艾克尔斯双脚陷在一片厚厚的绿苔藓中。身后传来砰砰的枪声，子弹终结了霸王龙的生命。

“返程途中，艾克尔斯沾满泥巴的靴子出卖了他。队长发现，这个人离开过抗引力小道，大为不满，脑中开始出现各种悲观的设想。后来的事实证明，队长想的没有错。回到21世纪后，众人发现原先的世界发生了一系列改变，有些明显，有些则细小到难以察觉。公司的告示牌上，单词的拼写方式不一样了。队伍出发前已举行过全国大选，当时大获全胜的是民主党；回来后，他们发现获胜的是专制的政党。惊愕之余，艾克尔斯发现靴子上沾着一只死去的蝴蝶。队长明白了一切，用手枪杀死了艾克尔斯。

“故事到这儿就结束了。不过‘蝴蝶效应’的发现者不是小说家布莱伯利，而是麻省理工学院（MIT）的气象学家爱德华·洛伦茨（Edward N. Lorenz）。洛伦茨认为，即使人们掌握了大气的‘运行规律’（不考虑偶然性的问题），天气仍具有不可预测性和不确定性。也就是说，一段时间内，天气的改变不是线性的，而是混沌的。不是说气流在随意流动，而是说气流的运行轨迹与初始状态密切相关。人们如果可以没有误差地预测气流的初始状态（包括蝴蝶扇动翅膀这种小动作），就能准确地预测未来一段时间内气流的变化。但在实践中想要获得完全精准的数据是不可能的，我们得到的初始状态的数据也未必准确。在将这些数据引入关于大气系统的方程后，方程的结果和实际状况会有差距，且随着时间的延长，差距会越来越大。如果引入的系统不是混沌系统，即便初始数据不够准确，实际的系统轨迹和预测的轨迹也不会相差太远。但如果系统是非线性或混沌的，初始的小误差就能让预测的质量急速下降，且时间越长误差越大，越是长期的预测数据越难让人信服。

“这种与初始状态间的敏感联系是混沌系统所特有的，‘蝴蝶效应’这一名词正是想表达这一点。1972 年 12 月 29 日，在美国科学发展学会的会议上，洛伦茨宣读了一篇报告。报告的题目为《可预见性——巴西的一只蝴蝶扇动翅膀，是否会引发得克萨斯州的飓风》。蝴蝶扇动翅膀不会被当作影响因素考虑进气象预测中，但它却有可能引起遥远某地的一场龙卷风，这一点是气象学无法预测的。洛伦茨说 1972 年时他没读过布莱伯利的故事，他的演讲中的蝴蝶和艾克尔斯靴子上的蝴蝶没有什么必然的联系，一切不过是一个美丽的巧合。

“或许，混沌现象给予我们的最大的启示是，它区分了决定论和可预测性，许多人（包括我在内）以前都认为两者之间没什么联系。现在我们看到了，一方面，科学家可以用决定论的运动定律描述大气系统；另一方面，大气系统受初始状态影响，而实践中初始状态数据的精准性难以保证，因此大气系统具有不可预测性。自从洛伦茨的研究论文发表以来，人们在许多不同的系统中都发现了混沌理论：心率、漏水的水管、证券市场波动、动物种群进化、疾病传播、文明滞缓等，所以说……”

铃响了，下课时间到了。如果贝尔愿意讲下去，我不会介意的。

| 补充说明 |

1. 布莱伯利《一声惊雷》的故事被收录于《太阳的金苹果》（巴塞罗那，弥诺陶洛斯出版社，1996），这个故事只是涉及混沌论。另可参阅胡安・安东尼奥・里维拉的《蝴蝶效应》（《实践理性摘要》，1997 年，6 月刊）。
2. 爱德华・洛伦茨的讲话被收录于《混沌的本质》（马德里，辩论出版社，1994）一书。
3. 詹姆斯・格雷克在《混沌：开创新科学》（巴塞罗那，圣巴拉尔出版社，1994）一书中对混沌论进行了介绍。
4. 如果数学水平不错的读者想深入了解混沌论，可以参阅海因茨・奥托・佩特根的《混沌与分形》（纽约，施普林格出版社，1992）。

第 4 封信

理性下的偶然何时让命运作出抉择

星期四，第 2 周

“大家对于上节课的内容有什么问题、疑惑或者不满吗？”贝尔用这几个词开始了新的一课。

“我有一个问题，”我举起手，“上节课我们说到，理性无法控制运气。理性主义者认为只有将偶然性排除，才能获得幸福。对吗？”

“对，卡梅，你总结得很准确。‘排除’这个词也用得很好。”

“谢谢。不过我觉得，理性和运气似乎是可以共存的。在球赛中，球队会用抛硬币来决定各自上半场的场地。在这种情况下，他们的选择是理性的，也就是说，人们用随机的办法作出了理性的选择。理性和偶然不仅不冲突，反而有合作。不知道我说的是不是有道理……”

“有道理。这个问题提得不错。对了，请大家记住，”贝尔的眼神中透露出掩饰不住的狡黠，“当老师表扬学生问题提得好的时候，一般是因为他有更好的答案。下面请同学们听听我的回答，看是不是这样。”贝尔停顿了一下，好像在整理思绪，思考接下来要说的话。

“到目前为止，我一直在强调，理性与偶然两者水火不容。人类的理性在面对偶然时束手无策，理性无法控制偶然，偶然超出了人类掌控的范围。目光短浅的理性主义者喜欢夸大理性的能力。数千年来，人类对偶然一直怀有一种普遍的反感，这种情感源于偶然的野性和不安分。

“除此以外，还要补充说明一点：许多时候，人们在理性地思考后，会自愿用抽签的办法来增加偶然的概率。这样的例子数不胜数，卡梅说的选场地的例子就是一个。在现代西方社会，人们会用抽签的方式决定替补士兵的去向、选取陪审团、进行体育比赛分组、抽取考试试题等。在分配较为紧缺的医疗资源（比如肾透析仪器）时，也会用抽签的办法。再比如，在以色列和西班牙等国家，公共福利房的分配也是由抽签决定的。

“在古希腊和意大利城邦，人们用抽签的方式选公务员。在苏格拉底时期的雅典，大多数公职人员都由抽签决定；在有‘十一抽杀’传统的地区（如有 10 名人质或叛军，只处决其中 1 人），处死的对象也是由抽签决定的；当海上天气状况极端恶劣时，海员们会用抽签的办法决定杀死一个人，然后分食这个人的尸体。

“这种‘死亡抽奖’在凯尔特人的宗教仪式中也有记载。1984 年 8 月，人们在英国曼彻斯特机场附近的一块泥炭地里发现了一只人脚。这只脚的主人是一个林多人。约 2 200 年前，这个林多人在宗教仪式中被作为祭品献给神灵。林多人信奉德鲁伊教，德鲁伊教是凯尔特统治阶级的宗教。在对这个林多人进行化学检测后，科学家发现，他的胃里有一块被焚烧过的饼，饼的一部分已经被消化。凯尔特历史考古专家安妮·罗斯（Anne Ross）博士认为，这块饼是这个林多人抽到的‘彩票’，而抽中‘彩票’的人会被作为祭品献给神灵。罗斯推断，林多人吃下的饼是整张饼中的一块。德鲁伊教的祭祀仪式会用到一整张大麦饼，祭司将饼分成若干块，其中有一小块是烧过的，再把它们装在皮袋子里。参与者围成一圈抽取，抽到焚烧过的饼的人就是祭品。

“在上述例子中，人们选择了偶然机制。我们知道，人们不会无缘无故地让偶然性代替理性做决定，只有在一些特殊的情况下，才会这么做。下面一起来看几个有代表性的例子。”

“有人听说过‘布里丹的毛驴’吗？”贝尔说。（大家面面相觑，显然没人听说过。）“‘布里丹的毛驴’讲的是一只毛驴的故事。毛驴面前有两捆草，两捆草大小一样，离它也一样近。可怜的毛驴犹豫不决，最后竟然饿死了。‘布里丹的毛驴’暗讽了法国哲学家让·布里丹[1]。这位哲学家深信，无论何时、何种情况下，理性都能够做到权衡利弊。在选择和决定的问题上，理性无所不能。布里丹是位坚定的理性主义者。如果一个人认为理性是解决问题的唯一方法，他可能会像布里丹的毛驴一样，在两个类似的利益面前晕头转向。一个人只要头脑清醒一些，就懂得听候命运的安排，随便选择一捆草，绝不该过度地思考到底哪一捆更好。连毛驴都会这么做，更何况是人。

“随机性除了帮助我们在好的选项中作出取舍以外，还可以让我们在两个坏的选项中作出选择。威尔基·柯林斯（Wilkie Collins）在小说《无名氏》（*No Name*）中描述了一个片段：女主角玛格德琳心灰意冷，她要作出一个抉择。要么服下一小瓶鸦片酊[2]自杀，要么嫁给一个她深恶痛绝的男人。玛格德琳不知道到底哪个选择更好，在经过一番绝望的思想斗争后，她决定听从命运的安排。柯林斯这样描述道：‘她决定了，让命运替她终结这场生死的搏斗。什么命运？大海会告诉她。海上的薄雾中，依稀可见一队货船。船队被海浪推动，顺着一个方向——玛格德琳家的方向驶来，再过半个小时，也许用不了半个小时，船队就会经过窗前。钟表指向 4 点钟，玛格德琳坐在窗边，背对着货船，把装着鸦片酊的小瓶子放在窗台上，把表搁在腿上。她决定等半个小时。到那时，再数货船有几艘。如果是双数，就活下去；如果是单数，等待她的就是死亡。’

---

① 让·布里丹（Jean Buridan，约 1300—约 1358），法国哲学家，在 1340 年再造了冲力说理论。

② 鸦片酊是罂粟的提取物。

“大多数读者都会特别想知道女主角的选择究竟是什么，这是小说中的一处神来之笔。”

贝尔停顿了一下，望望天花板，又望望教室后面的衣架，像是在整理思绪，又像是要留出时间让我们思考。

“有人读过《圣经》吗？”这个问题让大家不知所措，终于，班里最胆小害羞的依德勉强举起了手。

“很好，依德，现在还读《圣经》的人不多了。很多人认为没有宗教信仰是件光荣的事。那你肯定听过著名的‘所罗门的判决’吧？能给大家讲讲吗？”

依德的脸腾地一下红到了脖子根。他张了张嘴，又把嘴闭起来，像一条鱼缸里的鱼。显然他什么也不记得了。贝尔发现了，决定替他解围。

“没关系的，依德。听完故事，你再发言吧。‘所罗门的判决’讲了这样一个故事：有一天，两个妓女来到所罗门面前，请他主持公道。两个人都自称是一个孩子的母亲。所罗门于是说：‘把这孩子分成两半，两位母亲一人一半。’这怎么能行呢？这个决定吓坏了真正的母亲，她坚决不允许国王这么做，并且主动要求把孩子交给另一个妓女。另一个女人听了国王的审判，同意把孩子一劈两半，这样谁也得不到孩子。听到这里，所罗门对第二个女人说：‘将孩子给这妇人，万不可杀他。这个妇人才是他真正的母亲。’（《列王纪》）

“所罗门的本意当然不是将孩子分成两半，他只是想用这种方法判断谁是孩子真正的母亲。第二个女人情愿孩子死掉，真正的母亲不可能这么铁石心肠。第一个女人对孩子的爱胜过了她对于正义的渴望，只有真正的母亲才会这样。

“逻辑论中有一个著名的问题叫作‘撒谎者悖论’，说的是‘埃庇米尼得斯（Epimenides）说克里特岛上的人都喜欢撒谎’。如果埃庇米尼得斯的话是真的，那说明并不是所有的克里特岛人都喜欢撒谎，因为他自己也是岛民。若他的话是谎话，则说明岛民们喜欢撒谎，那他的话又是对的，矛盾之处就在此。《堂吉诃德》第二部第51章中有一段，是从‘撒谎者悖论’演变来的，还融合了‘所罗门的判决’的元素。

“桑丘当上扒拉塌日轧岛的总督后，臣民向他汇报了一件事：‘大人，一条大河把一块领地分成两半……您得听仔细了，这件事很要紧，也很难办。’接着又说：‘河上架了一座桥，桥头竖着一个绞架，还有个公堂模样的小房子，里面总是坐着四个法官。他们得按河、桥、领地的主人立下的法规办事。那法规是这么说的：凡是过桥的人必须首先说明他要去哪儿、干什么，说真话的，就放他过去；说假话的，马上吊到眼前的绞架上，格杀勿论。人们都知道有这么一条厉害的法规，可是照样有不少人过了桥。显然他们都是说了真话的，所以法官才放他们安安稳稳地过去。有一次，问到一个过桥人头上，他说，他过桥没别的事，就是打算死在眼前那个绞架上头。法官们想了想那人的话，心想，要是放这人大摇大摆过去，那等于他说了假话，按照法规，就该处死他。可是要绞死他呢，则正好与他想死在绞架上的说法一致，也就是说，他讲了真话，按法规，又该放他走。法官们直到现在还犹豫不决，不知道怎么发落那个人，求总督大人给拿个主意。他们听说大人您才情出众、见识过人，特地打发我来求救，还望大人帮他们料理这桩疑难的公案。’①

“桑丘仿佛化身为所罗门，下达的指令和所罗门如出一辙。‘现在要按我说的，’桑丘讲，‘让那人说真话的一半过桥，把他说假话的一半绞死，就算一字不差地按过桥章程办了。’告诉桑丘这件事的人提醒他，如果这样判决，这个胆大包天、玩弄逻辑的人会死掉的。但这样判决，法官们就违背了原先的法令。桑丘于是回应：‘那还是给他一条生路让他走吧，行善总比作孽得人心。’

“听完这几个故事，我们会明白：面对某些利益时，如果坚持均分，有时难免破坏其价值。那应该怎么办呢？回到《圣经》上，《约翰福音》

① 《堂吉诃德》，董燕生译本，漓江出版社，2014。

中有一个故事给了我们明确的启示。耶稣受难后，兵丁们准备剥去他身上的衣物，然后分掉。兵丁们将耶稣钉在十字架上，将他的衣服分为四份，每人一份；又拿走了他的袍子，但这件袍子原来是上下一片织成的。其中一个兵丁说：'我们不要撕开，只要抓阄，看谁能抓到。'兵丁们明白，如果只有一个人，他便可以拥有袍子而得益。但如果把袍子分成许多份，那么谁也得不到完整的袍子。所以说，当均分财产损害到它实际的价值时，人们会选择利用偶然性将这份财产判给某一个人。

"总结一下，一般在两种情况下人们会用偶然性来作选择：一、当好事或坏事发生的概率相同或基本相同时；二、当均分财产使得财产的价值降低甚至彻底消失时。"

下课了。贝尔的回答真的比我的问题长了许多。

| 补充说明 |

1. 整堂课的灵感来自乔恩·埃尔斯特（Jon Elster）的著作《所罗门的判断》（纽约，剑桥大学出版社，1989），另外，胡安·安东尼奥·里维拉的《掌控命运》中还有一个更加清楚的"撒谎者悖论"："这句话是假的。"这句话说"这句话"是假的，因此如果"这句话"是真的，那么这句话就是假的；但如果"这句话"是假的，这句话又是真的，矛盾之处正在于此。
2. 林多人的故事可以在罗伊斯顿·M. 罗伯茨的《塞伦狄普：科学中的偶然发现》（马德里，联盟出版社，1992）中找到。
3. 玛格德琳两害择一轻的片段出自威尔基·柯林斯的《无名氏》（巴塞罗那，黎明出版社，1998）。
4. 埃克朗在《偶然性》（巴塞罗那，赫迪沙出版社，1998）一书中提到了耶稣长袍的故事。

第 5 封信

习得性无助：当事情不受控制时会发生什么

星期一，第 3 周

“老师，我有点儿迷糊。”贝尔刚在椅子上坐下，“赛跑”的赛丽就向她发问。

“一会儿让你发言，赛丽，先让我点完名。”

点名仪式进行完之后，贝尔说：“好了，赛丽，现在你可以告诉我你在哪片海域搁浅了，我应该去哪片海域救你。”

“我不明白海域是什么意思。”

“那查查字典。”贝尔回答，目光在整个教室扫视了一圈，“你们已经到了提高理解力的年纪，我不想在这上面花太多时间。如果遇到不明白的词，应该像条件反射一样，迅速去查字典。你们必须培养这种习惯。在网络时代，没有比查字典更容易的事了，咔嚓点一下鼠标，电子词典和百科全书全都近在咫尺。”

“好吧，老师，那我说了。”赛丽像往常一样自然地打断了贝尔，“我想讲的和纸质字典还有电子字典都没关系。”

“好的。”

“是这样的，在上节课前，我对课程的进度还挺清楚的。我们讲了理性主义具有片面性。理性主义排斥和抗拒偶然性，因为偶然性不受它控制，对吗？”贝尔点了点头。赛丽继续说，“可是，上周四的课上完以后，我觉得特别灰心。因为……因为你突然又告诉我说这一切也可以反过来：偶然性可以为理性服务，甚至可以使理性作出更好的选择，对吧？”贝尔又点点头。赛丽接着说，“我迷糊了，这不是自相矛盾吗，老师？”

“被你发现了，还真的是。”贝尔装出深受困扰的样子，问全班同学：“谁能帮我降伏赛丽这只小老虎？有没有人能勇敢地站出来捍卫我的观点？”

“我来试试。”我举手。

“谢谢，愿真主安拉保佑你多子多福。”

“我没有宗教信仰，老师。”我假装生气地说。

“对不起，对不起，我不是故意的……”贝尔也打趣地回答，她似乎比平时活泼一些。

“我们说了，”我接着发言，“我可以继续吧？好，我认为上一堂课讲的内容和之前的内容并不矛盾。老师说过，在某些特殊的状况下，偶然性可以服务于理性，这点赛丽也承认了。不过多数情况下，偶然性和理性相处得并不和谐，两者之间也没什么合作。那些希望理性生活的人，一般都很讨厌偶然——至少他们对我是这么说的……”我说最后几个字时轻得像耳语一样。

“好极了，确实如此。”贝尔表示赞同，“总结得很到位，卡梅，我要表扬你一下。赛丽指出了问题有争议的地方，我也要表扬一下。接下来，为了不让大家走入误区，我会快速总结一下我讲过的内容。这样的话，大家就不会觉得那么迷茫了。总结不是每节课后都有的，在我感到你们走偏了时，或者在讲重要的新内容之前，我才会进行复习总结的。大家同意吗？”

同学们都觉得很好，这正是我们现在最需要的。

“其实卡梅已经提到了关键的几点。苏格拉底在接受审判时曾说过，未经反省的人生是不值得过的。不过到了20世纪，分析哲学家吉尔伯特·赖尔（Gilbert Ryle）嘲讽了那种凡事都细细思考的理性主义者，他把这种情况称为‘理性主义神话’。赖尔举了若干个例子：厨师在做饭前必须先默念一遍菜谱；英雄下水救人前必须先听从心中道德的呼唤，即使落水者此时已奄奄一息；象棋选手若想下对棋，必须先默默复习一遍以前学过的下棋规则和技巧。在‘理性主义神话’中，在完成第一步前，绝不能进行第二步。因此，想理性行事，要满足两点：第一，头脑中有合适的想法；第二，把想法付诸实践。也就是说，先有理论，再有行动。

“在这种极端清醒的意识的指导下，偶然事件就像集束炸弹。偶然是不经预兆就会发生的，它无法控制。生活有变数，这是必然。然而，在面对某些情况时，我们可以让偶然为理性服务，这一点我们在上节课讲到了。不过，仍有一些不可控的事件能对人的生活产生深远的影响。有些偶然事件甚至会导致人的死亡。下面给同学们讲一个故事。

“美国军队官方医生哈罗德·库什纳（Harold Kushner）讲过一个故事：1967年，他乘美军直升机飞往越南，途中遭袭击，后来又被俘虏。第二年1月，库什纳被送往一座叫‘第一阵营’的集中营。集中营条件恶劣，11个俘虏挤在一间小竹棚里，每日的食物是3个生虫的红米饭团。这儿的囚犯在第一年里体重平均要减少一半。许多人皮肤表面长了溃疡，每天眼睁睁地看着自己的肌肉一点点萎缩。集中营营长胁迫库什纳签字以表明自己的反战立场，库什纳表示拒绝，说自己宁死也不答应。集中营营长对他说，‘死容易，难的是活着’，这句话让库什纳毕生难忘。

“库什纳到集中营后，和24岁的海军陆战队小队长罗伯特成了好朋友。罗伯特是个沉静坚毅的小伙子，他在集中营生活了两年，在极端艰苦的条件下仍然保持着良好的精神状态和身体状态。库什纳明白，支撑罗伯特的是他迫切地想要离开这里的愿望。所有人都知道，集中营会定期释放一些态度良好、愿意合作的俘虏。营长告诉罗伯特，下一个要释放的就是他。也就是说，再过 6 个月，罗伯特就能获得自由。

“6 个月过去了，罗伯特并没有被释放，集中营看守对他的态度也不如从前了，罗伯特知道自己被骗了。‘他停止了工作，’库什纳说，‘他患上了重度忧郁症：不吃东西，整天蜷缩在床上，吮吸手指，在床上大小便。狱友们试着让他恢复正常，他们摇他，抱他，什么用都没有。他们为了让他从这种麻木的状态中走出来，甚至会揍他。’过了几周，库什纳预感到，罗伯特活不了多久了。

“果不其然，没过多久罗伯特便去世了。库什纳明白，导致罗伯特死亡的罪魁祸首是他的无助感。罗伯特认为自己的努力付诸东流了，再多的努力也无济于事，这让他丧失了活下去的希望。这么说吧，人一旦明白了某个结果的发生（或不发生）同他的努力毫无关系，就容易感到无助。罗伯特意识到他所生活的环境不受他控制，事情的发展完全由着别人，于是他放弃了抵抗，放弃了生命。这也正验证了营长那句话：‘死容易，难的是活着。’

“唔，下次讲一个稍微轻松点的故事。对了，这种无助感还可能扩散，一个人如果在某种环境下产生了这种无助感，即使到了另一个通过自己的力量能改变的环境，也可能仍然有这种感觉。如果出现了这种状况，就是患了‘习得性无助’。心理学家马丁·塞利格曼（Martin Seligman）认为这种对于事物的普遍无助感会导致一系列抑郁情绪的产生，因此这种状况也被叫作‘反应性抑郁症’。

“塞利格曼关于习得性无助导致抑郁的看法受到了一些学者的抨击，这里不再赘述。下面给大家讲讲这种无助究竟是如何习得的——它源自一种‘自我实现预言’。

“大家可能要问，‘自我实现预言’是什么。举几个例子吧！假设媒体大肆宣传本年的流行色是紫红色，人们就会去买紫红色的衣服，广告宣传会导致消费者对这种颜色产生偏爱。如果有学生说本周五学校停课，其他同学的积极性也会受到影响。如果有传言说某家银行已经丧失了清偿能力，储户们可能会一窝蜂地涌到银行去取钱。又因为银行只有部分准备金，也就是说，保险柜里的现金不多，大部分钱都被贷给企业或个人了，传言最终导致银行倒闭，这时人们会认定，这是因为银行本来就没有清偿能力。再比如，几名心理学家随机挑选一些孩子，并告诉他们的老师，这些孩子都是‘能力超群’的好苗子。如果老师们相信，并对这些孩子采取和普通学生不一样的教育方式，这些孩子最终的成绩也会比其他人好。尼尔·R. 卡尔森（Neil R. Carlson）在《行为生理学》（*Physiology of Behavior*）中描述了安慰剂效应，也就是我们所说的‘自我实现预言’：‘某种药物本来没有什么功效，但如果一个人相信它有特殊功效，他在服用药物后，药物真的会起效。不是病人产生了臆想，而是药物的的确确起效了。’一个人如果抱有某种特定的期待，他的行为也会受到期待的影响，反过来，结果又验证了之前的期待。期待可能是积极的，也可能是消极的。这就是‘自我实现预言’，也叫‘自我完成预言’。

“同样，如果一名学生在完成学习评估后，认为自己是差生，觉得自己天生就不是学习的料，他可能再也不会用功学习了。接下来，他所担心的事果然发生了：在第二次学习评估中，他又得了低分。这名学生更加绝望、麻木，认为做什么都于事无补，这让他对未来更加无助。恶性循环出现了：先入为主的判断不断被证实。你们当中可能有人遇到过这种问题，这叫作‘智力上的习得性无助’。

“反过来，如果一个人足够聪明，那么他会产生一种免疫。正如不可控体验会导致习得性无助，掌控感也会延伸到生活的其他层面。因此，若一个人在险恶的环境下还能充满信心，他会对习得性无助产生免疫。即使有一天他所处的环境真的不可控，他也不会感到无助。

“回想我高中时期，对，和你们一样，我也是理科生——在我迷上哲学前。一次，一位老师突发奇想，交给我一道数学难题让我解答。我那个时候数学学得好，心高气傲，他想压压我的傲气。

“我还记得那道题叫‘克拉茨问题’，是那种无人能解的数学难题。

接下来一连几天，我都在和‘克拉茨问题’作斗争。也许老师看到了我的坚持，动了恻隐之心，他告诉我，这个问题世界上没人能解答。怎么说呢？听了这话，我顿时又找回了自信。

“说了这么多，大家不要以为产生免疫是最棒的选择，因为这种做法可能会带来一些其他麻烦。

“读过伯纳德·韦纳（Bernard Weiner）的社会心理学著作的人都知道，多数人习惯把成功归于内因，把失败归于不受控制的外部因素，这和我当初对待数学题的态度是一样的。有抑郁倾向的人则容易认为自己获得的成功都是偶然，失败则是由自身的缺陷导致的。包括塞利格曼在内的很多治疗师都认为，第一种思维对心理健康有益，抑郁症患者应该接受训练，努力培养这种思维。不过，其中的度很重要，因为过分夸大个人力量，宣扬人可以不受外界影响，对精神健康是不利的。罗宾·道斯（Robyn M. Dawes）曾说过：‘智慧的作用之一就是判断究竟什么是不确定的，以认清我们认知的局限。”莱因霍尔德·尼布尔（Reinhold Niebuhr）有一段祷词，被‘嗜酒者互诫协会’奉作行为准则，祷词是这样的：‘神啊，求你赐我平静的心，去接受无法改变的事；求你赐我勇气，去做能改变的事；求你赐我智慧，去区分两者的不同。’

“只要不超出个人的承受范围，不确定性和不可控事件还能‘给生活加点料’。若一个世界万事确定，人们连自己死亡的时间和地点都能知晓，生活的趣味也就丧失了大半。预知结局固然是美好的，然而惊喜降临时的那份激动也未尝不珍贵。在万事确定的世界中，我们依旧没法活得百分之百舒心。所以说理性主义者要‘和偶然斗争’，把偶然性从生活中赶出去，是极为不明智的。罗宾·道斯指出了其中的矛盾之处：一方面，人们勇往直前，希望减少生命中的不确定性，因为不确定代表了痛苦和脆弱；另一方面，假使有一天，我们真赢得了这场战争的胜利，留下的只能是一个不宜生存的恐怖世界，没人愿意多待一秒。大家可以仔细琢磨一下这句话。”

| 补充说明 |

1. 苏格拉底的话出自柏拉图《对话录》（马德里，格雷多斯出版社，1981）的《辩护词》。
2. “理性主义神话”可查阅吉尔伯特·赖尔《心的概念》（布宜诺斯艾利斯，巴依多思出版社，1987）。
3. 马丁·塞利格曼在《习得性无助》（马德里，辩论出版社，1989）中讲到了罗伯特的故事。
4. 1968 年，罗森塔尔（Rosenthal）和雅各布森（Jacobson）在实验中让圣弗朗西斯科南部一所学校的老师相信有一些学生天赋异禀，这导致了后来的“自我实现预言”，也叫“自我完成预言”。参见埃琳娜·加维里亚·斯图尔特等人编著的《社会心理学导论》（马德里，桑斯 & 托雷斯出版社，2012）。
5. 安慰剂现象请参见尼尔·R. 卡尔森的《行为生理学》（巴塞罗那，阿利尔出版社，1999）一书。
6. 费尔南多·德里阿斯·德·贝斯的《用房子换郁金香的人》（马德里，今日主题出版社，2009）中有“自我实现预言”的例子，老师上课时没有讲到。
7. 关于抑郁症患者的思维模式，可参见伯纳德·韦纳等编著的《认识成功与失败的原因》（莫里斯，普及知识出版社，1972）。
8. 罗宾·道斯对理性主义矛盾之处的介绍可参阅其所著《不确定世界的理性选择》（奥兰多，哈考特·布雷斯·乔瓦诺维奇出版公司，1988）一书。
9. 关于“自利性偏差”及其危害（即将成功归于自己，将失败归于外部的原因），请参阅阿纳斯塔西奥·欧贝海罗·伯纳尔的《社会心理学：理解人类行为的几个关键》（马德里，新藏书出版社，2013）。
10. “克拉茨问题”，也叫“叙拉古问题”“角谷猜想”等。关于这一数学问题请参阅米格尔·德·古兹曼的《数学探险》（马德里，金字塔出版社，1997），也可参阅尼诺·波卡拉的著作《数学精要》（纽约，斯普林格出版社，2007）。

第 6 封信

宗教和迷信的鸽子：我们喜欢将偶然性解释为原因

星期四，第 3 周

“有没有人觉得自己很迷信？”贝尔开始讲新的一课。

“我，贝尔，”大卫·加拉德用宙斯般洪亮的声音回应她，“对不起，我是想说我，老师。”后面这句话声音一下低了 8 度，大卫已经努力把嗓门压到最低了，但听起来其实没有什么差别。

“没关系，大卫。”贝尔安慰他，“我知道你们叫我贝尔。我喜欢这个名字。好了，能告诉大家你为什么觉得自己迷信吗？”

大卫在第一节哲学课上发过言，这个体格健硕的巴斯克男生，一看就是做警察的料。如今加泰罗尼亚大区“独立”之风盛行，不知道大卫还有没有可能进入西班牙的警卫部门。大卫和赛丽是好友，赛丽是唯一能和他在音量上匹敌的人。赛丽是不折不扣的左派，如今在西班牙打着灯笼都很难找到她这样的年轻人了。她还有点儿民族主义倾向，不过这点我不太肯定。这两个人很合拍：坐邻桌，经常嘲笑对方的政治倾向。所有人都希望他们俩鹬蚌相争，其他人坐收渔翁之利。

“我害怕遇到黑猫，嗯……也害怕从梯子下面经过。对了——”大卫说，“打篮球时我会把内裤反着穿，这么做能带来好运。”（同学们都笑了。）“怎么？”大卫用洪亮的声音让大家安静，“就是能带来好运嘛，我试过的，不这么做就会输掉比赛。”

“很好，大卫。”老师说，“看来你确实是个迷信的人。那你认为鸽子也会迷信吗？”

“什么？什么意思？我没听懂。”大卫坦率地表示他没明白贝尔的话。

“一般人认为，只有人类才会迷信。其实不然，鸽子也可以迷信。它们不是真迷信，只是它们的行为会让人产生这种错觉。”

“好吧，既然你都这么说了。”大卫显然半信半疑。

“这不是我说的，是20世纪知名的心理学家伯勒斯·F. 斯金纳（Burrhus F. Skinner）说的。斯金纳做过一项著名的心理实验，证明了这一点。下面我给大家讲讲吧。

“行为主义心理学家会选择一个动作，这个动作是他们希望实验对象重复做出的，之后他们会通过某种方式来奖励这个动作，即所谓的‘正强化’。比如想要老鼠不断按杠杆，只要它做出这个动作，就可以得到适当的奖励（比如一小团食物）。利用这种正向强化的模式，老鼠压杠杆的频率明显增加，科学家们成功控制了老鼠的行为。

“斯金纳做出了新的实验探索，在实验前，他没有事先定下要强化的行为。如果鸽子是这次实验的主体，它并不知道做出什么动作才能获得奖励。斯金纳将一只已禁食一段时间的鸽子锁在笼子里，通过让鸽子挨饿，使其对食物刺激更加敏感。

“笼子足够大，鸽子可以向各个方向迈步。笼子一角放置一个盛满谷粒的食碗，食碗由计时器控制，每15秒出现一次。每当食碗出现，鸽子都沿直线走过去，满意地吃一会儿。在某次食碗出现前，鸽子刚好逆时针转了一圈。于是，它把这个动作和食碗的出现联系起来了，转圈的动作因此得到强化。过了一会儿，鸽子又逆时针转了三圈，此时时间刚好过了15秒，食碗又出现了。后来鸽子转圈的频率明显增加，在外人看来，它像一个丧失理智的托钵僧。这又增加了鸽子转圈和食碗出现之间相关的可能性。实验结束时，鸽子疯狂转圈的行为完全固化，旁人看起来，它仿佛是在进行某种怪异的宗教仪式。

“利用这种‘偶然强化’，科学家让另一只鸽子在实验中做出了点头的动作。第三只鸽子则不断把头伸进笼子上方的一个孔里——它在一次食碗出现前偶然做了这个动作。斯金纳把这种行为称为‘迷信行为’，这让他想起了迷信的人类，比如为了获得好运，人们会在门上挂马蹄铁，或是随身携带兔脚[①]。为了避免厄运降临，人们认为不应从梯子下面过，不能穿黄颜色的衣服等。

“要理解迷信者的思维，请大家思考下面两个句子。句子中的 A 和 B 指任意可能事件。”

同学们竖起耳朵，集中注意力。这么多天以来，贝尔第一次从椅子上站起来。她摘下记号笔的笔帽，在黑板上写了什么。天哪，她写了什么？我的心怦怦跳，接着，我看到黑板上出现了两行字：

（1）如果 A 是 B 的原因，那么 A 发生在 B 前。

（2）如果 A 发生在 B 前，那么 A 是 B 的原因。

“不难发现，这两句话只是前后顺序颠倒了。第一句很好理解：原因肯定发生在结果之前。第二句话则不然，这句话是有问题的。”贝尔抓紧此次的板书之旅，在黑板上写下了一句拉丁语：post hoc，ergo propter hoc。然后翻译道：“因为发生在之后，所以是结果。”

“迷信者有一个共同的特点，就是他们相信第二句话。假设 A 事件是‘在脖子上戴一块护身符’，B 事件是‘找到工作’。有一天，一个迷信

① 西班牙人认为在门上挂一块马蹄铁，或是随身携带风干的兔脚，可以带来好运。

的人去找工作，他认为护身符能带来好运，就在脖子上挂了一块护身符，恰好这天他找到了工作。他不会把戴护身符和得到工作视为先后发生的两件事，他会认定因为戴了护身符，所以找到了工作。因此每当需要好运的时候，他都会戴护身符。

“迷信的人的思维很独特，他们忽略了偶然性的存在。这么说吧，他们把偶然事件当作因果事件。这使他们产生了一种幻觉，认为自己可以操控偶然。他们相信通过某些特定的仪式、行为，人可以获得好运、避免厄运。这和鸽子是一样的。在鸽子的意识中，它们可以通过做出某种动作来控制食碗。人类试图控制运气，正如鸽子想控制食碗。许多人（同学们应该有不少人和大卫想的一样）不承认人类在面对某些自然现象时无能为力。在面对火山爆发、地震、龙卷风时，他们认为人类可以采取有效的措施避免灾害发生，这种想法在一定程度上能缓解我们无助的感觉。人在面对命运的巨大能量时容易感到惊恐，相应地，迷信活动也更加频繁。

“许多时候，这种控制偶然的幻觉是间接出现的，宗教信仰就是这样。宗教让信徒相信，完成某些特定的行为（如行善、祈祷、宗教仪式、祭祀等）后就可以获得神的帮助。神明无所不能，他们可以控制那些人类所无法控制的自然事件，比如下雨、灾害、粮食丰收等等。宗教信徒可以用这种间接的办法来缓解在面对偶然时的无助感。

“宗教的作用不限于此……它还有许多其他作用，下面举几个例子：宗教可以给有限的人生以慰藉。宗教使那些在现实生活中遭受不公正待遇的可怜人相信，虽然他们在有生之年受尽折磨，但死后能得到补偿。宗教还为宇宙的运行规律做出带有神秘色彩的解释。在战争中，宗教能赐给一方神的庇护，从而让这一方在面对敌人时获得道德制高点。宗教用超自然力威胁那些反叛者，从而保障社会准则、社会契约及法律的顺利运行。宗教能为日益扩大的需要凝聚力的群体提供情感基础，也能在面对反抗者时，让现行制度变得名正言顺。宗教能够让群体获得丰富的物质资料……总之，宗教就像一把多功能的瑞士军刀。1945 年，人类学家乔治·P. 默多克（George P. Murdock）做过一份统计，他发现在全球约 67 种文化中，几乎每一种都有宗教的身影。这说明迄今为止，几乎所有文化中都有宗教的存在，让人吃惊吧？就连我们的亲戚——尼安德特原始人——也会举行宗教仪式！宗教中的许多内容用理智和逻辑分析根本说不通，但这不妨碍它对文化繁衍有举足轻重的作用。我想只要人类存在一天，宗教就会存在一天，不知大家怎么看？”

“你是信徒吗，贝尔？”赛丽问她。

“说实话，赛丽，比起确认神明的存在与否、确认他是否无所不能……宗教的功用更让我感兴趣。对于宗教，人们一般持三种态度：‘上帝是存在的’（贝尔在黑板写下这句话），宗教信徒和神学家是这句话的支持者；接着是无神论者，他们认为‘上帝不存在’；最后，是不可知论者……”

“没听说过这个词（不可知论）。”大卫粗声粗气地说，“我不太明白这个词的意思。”

“这个词含义复杂，很难说清。如果有一道考题是请大家回答人们对于宗教有哪三种基本看法，恐怕没几个同学能解释清楚不可知论。这样吧，我试着用好理解的方式解释给大家听。不可知论者认为，‘上帝是存在的’这句话应该永远以问号结束。这个句子应该是这样的：‘上帝是存在的？’因为我们永远无法知道上帝是否存在。”

“真行，不可知论者谁也不得罪。”大卫发言说。

“不是这样的，大卫，你误会了。不可知论不是有神论和无神论的中间派。他们不是故意逃避，不想给出明确的答案。不可知论者的观念很明确，他们认为，有神论者和宗教信徒都认为人类可以了解上帝是否存在（宗教信徒认为，‘上帝是存在的’；而有神论者和迷信的人则认为没法否认上帝的存在。总之，他们都认为上帝的存在是可知的，也就是说，这个问题是有答案的）。而不可知论者认为，这个问题不可知，上帝是否存在这个问题超出了人类认识能力的极限。不管是现在还是未来，我们永远无法突破这种自身的局限。人类无法像解决其他问题一样，利用更多的科学认识解决这一问题。因此，不可知论者、无神论者、宗教信徒三者是完全不同的。”

“这么说你是不可知论者？”赛丽问。

“是的。这么说吧，我属于不可知论者里面比较低端的那种，我对自己的信仰不太较真，也不爱瞎操心。我对流于表面的宗教研究不太感兴趣，倒是对研究信仰的功用很着迷。”

“我是无神论者，老师。”大卫向全班同学宣布。

“好吧，我知道你们年轻人中流行这个。”贝尔说得很克制，“几十年前，在西班牙拥有宗教信仰、做弥撒还是理所应当的事，无神论者和不可知论者才要给一个说法。现在完全反过来了：信教者们畏畏缩缩的，为自己有宗教信仰难为情；无神论者则信心满满地到处宣扬自己的立场。大家要明白，这两种态度其实是不太正常的。全球有超过 70 亿人有宗教信仰，其中，有超过 20 亿基督教信徒（包括天主教徒、新教徒等），15 亿穆斯林，近 10 亿印度教徒，1400 万犹太教徒。从全球总人口看，没有宗教信仰的人占少数。根据我得到的一些数据，2007 年，无神论者只占全球总人数的 11%。”[①]

“总之，哲学和自然科学能‘驱散’一些迷信的想法，这让我高兴。我不喜欢恐吓有宗教信仰的学生，更不喜欢告诉他们，有宗教信仰是因为自己无知或者书读得太少。也许有些哲学老师会这么做，但我不会，因为……”

铃响了，下课时间到了。像椅子上装了弹簧似的，同学们齐刷刷地从座位上站起来。真没礼貌，老师的话还没讲完呢！我觉得有点儿难为情。不过不一会儿，这事儿就被我抛在脑后了。

---

① 此处仅代表作者个人观点。——编者注

| 补充说明 |

1. 鸽子的实验可以在伯勒斯·F. 斯金纳的《积累性记录》(巴塞罗那，丰塔奈亚出版社，1975)中找到。
2. 爱德华·O. 威尔逊在《知识大通融》(巴塞罗那，古登堡星系/读者圈出版社，1999)中对默多克关于世界文化间关系的观点做了介绍。
3. 如果想了解尼安德特人的宗教仪式，可以翻阅理查德·利基和罗杰·卢因的《我们的起源》(巴塞罗那，评论出版社，1995)，以及胡安·路易斯·阿尔苏阿卡的《尼安德特人的项链》(马德里，今日主题出版社，1999)。
4. 贾雷德·戴蒙德在《昨日世界》(巴塞罗那，辩论出版社，2013)中对宗教的功用作了全面清楚的阐述，另见帕特里夏·丘奇兰德的著作《道德的大脑》(巴塞罗那，巴依多思出版社，2012)。另外，还可参阅尤瓦尔·赫拉利的《人类简史：从动物到上帝》(巴塞罗那，辩论出版社，2014)。
5. 安东尼·派格登在《启蒙运动：为什么对我们而言依旧重要》(马德里，联盟出版社，2015)中对世界上的有神论者的数量做过估计。
6. 宗教可以被群体当作一种"魔力的技术"来获得物质资源，例如美拉尼西亚的船货崇拜，这一点马文·哈里斯在《母牛·猪·战争·妖巫：人类文化之谜》(马德里，联盟出版社，1984)中有详细的描述。彼得·沃斯利的《号角即将吹响：关于美拉尼西亚的船货崇拜运动的研究》(马德里，21世纪出版社，1980)也涉及这一问题。
7. 有关宗教的神经科学层面的介绍，请参阅迪克·斯瓦伯的《我即我脑》(巴塞罗那，平台出版社，2014)。
8. 如果想要进一步了解各个宗教，可以读一读帕斯卡尔·博耶尔的专著《人类创造了上帝：宗教思想的起源与发展》(马德里，金牛出版社，2007)。

第 7 封信

三种运气：自然运气、社会运气和意外运气

第 4 周

“老师，最近我和同学以及几个在大学读书的朋友聊了聊，我们都认为运气不好是人们为失败找的借口。”贝尔刚走进教室，还没来得及坐下，赛丽就连珠炮似的向她发难。

“啊，是吗？居然是借口……”

“对。”赛丽闪电一样迅速回答，“一个人要对一件事负责，但如果有运气作挡箭牌，即便搞砸了，也可以推卸责任。比如说考试挂科了，你可以告诉爸妈：唉，是我运气不好，准备的都没考。再不然找个别的理由也行：家里没有可以安心学习的地方，每次都和姐姐一个房间，她特别爱吵闹……”

“律师在法庭上维护坏人也这样。”大卫用巨人般粗声粗气的嗓音接话了，他一听就是当警察的料，“被告很可怜，从小家境贫寒，周围都是些狐朋狗友，根本没机会走上正道……只要能推卸掉责任就行。”

“压根不存在运气这种东西。”赛丽像女战士一样斩钉截铁，“运气是争取来的。从来没人说贝多芬写出《第九交响曲》是因为他运气好，出

身好。贝多芬取得那么大的成就是因为他努力又投入。对吧？”

“好。我们今天讨论一下这个话题。”贝尔回答，她希望能尽快平息这场愈演愈烈的学生“起义”，“你们俩的话我部分赞同。首先，我们来一起区分几个没学过的概念，分别是：自然运气、社会运气、意外运气。

“提到‘运气’，大多数人首先会想到中彩票、赢赌球等，当然也可能想到一些坏情况，比如交通事故、冰雹、庄稼减产。这意味着我们往往会想到一些突然发生的事件，有些是好事，有些是坏事。在大多数人眼中，‘运气’是‘意料之外’的。如果从字面理解‘运气’这个词，它指原本进行的事中意外发生的事。它打断了原有的进展，这种打断可能产生积极影响，也可能产生消极影响。一个人一生下来就已确定的‘命’不算作意外运气。意外运气和自然运气、社会运气不一样。不过它们三者有共通之处：都不受人控制。这种不可控是常态，是人生来就要面对的。

“自然运气影响着我们的个人属性，比如性别、外貌、身高、抗疾病能力等。打个比方：赛丽，你从母亲那里继承了一条 X 染色体，从父亲那里也继承了一条 X 染色体。假如父亲给你的是一条 Y 染色体，现在坐在这儿的就不是一个女孩了，而是一个男生。大家可能会叫你塞力，力量的力。（哄堂大笑。）从数学的角度来看，你成为女孩和男孩的可能性分别是 50%。与掷硬币一样，正反面朝上的可能性各占一半。不过大家都很喜欢作为女孩的赛丽，对吧？从数学角度看，成为女生对你来说是一个偶然事件。性别和你息息相关，你同意吗？好，同意了，可在这件事上你无能为力。对了，你多高，大卫？”贝尔突然扭头问大卫。

“什么多高？”大卫有点儿摸不着头脑。

“当然是身高，还能是什么？”同学们又低声笑了。

“噢，我啊，1.99 米。教练说我还能再长点儿。”

“好，我猜你长这么高不是因为你每天吃长颈鹿肉，而是因为你继承了父母的基因，他们俩应该很高吧？”

“对，都挺高的。我妈妈比爸爸矮一点儿，但他们俩都超过 1.8 米了。”

“正是因为不可控的遗传基因，你现在才这么热爱篮球，而且在朝着职业球员的方向发展。（大卫愣愣地看着老师，他显然没想那么远。）先天因素对人影响深远，父母是否能为后代选择最优基因（即采用积极优生学）？这个道德问题显得异常敏感，究竟是允许，还是禁止这种做法？还是说，只有当新生儿有患重大遗传病的可能时，父母才可以这么做（即采用消极优生学）？随着基因科学的不断发展，这一问题亟须解决。

“我们刚刚还提到了社会运气，它取决于一个人生活的环境，一个人是贫穷还是富有？父母是大学教授，还是普通农户？是否有良好的学习环境？另外还要考虑时间和地域因素，你是生活在 16 世纪的日本，还是 21 世纪的西班牙？为了说明这一点，我这里举一个例子。谢尔盖，你的数学很好，对吧？”

“没有很好……我妈妈是数学家，爸爸是工程师。”谢尔盖像往常一样谦虚地说，“他们之前在苏联学习过。我妈妈说，要很勤奋才能坚持下来，她大学的时候每天学习 10 个小时，周末也是在解数学题中度过的。”

“大家明白我的意思了吗？”看得出贝尔有点儿小小的得意，“假设谢尔盖没有出生在这样的家庭，而是出生在坦桑尼亚的哈扎部落。部落里不需要数学家，也没人在乎数学是什么，谢尔盖的数学天赋也就英雄无用武之地了，他可能甚至意识不到自己的数学天赋。”

“同样，假设自然运气赐予依德高超的击剑天赋。”依德听到老师提到他的名字，脸立刻红得像番茄一样。“他不是出生在 21 世纪的西班牙，而是出生在 16 世纪的日本，那依德很可能成为一名令人敬畏、名扬四方的武士。当时的武士备受尊崇，现在不一样了……现在要是有人拿着一把长刀在街上走，立马会有警察关注你……再举一个例子：赛丽有成为记者的潜质，但如果她生活在 15 世纪，那时世界上还不存在记者这种职业，那么她的潜质就白白浪费了。人们有时容易忽视社会运气对人生的重要影响。

“一个人可以逃脱社会运气的牢笼，这是真的。《美国，美国》[1]这部经久不衰的影片让导演伊利亚·卡赞屡获电影界殊荣。电影讲述了卡赞的叔叔从贫穷的土耳其逃到美国的故事。男主人公一心想改变命运，美国是他梦中的伊甸园，是支持他活下来的希望。现如今撒哈拉以南的许多居民受苦受难，他们只盼望着有一天能偷渡到意大利的兰佩杜萨岛或者西班牙的休达和梅利利亚，来到欧洲这个‘天堂’。”

“得了吧，什么‘天堂’啊。”赛丽不无嘲讽地说。

“许多人和赛丽一样，对这种想法嗤之以鼻，认为欧洲算不上‘天堂’。但这世上不存在十全十美的‘天堂’（其实十全十美未必是件好事，大家上完这学期的课会明白这一点的）。但我们没有生活在战争的炼狱中，也不用住猪圈一样的窝棚。不仅撒哈拉以南有大批的难民，叙利亚、利比亚、阿富汗数以万计的难民也渴望着脱离战争的苦海。

“赛丽和大卫两个人都认为‘运气是争取来的’，相信也有很多人同意另外一种说法——‘运气能争取到’是盲目的乐观，没人能百分之百理性地活着。没有人能不受客观条件的阻碍和制约，仅凭努力就达到目标。如果认为运气可以‘争取到’，那便是犯了理性主义者自大的老毛病。

“然而，单纯认为人类只能被命运玩弄于股掌之间，认为运气是真正的主宰，也是不对的。我们对发生在自己身上的事情，不管是好是坏，都应该承担一定的责任。一个人的生活是否顺利，很大程度上取决于他能否打好命运发给他的牌。过人的才智并不等于过人的成就。斯坦福大学的心理学家刘易斯·特曼（Lewis Terman）在第一次世界大战后追踪研究过天才儿童。特曼相信，只要天资过人，就能取得杰出的成就。特曼所说的天资过人是指智商在 140 以上。他找到 1 470 名智商达到这一水准的儿童，他们后来被人们叫作‘特曼人’。特曼在去世前一直在持续追踪这些

---

① 《美国，美国》（*America America*），1963 年上映的美国电影，导演是伊利亚·卡赞（Elia Kazan）。

孩子，他深信这些天赋异禀的孩子会成为美国知识界、政治界和金融界的精英。然而事实却出人意料，只有很少一部分‘特曼人’长大后成了有名望的社会精英（这些人中没有一个人获得诺贝尔奖），多数人都带着天才的光环泯然众人矣。特曼终于承认：高智商并不一定等于高成就。

“智商是衡量智力的一种基本方法，它只能衡量聚合思维（与创造性更密切的是发散思维）。从某个智商分界线开始（比如说 120），超出的那部分智商对成功的影响也逐渐变小。大家可以把天才的智商想象成篮球高手的身高，假设一个人只有 1.65 米高，他可能成为职业球员吗？你怎么看，大卫？”

“很难。”

“职业篮球极为严酷，”贝尔表示赞同，“很少有 1.85 米以下的球员。没有特殊原因，球员的身高最好比 1.85 米更高，到 1.9 米，到 1.95 米更好。不过，当两位球员都超过了某个身高界限时，身高上的差距就没那么重要了。身高 2.05 米的球员不一定比 2 米的球员优秀。篮球史上最伟大的球员迈克尔·乔丹（Michael Jordan），身高 1.98 米，比大卫还低一点点。大卫，你会认为因为你比乔丹高一点，所以篮球也打得比他好吗？”

“怎么可能！老师，没人能和乔丹相比。”大卫肯定地对贝尔说。

“我欣赏你的坦率。事实的确如此：天赋固然重要，但仅拥有天赋是不够的，比天赋更重要的是长时间、高密度地投入工作。托马斯·爱迪生（Thomas Alva Edison）说过，‘天才是 1% 的灵感加 99% 的汗水’。相信大家理解，爱迪生举这样一个悬殊的百分比的例子是为了强调努力比天赋更重要。这句话也提醒我们：如果没有最基本的天赋，再怎样努力也不过是碌碌之辈中的一员。

“现在请大家思考几个问题：为什么一个人在发现自己有某种职业天赋后，还愿意卖力地工作呢？为什么一个人愿意满头大汗，只为了达到爱迪生所说的那 99% 呢？这个问题的答案是‘意义’。一份‘有意义的工作’需要满足以下三个条件：自主性，从事这项工作的人有自主权，可以成为工作的主人；复杂性，工作具有挑战性，顺利完成它会让我们的内心感到满足；努力工作和外在报酬有可见的联系，如金钱、声望、权力等。

“传奇的甲壳虫乐队正是将天赋和勤奋完美结合的典范。甲壳虫乐队的雏形形成于 1957 年。1960 年，乐队还在利物浦名不见经传。1960—1962 年，乐队在德国汉堡的一家酒吧驻唱，同时也在一些脱衣舞酒吧演出。他们每周工作 7 天，平均每天工作 8 小时。短短一年半时间里，乐队一共演出 270 场。1964 年，乐队在美国取得了空前巨大的成功，在这之前他们已经有大约 1 200 次现场演出经验了，这比大多数乐队整个职业生涯所能表演的现场演唱会都要多。在汉堡漫长的黑夜里，这 4 名少年历尽艰辛，才终于谱写了乐坛的神话。”

贝尔讲完披头士的故事，该下课了。我哼起了甲壳虫的 *All you need is love*，这时我想起来，贝尔今天上课忘记点名了。

| 补充说明 |

1. 贝尔老师一直以为运气的三种类型（即自然的、社会的、意外的）是她自创的理论，后来她发现约翰·罗尔斯在《作为公平的正义：正义新论》（巴塞罗那，巴依多思出版社，2002）中阐述过类似的理论。群体遗传学家理查德·C. 勒沃汀在《人类的多样性》（巴塞罗那，科学出版社，1984）中也提出过类似的理论。
2. 关于积极优生和消极优生及他们各自的优势，有不少作者论述过：彼得·梅达沃（Peter Medawar）的《斑点鼠的奇特案例》（巴塞罗那，评论出版社，1997），门罗·W. 斯提克伯格的《进化》（巴塞罗那，欧米伽出版，1993），赫苏斯·莫斯德林的《人类天性》（马德里，埃斯帕萨卡佩出版社，2006），何塞·路易斯·艾莱德罗的《生物谬误》（《实践理性摘要》，2002 年，9 月刊）。

3. 史蒂芬·平克在《白板》(巴塞罗那，巴依多思出版社，2003)中指出，20世纪很长一段时间里，左翼政党是支持优生学的，右翼政党则持反对态度。不过到希特勒上台，这一情况发生了改变。

4. 关于婴儿性别选择，请参阅理查德·大卫·普列斯特的《我是谁？如果有我，有几个我？》(巴塞罗那，阿利尔出版社，2009)。

5. 本节课与"特曼人"有关的内容依据的是马尔科姆·格拉德威尔的《异类》(马德里，金牛出版社，2009)。胡安·安东尼奥·里维拉关于本书有一篇书评，题目叫作《马尔科姆·格拉德威尔：叙述者》，刊登于2010年1月的《读书杂志》。

第 8 封信

和贝尔的约定

星期三，第 4 周

正是课间休息时分，我在吃奶酪火腿三明治。对了，火腿，你没听错。火腿是我最喜欢的食物之一，特别是火腿上再盖一层热奶酪！食堂里的华妮最拿手的就是这种热三明治。我每天都盼着课间休息，可以买一瓶矿泉水或者一杯咖啡，然后就着吃掉整个火腿奶酪三明治。

“卡梅。”有人在身后叫我，“最后一节课我想和你聊一会儿，咱们‘鸽子窝’见，好吗？”

原来是贝尔，她像猫似的从背后蹑手蹑脚地走过来。

“吓我一跳！你总是这么没声没响的？”我停了一下，好咽下最后一口三明治。由于惊吓过度，三明治卡在了嗓子眼。我费了好半天劲，终于能说话了：“‘鸽子窝’？没问题，我晚点过去。”

不一会儿，贝尔就消失在学生和老师拥挤如潮的餐厅中，我这才意识到刚才答应得太匆忙了，最后一节是历史课。算了，就逃课一次，问题不大吧。只好向谢尔盖借笔记了。我被好奇心折磨得浑身痒痒的，之前给贝尔发了好几封邮件，但她一封也没回。难道她生气了？是要告诉我别再发邮件了？我们俩的实验是不是要结束了？我心想："天呐，我还得等到生物课下课才能去找她。"

整堂生物课我都在想这件事，根本没听进去老师讲什么。一下课，我就三步并作两步，气喘吁吁地跑到"鸽子窝"门口。我调整了一下呼吸，然后敲了敲门。

"是敌是友，都请进。"贝尔回答，看来这是她迎接访客时的常用语。

"我来啦。"还没等贝尔讲"请坐"，我已经一屁股坐下了。我立刻抛出了一段已经准备好的开场白："老师，要是你不喜欢我发的邮件，没关系，我们可以暂停约定。如果我写了什么冒犯你的话，真的很抱歉，我不是有意的……"

"讨厌？冒犯？你在说什么呀，卡梅？"贝尔打断我，"叫你来是要表扬你。你做得很好，远超出我的预期。别紧张，我对你没有任何不满。我在读邮件的时候被吓了一跳。我没想到上课讲的内容你全懂了，没有遗漏任何一个知识点。你的西班牙语真好，没想到年纪轻轻的外国女孩可以做出这样的笔记。没想到教书这些年，我的学生里写作水平最高的竟然是个摩洛哥女孩。有意思，有意思……外国人一般理解和表达都会有困难，你却比西班牙人写作还好。"

听了贝尔的表扬，我惬意极了。从在餐厅里被叫住的那刻，我心中一直充满了各种各样的疑虑，像气球一样，越吹越大。听完这话，我总算可以把心放下了。

"你不回复邮件，我以为是我哪里没做好。"

"因为你在邮件里没有提任何问题呀。"贝尔说，"对了，要祝贺你顺利地完成了任务！顺利……瞧这个词用的！读完你的信，我真惊讶得合不拢嘴。我本来以为你会随便发给我一些总结，我还得费半天劲儿改错。

结果呢，大错特错了。读你的信真的是一种享受，你知道最让我惊喜的是什么吗，卡梅？”

“是什么？”

“是你补充的例子。”

“啊，你注意到了？”

“怎么会没注意到？你举的例子都很棒：普里阿摩斯，克罗伊斯，柯林斯小说中的玛格德琳，《堂吉诃德》中桑丘在岛上的故事，嗜酒者互诫协会的准则，还有甲壳虫乐队……我很喜欢，真的。你的能力不一般，卡梅。不对，不该再叫你卡梅了，该叫你‘超能力卡梅’才对。”

听到这么有创意的名字，我忍不住笑了。我想告诉贝尔其实我没有她说的那么好，但又暗暗期望她能再表扬我几句。

“没有没有，我哪有什么超能力。你上课时提到了普里阿摩斯，我回家后顺手加上了。我有个在巴塞罗那自治大学图书馆工作的朋友，他给我讲了克罗伊斯的故事，玛格德琳的故事也是他加上的。前一段时间他参加嗜酒者互诫协会的聚会来着，告诉了我那句话。桑丘和甲壳虫的例子其实很容易想到。”

“介不介意告诉我这位图书馆神人是谁？”

“我说了呀，是我在大学文学系图书馆认识的一个朋友，叫鲁卡思。”

“他为什么这么不遗余力地帮你？”

“他见了我就跟哈巴狗似的。”说完这个比喻，我自己也笑了，“前一阵子我给他发邮件，告诉他我在查一些资料。他效率很高，收到邮件后半天左右，最多一天就回复我了。他刚好读完柯林斯的小说，给我讲了女主角的故事。我很喜欢，就加上了，纯属偶然。”

“这书确实不错。”贝尔表示赞同，“柯林斯的两部代表作，《无名氏》

和《白衣女人》(*The Woman in White*)，你有空时可以看看，能学到不少东西。对了，你平时喜欢读什么书？”

“什么都看，我属于杂食动物，数学、文学、历史、哲学，都看。”

“你们平时课挺多的，看书的时间很少吧？”

“我不太出门，平时主要就待在房间里看书学习。”

“你这个年龄，竟然每天看书学习？！你不和男孩子约会？不参加朋友们的聚会？不和鲁卡思见面？对不起，我的问题有点儿多了……”

“没关系。我的生活就是书本，我喜欢这种状态，不希望发生任何改变。至于鲁卡思，我俩通信多，见面少。我只在感觉他的爱情火焰快熄灭时才和他见面，这样能让他保留一丝幻想。”

“呃，卡梅，这么做听起来挺恶劣的……你不觉得这是在玩弄别人的感情吗？你这样做是不是有什么特殊的原因？”

我想了想，说：“我不这么认为。自从他参加了我的哲学探险，我发现像你说的那样，其实他有某种‘超能力’。我在感情问题上一向比较谨慎，以前我只觉得他学富五车。反倒是这次，走近他以后，我开始关注他了。如果他没帮我，我也不会真正地走近他。”

“这么说，你在观察他？”

“我总是在观察人。”我严肃地说，“观察我自己在内的所有人。这么说吧，我观察最多的就是我自己。”

“听起来无可厚非，那要是有人没通过审查……”

“拉他进黑名单。”

“不愧是超能力卡梅，简直是终结者的终结者。”贝尔开玩笑说，“这么说，你只对有头脑的男生感兴趣？”

我想了几秒，然后说：“其实也不是。我和大多数女孩一样，喜欢英俊的男生。但如果有男生聪明、懂礼节、内心又善良，我没有理由不喜欢他，除非他丑陋滑稽到说不过去……我对谢尔盖那样聪明的男生，没有抵抗力……”

"哎，说到谢尔盖，前两天有同学告诉我，大家给他起了个外号，叫他'巨型考拉'。我听了实在忍不住想笑！这名字真是活灵活现：你看，谢尔盖总是懒洋洋的，像一只大号的玩具熊。他看似波澜不惊，却有一双明亮的眼睛，每次提问的时候都电钻似的盯着老师。谢尔盖是个聪明孩子。抱歉，打断你了……"

"对，谢尔盖很聪明，每次想到这儿，我都'热血沸腾'的。我有种预感，这学期我俩会'相爱相恨'。我是个好强的人，凡事都想拿第一，谢尔盖是班里唯一让我相形见绌的人。"

"别忘了赛丽。"贝尔说。

"哪儿啊！赛丽只是嘴上厉害，说话有点儿没遮拦。她存在感很强，好像总在告诉大家：'我在这儿。'赛丽适合当意见领袖。我不是说她脑袋里没东西，她有许多想法，不过她总是说胡话。你真应该听听她在历史课上的发言，这才开学一个月。"

"她说什么了？"

"马克思主义，"我回答道，"赛丽是马克思主义者，她自己说的。"

"真厉害！马克思主义！现在西班牙很少有年轻人说自己信仰马克思主义。"

"赛丽好胜，"我说，"不服输，这点我很欣赏。她和大卫是一类人，他们俩处于两个极端，但能和睦相处，让人刮目相看。他们俩不会仇视对方，做事也光明磊落。不过赛丽没有谢尔盖那么擅长思考，我要留神的是谢尔盖。"

"那邮件里那个神秘的'她'呢？'她'是谁？"

"她？"其实我明白贝尔问的是谁，"噢，她呀。我原本不打算提她，我知道你会问的。"

"她是谁？"贝尔继续问。

"噢，是一个故交。我原本打算把她封存在历史里。不巧的是，这学期开学又碰到了。你在课上讲过，意外运气，很难躲的，是吧？"

“你真的不打算告诉我她是谁？”

我盯着贝尔的眼睛。“我还不了解你，”半晌后回答，“以后再说吧。”

这次换贝尔盯着我了。她看了我几秒钟，然后收回电钻般的目光，换了个话题：

“好吧，没关系。今天叫你来不是为了了解什么神秘人，你有权保留秘密。对了，除了表扬你，我还有一个提议，想听听你的意见。”

“请说。”

“这事儿我考虑了很久。如果你接受我的提议，我们俩的距离就会缩小，你知道我不是很喜欢和学生走得太近……也许这个提议可能有点儿过分了，我简单点儿说吧。我希望你能协助我收集上课要讲的资料，就像你在信里补充的那些例子。只要是能说明理论的资料就可以。之前你是随意加进去的，现在我希望你能系统地去收集。我们可以每周三这时候见面，我告诉你下星期要讲的内容，你用你的超能力帮我收集数据资料，只要是能帮助同学们理解抽象理论的资料都行。”

“老师”，我打断贝尔，“我可能没和你说过，我特别喜欢你上课的方式。这种理论和实例相结合的办法让哲学变得简单了，大家能深入思考问题，下了课还不容易忘，对记忆力不好的同学也很适用。”

“希望如你所说吧。你有没有听说过弗朗西斯·克里克（Francis Crick）？”

“没听说过。”我回答，“你介不介意我现在用手机搜一下维基百科？”

“不用了。克里克和詹姆斯·沃森（James Watson）两个人是DNA双螺旋结构的发现者。克里克已经去世了，他说过：‘一个好例子比上千个理论管用。’这话对我来说，犹如迷雾中的灯塔，它提醒我，教哲学最好的办法就是举实例。”

“太棒了！”我热烈响应，“我想说的就是这个，只要有好例子，再深奥的理论也会很好理解。我愿意和你合作，当你的资料调查员。谢谢你给我这次工作的机会！这个工作听起来也蛮威风的——‘资料调查员’。”

“你要不要再考虑考虑？”贝尔说，“因为就算有鲁卡思帮忙，你还是会有很多额外的工作要做。”

“没事儿。”

“咱们每周三见面，你的历史课也会落下。”

“这倒是，”我回答，“我不想耽误历史课，不过应该有别的办法。对了，我可以向谢尔盖借笔记，他的笔记记得可好了。这样的话，还能顺便和他搭几句话。”

“那你打算怎么和历史老师解释每周三缺课的事？”

“没事儿，我回头想办法。”

“我不想耽误你学习。”贝尔坚持说。

“我都说了，不用担心。我记忆力这么好，历史是小菜一碟。可能会有琐碎的细节要记，但每周缺课一个小时问题不大。再说了，我对哲学要比历史感兴趣得多。”

“那就这样吧。真不知道怎么谢谢你，卡梅！万一你的生活和学业受到影响，我们可以随时终止约定。你不用和我说明什么，只要告诉我‘协议到此为止’就行，我们还是恢复最初的师生关系。我在课上提到你的例子的时候，也会告诉大家这些例子是你收集的，这个没有任何问题。”

“啊！不用不用。”我打断贝尔的话，赶忙说，“我不希望你提我，帮你备课本身就很奇怪了。”

“为什么？难道要我私吞你的劳动果实？这不是和小偷一样？”

“好啦，我明白你的意思。你能这么说，说明你很正直。”我继续说，“你先听我讲。如果你告诉班上同学我在帮你备课，他们就会想：卡梅这学期哲学课铁定拿‘优秀’了。我不想大家这么认为。我们俩的约定和成绩无关，你不是也说过，如果我考试没通过，你完全可以挂我。如果你做不到，非要提我的名字，抱歉，那我没法继续和你合作了。”

贝尔站起身来，用手拉着耳垂，在房间里走来走去。过了一会儿，她终于开口说：“这事儿比我想象的要复杂，你可能不知道，我不喜欢抢别人的功劳。我原本希望能说你是我的合作者，为什么不行呢……好吧，你是想向大家证明，你不是靠走后门得的高分。既然这样，就按你说的办吧。你可以随时解除约定，我也可以给你不及格，打分时我只看卷子。”

“这样吧，每堂课前我把找到的例子发给你……如果你觉得哪个例子合适，我下课时就把它加到笔记里。”

“同意。”贝尔接受了我的提议，“我不会和任何人透露我们俩的秘密的。好，现在让我们像生意人那样握握手吧。”

我和贝尔两个人的手紧紧地握在一起。我突然意识到这个动作在那样一种场景下其实有些奇怪。不过当时受贝尔感染，我并未觉得老师和学生握手有什么不妥。握完手后，我和贝尔说了再见。此次会面结束，我们俩的秘密协议正式开始。

| 补充说明 |

弗朗西斯·克里克:《疯狂的追逐》，阿德拉·戈代、佩蕾·普伊希多梅内克 译，图斯凯兹出版社，1989。

第 9 封信

自由意志：我是否在有意识地控制我的行为

星期四，第 4 周

贝尔点完名，我正打算向她提问，这时她发现竟然有人和她想的一样。这个人就是病恹恹又有点儿羞涩的依德。贝尔发现我们俩同时举手，说："哎，依德、卡梅都要提问。谁先来？好，卡梅，你先来。"

"上节课提到了内在报酬和外在报酬，我不太懂。"

"好，这是一个很重要的问题，要花点时间解释清楚。你呢，依德，有什么想问的？"

"我想知道，"依德平静地说，"科学家们是怎么看待自由和自由意志的。"这是大家第一次听到依德发言，此前有同学甚至怀疑他是不是不会说话。依德能鼓起勇气提问，只有一种解释：他对这个问题真的很感兴趣。

"好，这个问题也蛮有趣的。"贝尔对依德表示赞赏，"我们讲了不少偶然性和决定论的内容。看来伏尔泰说得没错：只要把一切毫无隐瞒地告诉对方，他马上就会失去兴趣。关于自由意志可以讲的内容有很多，哲学、宗教、法律都讨论过这个问题。至于科学家们的意见，说实话，我们不能泛泛地只说‘科学家们’。科学分为许多学科，每个分支的观点都不同。比如说物理学家和神经学家，他们观察这个问题的角度就有很大区别。

“众所周知，哥本哈根学派认为，亚原子物理学和量子力学是非决定论的。比如说，在对电子进行测量之前，我们无法精确地知道它的位置和速度。一旦测量，电子的位置和速度又会受到影响——测量电子会影响它被测时的数据。用爱尔兰哲学家乔治·贝克莱（George Berkeley）的话来解释，电子是因为被测量，所以存在。电子具有各种状态的可能性，但如果测量者对它进行测量，就会改变它的状态。测量前多种可能状态中的一种取代了其他可能的状态，成为实际发生的情况。因此也可以说，在观察电子的实际情况前，它充满了各种可能，但当人们观察它时，只有一种可能变成了事实。约翰·格里宾（John Gribbin）说过：‘万物在未被观察前，不是真实的。观察停止的那一刻，真实也随即停止。’观察者会不可避免地介入判断事实的过程，正因为如此，观察者不存在于真实之外，而是真实中的一部分。此外，观察者并不一定非要拥有意识，机器也可以成为观察者。”

“但这发生在亚原子的世界里，”谢尔盖发言说，“肉眼可见的宏观世界里不存在量子力学的不确定性。”

“你说得对，谢尔盖。”贝尔回答，“奥地利物理学家薛定谔（Erwin Schrödinger）有一项著名的思想实验：将电子的不确定性和宏观结合在一起。实验是关于某种理论的一种设想，科学家不用真正做实验。薛定谔和爱因斯坦（Albert Einstein）一样，不喜欢量子力学的不确定性，因此他设计了一个实验来说明哥本哈根学派说法的荒谬。这就是著名的‘薛定谔的猫’实验：笼里锁了一只猫，还有一瓶毒药、一个放射性原子装置和一个开关。这里不具体解释实验的细节了，大家在网上或是随便哪一本量子力学的普及读物上都能找到介绍。要注意的是，‘薛定谔的猫’把盒子内部的亚原子世界和宏观的存在（猫）联系起来了。物理学中的决定论和非决定论，其实与自由意志不存在什么必然联系。假定哥本哈根学派的说法正确，大脑的选择由某种粒子随机决定，那说明人在活动时，不是在若干选择中有意识地挑选一个（这是一般意义上讲的‘自由意志’），而是像玩俄罗斯转盘那样，进行了随机选择。

“康德的看法和物理学家们更是相去甚远。康德认为，自由意志需要人们自觉服从于一套道德体系（康德认为道德是唯一且普遍适用的）。也就是说，在遵循道德准则的前提下才能自由生活。我们会发现，这种对于自由意志的理解与量子力学的非决定论并没有什么直接联系。

“现在我们一起看看神经科学对自由意志的看法，讲讲本杰明·李贝特（Benjamin Libet）的实验吧。20 世纪 80 年代，美国神经科学家李贝特进行了一项实验，参与实验的志愿者要做的事很简单：科学家在他们的头上贴上了记录脑电图的贴片，在接收到外部信号时，志愿者需要报告按按钮的意向，然后按下按钮。实验结果显示，大脑皮质做出反应约半秒钟后，志愿者才会按下按钮。这彻底改变了人们原先的想法。一般认为，人们先是有意识地选择，然后大脑发布命令，最后身体接到命令做出动作。李贝特实验则说明，大脑的神经活动出现在按按钮的意识前。看起来，控制我们的并不是意识，因为按按钮的意识出现在大脑皮质的活动后。

“根据实验数据，大脑皮质做出反应后约 350 毫秒，人们会有按按钮的意识，再过 200 毫秒，人们会做出按下按钮的动作。事实上，因为大脑皮质的运动区已经给脊髓神经下达了指令，动作的做出势在必行。做出动作前的最后 50 毫秒不算在内，在剩下的 150 毫秒里，大脑通过意识可以否决或阻止潜意识已发起的行动。这让许多人相信，人类根本不具有自由意志，我们只有否决的自由。当实验主体意识到自己的意愿时，无意识的大脑运动已经开始（人们并不是任何时候都能意识到自己的意愿），在这关键的 150 毫秒的时间里，意识可以选择哪些大脑活动是可以继续进行的，哪些是不能继续的。

“在感情、意愿、认知、记忆、想法等产生时，我们对于大脑的活动始终处于一种无意识状态，我们知道的是大脑活动的结果，而非大脑运动的过程本身。正如巴塞罗那自治大学科学家伊格纳西奥·莫尔加多·贝尔纳尔（Ignacio Morgado Bernal）所说：‘意识不意味着我们能意识到大脑的运动，大脑的运动是完全无意识的，它建立在生理机制上，意识指的是大脑用一种可理解的方式展现它运动的结果。’

“然而，还有一个更重要的问题没有解决，聪明的你们应该已经注意到了：如果我们认为，意识主要是来阻止潜意识里准备就绪的运动意愿，那么阻止活动是否也是生理机制的一部分？对决定的自由处置，也就是说，究竟是允许还是阻止潜意识的行动，它本身也是大脑生理机制的副产品吗？虽然关于这一点，李贝特委婉地提到了决定混沌论和德国物理学家沃纳·海森堡[①]的不确定性原理。他表示，自由意志究竟是否存在还有待考证。面对这样一个短期内找不到解决方法的科学难题，李贝特接受了人类普遍认为的自己拥有自由意志的想法。如果大家都认为自由意志不存在，社会生活和个人生活会产生翻天覆地的变化。因此，在无法提供百分之百确凿的科学证据前，最好还是先将它放在一旁待议。想象一下，如果认为自由意志像鬼怪，根本不受大脑的控制，难免产生严重的道德和法律后果。即使伤害了他人，我们也可以说我们无法控制自己的行为，从而逃避责任，不受法律制裁。

“对于新理论感到恐惧是正常的，然而很少有实验像李贝特的实验一样遭到如此强烈的攻击……”

下课铃响了，不得不承认这堂课的内容格外紧凑。谢尔盖却好像不这么认为，他的眼里又在闪着充满疑问的光芒了。

---

① 沃纳·海森堡（Werner Karl Heisenberg，1901—1976），德国著名物理学家，哥本哈根学派代表人物，1932 年获诺贝尔物理学奖。

| 补充说明 |

1. 罗杰·彭罗斯在《通往真实之路》(巴塞罗那，辩论出版社，2006)中描述了薛定谔的思想实验，书中基本还原了薛定谔本人假想的实验。另外可参阅拉蒙·拉彼艾德拉的《事实的缺陷：意识，宇宙和量子力学》(巴塞罗那，图斯凯兹出版社，2008)，这位物理学家在书中强调，并没有物理学家支持哥本哈根学派的正统解释。老师课上引用的例子出自约翰·格里宾的《寻找薛定谔的猫》(巴塞罗那，萨尔瓦出版社，1986)一书，他还借鉴了安托尼奥·费尔南德斯·拉尼阿达所撰写的传记《海森堡：科学，不确定性与意识》(马德里，尼沃拉出版社，2004)。
2. 量子力学的普及读物千千万万，贝尔老师最喜欢的是艾伦·P·莱特曼的《物理学中的重大理论》(马德里，麦格劳－希尔出版公司，2006)。
3. 戴维·林德利的《不确定性：爱因斯坦，海森堡，玻尔以及他们为科学真理的斗争》(巴塞罗那，阿利尔出版社，2008)是极具权威性的作品。马丁·伽德纳在《一个哲学代笔人的自白》(巴塞罗那，图斯凯兹出版社，1989)中，尼尔·利维在《神经伦理学：21世纪的挑战》(纽约，剑桥大学出版社，2007)中也表达过类似的观点。
4. 关于量子对宏观物理系统的影响，请参阅马库斯·阿斯佩尔迈耶和马库斯·阿尔恩特的文章《宏观量子影响》(《研究与科学》，2013年，3月刊)。
5. 李贝特在《我们有自由意志吗？》(《意识研究杂志》，1999年，第6期)中详细介绍了自己的实验。该文章后被收录于《意识中的时间因素》(剑桥，哈佛大学出版社，2005)一书中。后来有很多人评价过李贝特的实验，如迈克尔·加扎尼加在《伦理性的大脑》(巴塞罗那，巴侬多思出版社，2006)一书中、克里斯·弗里斯在《发现大脑的能力》(巴塞罗那，阿利尔出版社，2008)中、埃里克·坎德尔在《寻找记忆》(布宜诺斯艾利斯，卡茨出版社，2007)中、迪克·斯瓦伯在《我即我脑》中、马克·布坎南在《社会原子》[(伦敦，马歇尔·卡文迪什出版公司，2007)，该书已被翻译成西班牙语，由穆尔西亚三界出版社于2009年出版]中都有涉及。基于该实验和其他一些相关实验，弗朗西斯科·卢比阿在《自由的幽灵》(巴塞罗那，评论出版社，2009)中对意志的问题表达了一种决定论的观点。心理学家丹尼尔·韦格纳和卢比阿一样，也持决定论的观点[详见《自由意志的幻觉》(剑桥，麻省理工学院出版社，2002)]。

6. 华金·福斯特在《大脑和自由：我们选择能力的基础》(巴塞罗那，阿利尔出版社，2014)一书中认为人类是拥有自由意志的。其他观点可参阅克里斯托夫·赫尔曼的文章《自由意志的背后》(《心智与大脑》，2012年，3—4月刊)，伊格纳西奥·莫尔加多·贝尔纳尔的《幻想的产生》(巴塞罗那，阿利尔出版社，2015)等。尼尔·利维在《神经伦理学：21世纪的挑战》中也表达过类似的观点，还有卡辛卡·埃弗斯的《当物质醒来时》(布宜诺斯艾利斯，卡茨出版社，2010)。
7. 生物心理学家伊格纳西奥·莫尔加多·贝尔纳尔的话出自他的论文《附带现象》(《实践理性摘要》，2013年，9—10月刊)，另外还可参阅《我们如何感知世界：大脑与感官的发现》(巴塞罗那，阿利尔出版社，2012)一书，特别是该书的结束语部分。他在《意识：概念、假设和临床实验观察》一文中对该问题进行了更加细致全面的讨论，该文章被收录于迪耶·雷多莱尔·里波尔所编的《认知神经学》(马德里，泛美医学出版社，2014)中。埃里克·坎德尔在《寻找记忆》一书中对意识也提出了具有启发性的见解。斯坦尼拉斯·狄昂的《大脑的意识》(布宜诺斯艾利斯，21世纪出版社，2015)是一定要读的一本书。
8. 贝尔老师认为，自由意志属于形而上的问题，无法用经验和常规方法进行证明或说明，简单来说就是不可解。

第 10 封信

内在报酬和外在报酬：是什么比金钱、名望和权力更能激励我们

星期一，第 5 周

“上节课，卡梅提了关于内在报酬和外在报酬的问题，上上周我们提到过这两个概念。”贝尔开始了新的一课，“为了回答这个问题，要借用‘能力的花园’这个比喻，这一比喻的提出者是 1906 年诺贝尔医学奖的获得者圣地亚哥·拉蒙－卡哈尔[①]。在 1894 年英国皇家学会的一场演讲上，他说道：‘大脑皮质如一个栽满各种树的花园，这些树就是锥体细胞。如果栽培得当，树会枝繁叶茂，开出美丽的花，结出美味的果子。’自然运气或基因，决定了这个花园中有哪些树。这些树就是我们的能力：有些人生来算数天赋高，有些人语言天分好，有些人动手能力强，有些人善于思考，有些人感知能力较强，有些人擅长物理，有些人喜欢人文社科……这些能力会随着时间被我们慢慢发掘，它对我们的人生轨迹会产生深远的影响，与我们从事的职业密切相关。

① 圣地亚哥·拉蒙－卡哈尔（Santiago Ramón y Cajal，1852—1934），西班牙著名医学家，神经组织学家。

“同学们可以想一想：坐在这儿的人都已经选择了理科，这是你们在进行了自我‘扫描’后做出的决定。你们仔细检查了自己的‘能力花园’，发现里面有些树长得比较粗壮，有几片土地中的树长势更好。然后根据观察的结果（可能存在误差），你们选择了理科。我们班是理科班，这意味着，大家在花园里发现了长势良好的数学能力树，但这不代表你们的语言能力差（贝尔说到这儿看了我一眼，我立刻明白了她眼神的含义）。

“柏拉图认为，智力生活是所有生活方式中最高级的一种。然而他忘记了，人们在呱呱坠地时所携带的能力也多种多样。如果你懂得控制身体平衡，思考能力却一般呢？如果这样，做舞者或运动员难道不是更好的选择吗？柏拉图还断定，上天能赐予人最好的天赋是理论天赋，这基本是在自吹自擂了。在以后很长一段时间里，有大批的哲学家追随柏拉图的脚步，犯下了这个‘有组织的错误’。

“你们中可能有人和柏拉图一样，认为自己的选择是最好的。也许还有人瞧不起学文科的同学，笃定他们的‘能力花园’比自己的差，认为他们是因为没有别的选择，为了逃避数学和物理，才选了文科。有些学文科的同学可能确实是这样，不过，反过来他们也可能这么想你们。他们可能会认为，你们这些学理科的同学是一群在文学和艺术上没有天赋的人，你们眼中的世界平淡无奇，不像他们眼中有一个色彩斑斓、充满感情的世界。

“所有这些想法，这些小群体的虚荣心，并不能带给我们什么益处。不错，世界上存在一些人，他们的‘能力花园’生来就比别人枝繁叶茂。这些人是天生的幸运儿，他们各项能力都很强，如社交、语言、数学、运动。他们身体健康、外表俊美。

“可也有一些花园荒芜的人。有些人患有先天性的疾病，生活无比痛苦。疾病剥夺了他们快乐的权利，让他们离死亡越来越近。这种对比是残酷的：命运赋予一些人很多，又无缘无故只给一些人很少，这就是

‘命运的不公’。

“不过，能力像花园中的树木一样，有时无法计算和对比。数学能力不一定就比文学艺术强（反之亦然），我们很难精确地衡量能力的好坏。既然大家是理科生，下面给大家讲一个故事。故事的主角拥有文学方面的能力。

“故事的主角是2010年诺贝尔文学奖的获得者马里奥·巴尔加斯·略萨①。我知道略萨获得诺贝尔奖的时候激动极了，对我来说，这个消息比西班牙夺得2010年南非世界杯冠军还要振奋人心……”

“老师，这么说就有点儿过了。”大卫跳起来说。

“不，我不是故意要摆什么知识分子的高姿态。确实是这样的：听到广播上宣布略萨获奖的时候，我一瞬间就被高兴的浪花拍晕了。‘总算得奖了！’脑海中第一个闪过的念头就是这个，仿佛欠了很久的债终于还清了。我年轻时曾沉迷于《城市与狗》这部小说。其作者略萨终于获得了一名作家能够获得的最高荣誉。

“过了几天，我在Youtube上看到了略萨领取诺贝尔奖时的演讲。我看到这位勤勉的作家的喜悦之情溢于言表，我感动于他眼神中流露出的狂喜。一个人只有有着高贵又精致的情感，才能如此恣意地表达自己的快乐。这种表现不仅不会让周围的人厌烦，还能将快乐传递给别人。

“这是怎样一种圆满的人生。迈入暮年时收获胜利的欣喜，略萨无疑身处人生的巅峰。成堆的奖项和蜂拥而至的赞美、数以百万的虔诚的读者、顶礼膜拜的评论家，金钱、名誉、流芳百世……这些外在报酬并不是他日复一日工作的原因。他工作的动力在于内在报酬。得益于此，他才能全身心地投入工作，终日忘我地沉浸在创作中。

“内在报酬是在工作的过程中获得的，外在报酬则是工作完成后，将

① 马里奥·巴尔加斯·略萨（Mario Vargas Llosa），1936年出生于秘鲁，著名作家，代表作有《绿房子》《酒吧长谈》《公羊的节日》等。

工作展示给公众后获得的。内在报酬是由你提供给自己的，外在报酬是他人提供的。当一个人感到能力提高的时候，便会获得内在报酬。外在报酬则和个人能力的提高无关。

“为了得到内在报酬，一个人的能力必须和他的工作要求间有适度的距离。如果工作难度大于能力，就容易感到挫败，或对自己丧失信心。如果工作过于简单，整日从事常规性的事务，没有挑战，能力无法提高，人也容易感到无聊。只有找到中间的平衡点，才能达到名字很难读的心理学家所描述的‘心流’（flow）状态。这是一种完全投入工作中的幸福状态，因为我们全部的注意力都集中于正在做的事情上，能量完全集中在解决复杂的问题上，我们会忘记自身的存在。

“有些活动的内在报酬异常丰厚，比如写小说、作曲、跳舞、登山、打网球、下国际象棋，即使短期内无法获得外在报酬，不管有没有好处，我们都愿意继续。所以略萨说他是一个幸福的工作狂也就不足为奇。对略萨来说，工作是心甘情愿的。读过《谎言中的真实》和《给青年小说家的信》的人都知道，略萨视读书为一种享受。不过写作更让他享受。说到这儿，大家一定能体会他领取诺贝尔奖时说的一段话了。”贝尔从灰色套装的口袋里掏出一个小册子，读道，“每当我感到颓唐沮丧，濒临绝望的边缘，全身心投入写作就变成了唯一的光，它指引我走出黑暗的隧道，仿佛海员的救命的浮板，即使写作让我身心俱疲，汗如雨下。和所有创作者一样，我害怕写作的停滞，害怕灵感的枯竭，然而没有什么比日复一日、年复一年地创造新的故事更让我欣喜……在小说尚在孕育之时，当一切成形，拥有生命，当所有的角色开始活动、思考、感知、提出被尊重和被重视的要求，你已不能随心所欲地处置他们，不能剥夺他们的意志。因为这么做，就杀死了他们，也就摧毁了故事的说服力。这种体验仍像我第一次接触它时那般让人着魔，纷繁炫目，如同与心爱的女人做爱一般，日复一日，年复一年，永不停歇。”

“别读了，老师，我好感动。”大卫大声说，大家都笑了。

“好，不读了。现在大家明白了，有些嗜好，比如写作，能让人觉得幸福，关于这点我还要详细解释。下节课见。”

| 补充说明 |

1. 圣地亚哥・拉蒙－卡哈尔的话出自迈克尔・加扎尼加的《大脑的过往》（圣地亚哥，安德雷斯・贝友出版社，1999）。
2. 老师读的是马里奥・巴尔加斯・略萨被授予诺贝尔文学奖时的演讲：《献给阅读与虚构的赞辞》（马德里，企鹅兰登书屋，2010）。
3. “名字很难读的心理学家”是指米哈里・契克森米哈（Mihaly Csikszentmihalyi），其作品有《心流：幸福心理学》（巴塞罗那，契机出版社，2008）。
4. 关于外在报酬的内容可参阅约翰・马歇尔・里夫的《动机与情感》（马德里，麦格劳－希尔出版公司，1998），以及玛利亚・特蕾莎・桑斯・阿帕利西奥等的《动机心理学》（马德里，桑斯 & 托雷斯出版社，2013）。
5. 丹尼尔・H. 平克在《驱动力》（巴塞罗那，管理出版社，2000，2011）中提到了内在驱动力对于行动的重要性。

第 11 封信

上瘾及享乐的代价

星期四，第 5 周

昨天我和贝尔进行了一次“会面”（姑且这么说吧），知道了下面几节课的内容。接下来她会讲上瘾行为和“心流”，还得再讲一点内在报酬和外在报酬。提前得知老师讲课的内容，让我觉得心里痒痒的，又有点儿开心。贝尔说不希望把课上的内容全部安排好，她喜欢“开放”式的课堂，尽量让同学们提一些她没有事先准备的问题，她希望大家能多发散。

我要做的是在每个周末查找和课程有关的例子，这样，贝尔讲课时可以直接举例（这些例子中有她提供的，有我提供的，也有鲁卡思的，我们的例子都混在一起，不需再在课上特别说明）。但愿我的例子会让她觉得有趣吧，毕竟我向她承诺过。如果贝尔不这么认为，我只好说我尽力了。

“上节课给大家讲了略萨的故事。我们讲了略萨是怎样凭借文学创作攀登上幸福和成功的高峰。”贝尔开始了新的一课，“有些同学可能会感到奇怪，没想到上瘾会带来幸福。我们通常认为上瘾不是件好事，上瘾即意味着危险。这里我们想到的其实是成瘾性消费。还有一种上瘾形式，它与成瘾性消费有很大区别。

“首先我们来看一下成瘾性消费的定义，一切的消费：烟酒、赌博、毒品、圣诞购物和百货公司大减价时的购物，都包含在内。在明白了成瘾性消费的机制后，就不难理解为什么一个人会对工作上瘾。这是两种完全不同，甚至可以说是完全相反的成瘾机制。

“同学们应该没人玩俄罗斯转盘吧，这是一种赌博游戏。通过阅读文学作品，我们可以体会人染上赌瘾后的各种情绪波澜。陀思妥耶夫斯基（Dostoevsky）的小说《赌徒》，还有茨威格（Stefan Zweig）的中篇小说《一个女人一生中的二十四小时》都可以作为我们阅读的范本。《赌徒》中‘老奶奶’起初不了解赌博的规则，需要别人解释给她听。而在品尝了胜利的滋味后，她深陷赌博不能自拔。她对赌博彻底上瘾了，每天等不到赌馆开门，就急急忙忙赶过去。‘她熬不到四点，那样等太久了’，陀思妥耶夫斯基这样描绘她的心情。

“上瘾是一个缓慢的过程。在奥托·普雷明格（Otto Preminger）导演的电影《金臂人》（*The Man with the Golden Arm*）中，主人公弗兰奇吸食毒品成瘾：‘路易说可以免费给我一针，我当时觉得可以试试，以后就不碰了。我答应了。后来一次比一次吸得多……有一天路易不见了，我发疯似的到处找他。我觉得很难受，浑身难受，好像一辈子都没那么难受过。我知道自己毒瘾发作了，缓解的唯一办法就是再来一针。’通过图一，我们可以明白弗兰奇刚开始注射海洛因时的感受。”

一向和凳子关系“亲密”的贝尔这时居然站起身来，在黑板上画了幅图：

“为了便于大家理解成瘾的机制，下面我会提到相对历程论。根据这一理论，哺乳动物在面对情绪波动时，大脑会呈现两种状态，一种是负面的（如痛苦），一种是补偿性的（如满意、快乐）。在品尝毒品前，弗兰奇的情绪是居于中间态的。刚开始注射毒品时，图上明显地出现了一

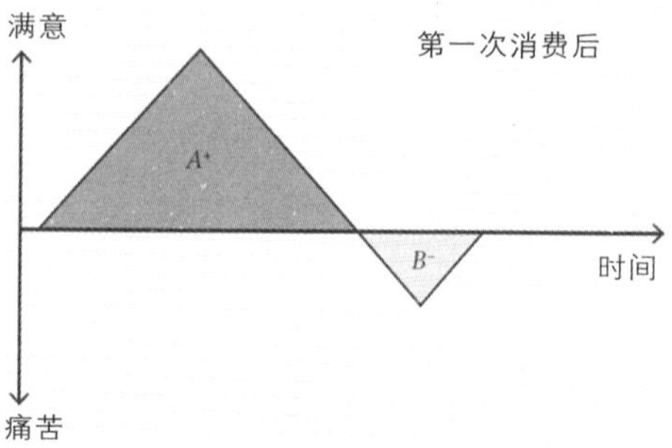

图一　成瘾性消费初期

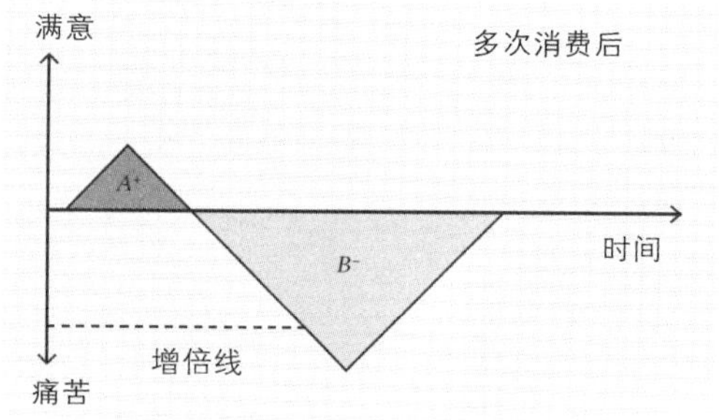

图二　多次成瘾性消费后

块补偿性情绪的区域（A+）。毒品起作用了，弗兰奇感到非常快乐。当这个阶段过去后，弗兰奇就面临着一段相对历程，也就是进入负面情绪的区域（B-）。这时他感到了轻微的痛苦和不适，他有了再次注射毒品的欲望。他第二次尝试了毒品，接着一次又一次…… 慢慢地，弗兰奇进入了图二的第一阶段。

“首次尝试毒品后，弗兰奇一是觉得新奇，二是此时他的满意度要高于痛苦（A+ 大于 B-）。但多次注射毒品后，从某一个点开始，这种平衡被打破了。相对历程阶段逐渐延长，他注射毒品的渴望越来越强烈。直到后来，他到达增倍线，这时弗兰奇已经控制不了自己，他需要注射双倍的毒品量，才能摆脱痛苦，他上瘾了。从这时起，弗兰奇对毒品的依赖不再只是为了进入享受快乐的阶段（A+），更是为了逃脱充满痛苦的相对历程阶段（B−）。

“匈牙利经济学家提勃尔·西托夫斯基（Tibor Scitovsky）提出过一个有趣的观点，他认为人类的爱情活动也遵循这种成瘾性消费模式。恋爱开始阶段，恋人们在一起，此时关系愉快而刺激。随后，当两人分开，他们就会经历相对历程，会感受到悲伤、孤单。随着时间推移，两人见面的次数越来越多，此时第一阶段的快乐会减弱，取而代之的是更持续稳固的相对历程阶段。度过热恋期后，恋人们彼此产生了依恋，这种依恋的实质是一种上瘾，图中快乐的面积已经缩小了。两个人在一起与其说是为了追求快乐（A+），倒不如说是为了逃避负面的痛苦（B−）。同理，当恋爱关系到达一定阶段，恋人们也会抵达增倍线。

“相对历程理论是30多年前理查德·所罗门（Richard Solomon）在一篇文章中提出的，文章的标题耐人寻味：《习得动机对抗—过程理论：享乐的代价与痛苦的益处》。现在大家应该明白了，享乐是需要付出代价的。下节课我们再讲痛苦的益处。大家有什么问题吗？”

“我有问题。”赛丽超声速般地举起了手，“嗯，我好像听说过，上瘾这事儿和遗传基因有关，有些人生来就比较容易上瘾。”

“是的，我在迪安·哈默（Dean Hamer）和彼得·科普兰（Peter Copeland）的讲述行为遗传学的书中也读到过类似的观点。”贝尔说，“不过对这种理论我们不能全信。不错，在所有遗传性疾病中，有大约2%是单基因病。单基因病指的是由单一基因突变引起的疾病，包括镰状细胞贫血、苯丙酮尿症、唐氏综合征以及囊性纤维化等。余下的98%则不是单基因病。巧的是，正是这少数的单基因病让我们觉得基因与表型间存在着某种关系（表型，简单来说是那些我们肉眼可见的特征）。这种观点认为，基因及其变异决定了表型。人的眼睛的颜色、鼻子的形状、智力，还有性取向等，都是基因决定好的。个体是基因相加的表现，社会影响和后天教育不过是在外表上又镀了一层其他颜色。人是受基因操纵的木偶，他的一切特性都被基因写好了。我们只要知道一个人的基因，就能判断他的特点。有人把这种看法戏谑地称为‘基因星相学’。这种‘星相学’其实是危言耸听，它把基因和同性恋倾向、性格、宗教信仰、容易上瘾等特质联系在一起。基因学家对这种说法持保留态度，他们认为人类的 DNA 序列只和外貌体格之间存在一定的非因果关系。”

教室里静悄悄的，大家在利用这宝贵的间隙细细咀嚼老师刚说的话。不一会儿，一个女孩举手，她叫克拉拉·莫艾达诺。

“我想提一个问题，是和上节课的内容有关的，有一点让我很困惑。”

“没关系，请讲。你叫克拉拉，对吗？”贝尔问。

“是的。是这样，我是在秘鲁出生的，所以特别理解你讲的略萨的故事。我将来也想成为一名作家，说老实话，连我自己都不知道现在在理科班上做什么。（她咧开嘴尴尬地笑了一下，好像是为说出这么狂妄的话而感到抱歉。）上节课你读了略萨的一段话，他说在小说中，虚拟人物有自由意志。我不太明白，虚拟人物是作家通过想象力创造的，怎么会有自由意志呢？”

“我们要谈论的话题发生了 180° 的大转变。”贝尔说，“大家暂时忘记一下成瘾性消费吧。先来回答克拉拉的问题。略萨的意思是，作家对他创造的世界来说就像上帝，可是这个上帝不能随心所欲、蛮横无理，他不能不断地改变自己制定好的规则，他必须遵循小说一开始时自己设下的规则：故事的时间和地点坐标，叙述者的叙述方式，主要人物性格，他们间的关系和状态等。随着故事发展，作家起初的设定会限制角色能够做什么，能够说什么。只有这样，读者才能享受到阅读小说的乐趣，因为读者会预判人物的行为。举个例子吧，塞万提斯笔下的堂吉诃德如果借钱给他的侍从桑丘，他绝对不会收取利息，不是说收利息不好，而是说，堂吉诃德如果真的这么做了，他的形象就和小说前一百页的描述不相符了。（我察觉到说到这里，贝尔询问似的看了我一眼，仿佛在寻求我的支持，我垂下眼皮，默默认可她说的话。）

“作者在创作文学作品时，会不自主地戴上越来越多的枷锁，而这些枷锁会限制故事的走向。即便作家有强大的创作能力，对此也无能为力。终于有一天，角色们‘活了’，用略萨的话说，他们获得了‘自由意志’。这时，他们开始在作家力所不及的区域自由活动，作家呢，则彻底成了他们活动的记录者，仅此而已。成功的艺术作品暗含着这种矛盾之处，一方面，它是作者自由创作的产物；另一方面，它又具有一定的开放性，随着开放性逐渐缩小，作品势必削减乃至压倒作者的力量，这是一个无法避免的过程。

“虚拟世界和真实世界有许多不同。在虚拟世界里，一切更加曲折紧凑，没有那么多停顿，这里的故事发展不会遵守现实生活的规则，故事只遵循作家创作时预先设定的规则。伟大的俄罗斯作家纳博科夫[①]曾经说过一段话，这段话很符合他繁复的行文风格：‘好的读者知道在阅读小说时不应在作品中寻找真实的生活和人。一部作品中，人、事、物、环境如何，完全基于作品所创造的世界。有创意的作家会创造一个有新意的世界，如果某个角色或者某个事件符合书中世界的运行法则，读者就可以体验到艺术作品所带来的愉悦和震撼，即使对可怜的评论家来说，这个世界“不真实”。在天才的作家那里，不存在真实的世界。因为作家可以创造真实的世界，以及这个世界里的种种。’

“略萨说，在一部好的作品中，创作者不能肆意指挥角色，而应该尊重他们的‘自由意志’和作品所赋予的特质，创作者应该尊重作品的结局，就是这个意思。”贝尔微笑着问，“现在你明白了吗，克拉拉？”

我猜克拉拉并没有完全理解贝尔的话。这时刚好下课铃响，该下课了。

① 弗拉基米尔·纳博科夫（1899—1977），俄裔美籍作家，代表作有《洛丽塔》《微暗的火》等。

| 补充说明 |

1. 理查德·所罗门在他的文章《动机相对历程理论：享乐的代价与痛苦的益处》中提出了相对历程理论，参见 1980 年第 35 期的《美国心理学家》。
2. 史蒂芬·平克在《人性中善良的天使》(巴塞罗那，巴依多思出版社，2012) 一书中引用了所罗门的例子来解释说明施虐是人类对于同类的一种残忍的倾向。
3. 图一和图二建立在乔恩·埃尔斯特的文章《在工作及政治生活中实现自我：马克思主义美好生活观》的基础上，该文章被收录在乔恩·埃尔斯特和 K. O. 摩尼的著作《资本主义的替代方式》(纽约，剑桥大学出版社，1989) 中。[上述文章及著作又同时被收录于乔恩·埃尔斯特的《社会科学基本要点》(纽约，剑桥大学出版社，1989)。] 如果要查看更加详细又不那么抽象的图表，可以参阅 L. D. 泰勒的《基于心理相对历程的消费和需求模式》[被收录于 P. J. 阿尔巴内塞的《经济行为的心理基础》(纽约，普雷格出版社，1988)]。
4. 提勃尔·西托夫斯基关于爱情与成瘾的大胆设想见于他的著作《无快乐的经济》(纽约，牛津大学出版社，1992)。
5. 迪安·哈默和彼得·科普兰在《基因的奥秘》(布宜诺斯艾利斯，贝尔加拉出版社，1998) 一书中认为基因可能会诱发成瘾性人格，另见伊娃·雅布隆卡和马里恩·J·兰姆的《四维进化》(剑桥，麻省理工学院出版社，2006)。
6. 要详细了解单一或多个基因对行为的影响，请参阅《生物心理学基础》(马德里，桑斯 & 托雷斯出版社，2011)。
7. 纳博科夫的话引自他的《欧洲文学讲稿》(巴塞罗那，B 出版社，1987)。

第 12 封信

沉迷于自我实现及痛苦的益处

星期一，第 6 周

“上节课讲到，”贝尔开始了新的一课，“成瘾性消费一开始表现良好。在第一阶段，人的愉悦大大增加。但到了相对历程阶段，随着消费体验增加，痛苦不断加重，后果一点点显现。负面的相对历程所占比重越来越大，满意度逐渐减为零（即快乐减去痛苦后的值），之后痛苦大于快乐。继续重复成瘾体验不过是为了摆脱痛苦。这就是成瘾性消费形成的缘由，它会对人产生恶劣的影响。到这里大家都明白吧？”同学们在下面低声回应，表示同意。

“还有另一种性质的成瘾行为，它的发展趋势和成瘾性消费完全不同。大家或许还记得略萨的发言，他说写作时总是费尽心血。这是很正常的，因为作家的工作就是调动聪明才智，进行创作。作家好比上帝，要创造出一个虚拟世界：外部环境、时间背景、人物特质、钩心斗角、爱恨情仇，都得构思好。这份工作并不简单，想做好，得做好吃苦的准备。

“刚开始做这么精细的活儿，作为新手的你在面对白纸时，难免感到焦虑。好不容易在笔记本上写下所思所想，却怎么读也不满意。借用所罗门的理论，开始阶段非常痛苦，在随后的相对历程阶段，获得的快乐也微乎其微。下面这幅图可以充分说明这一点。”

贝尔最近好像爱上黑板了，她摘下记号笔的笔帽，一会儿就画好了图一。

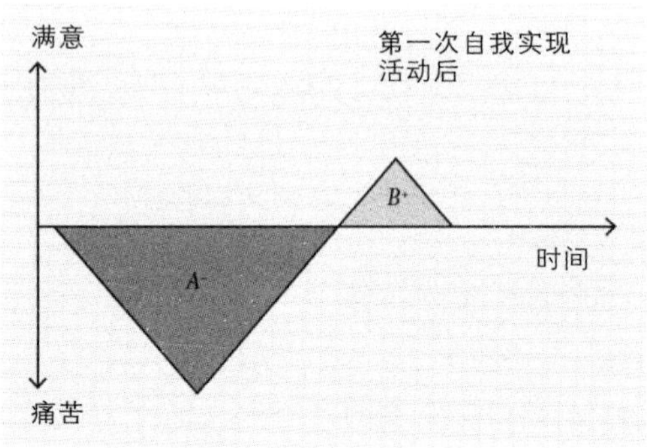

图一　刚开始写作时

“然而，如果你能坚持下去，写作天赋也不差，你会发现，随着不断尝试，你的能力在不断提升。起初高山峭壁般的创作没那么高不可攀了，写作变得越来越有趣。随着能力的提高，原先令人头疼的难题现在轻而易举就可以解决。看到在大量的严格训练后，自己的创作能力显著提升，你心中的喜悦油然而生。图二就能说明这一过程。”

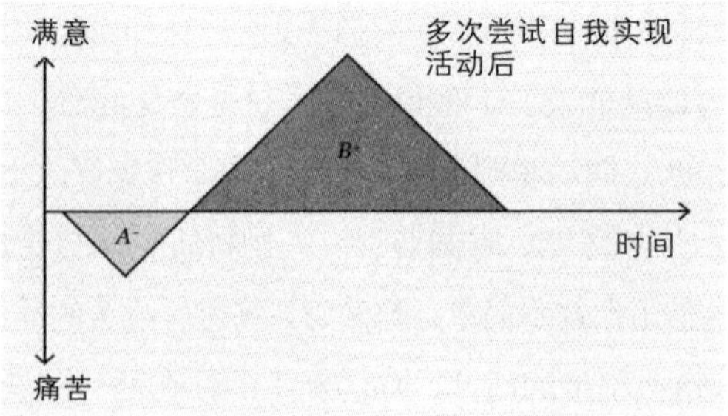

图二　多次尝试写作之后

“老师，”克拉拉问，“写得多，就一定写得好吗？一定是这样的吗？”

“不是，克拉拉。没有任何人能保证，写得多就一定写得好。上节课我们说过，佳绩不是光凭流汗就能取得的。我们还需要灵感。没有最基本的天赋，再努力也走不远。当然了，如果一个人天资平平，但非常努力的话，也可以进步。但在付出同等努力的情况下，天赋高的人的满意度也回归得更快。就是说，上图中的相对历程区（B+）可以更快地超过痛苦区（A-）。努力和毅力相当重要，尤其到了后期。因为一个人即使天赋异禀，但每天只呼呼大睡，一样无法尝到甘甜的果实。现在大家理解了吗？好的，还有别的问题吗？”（这次没人提问了。）

“现在，”贝尔继续说，“我希望大家仔细观察这两幅图，根据这两幅图，我们可以得出什么结论呢？

“其一，哲学家乔恩·埃尔斯特将文学创作看作一种自我实现活动，它和成瘾性消费是有区别的。后者会让人们感受到‘快乐的代价’，初期的美妙会被越来越多的痛苦取代。相反，在自我实现活动中，比如写作、攀岩、拉小提琴、下象棋、学习哲学等，你能体会到痛苦的益处，在相对历程阶段不断增长的快乐会慢慢取代初期阶段的痛苦。

“其二，无论是在成瘾性消费中还是在自我实现活动中，痛苦和快乐都是紧密联系的。在成瘾性消费中，快乐比痛苦来得早，在自我实现活动中则相反。痛苦和快乐像一对连体婴儿，两者之间没有我们想象的那样距离遥远。消费行为（包括非成瘾性消费）主要是从外部获得快乐（也就是说，快乐取决于外部，和自身无关）。随着时间流逝，快乐的感受不断减少。佛教和叔本华（Arthur Schopenhauer）都提到过类似的观点。自我实现活动则是从内部寻找快乐（也就是说，快乐取决于我们自身，和我们自身的活动的关系更为密切）。快乐随时间不断增多。柏拉图和亚里士多德都提到过这点。举个例子：哲学思考是一项自我实现活动，如果思考得足够深入，就能带给人安全且持久的快乐（这项活动不取决于别人，而取决于自身）。这意味着，在从事哲学思考时，相对历程阶段

（B+）可以不断延长。因此，柏拉图和亚里士多德认为沉浸于哲学理论和观察是最高级的生活方式。

“柏拉图和亚里士多德忽略了，除了哲学以外，还有许多其他高级的自我实现活动能让人不断获得满足。尼采（Friedrich Wilhelm Nietzsche）有一个经典的幸福定义，他认为幸福是‘意识到自己的力量在增长，意识到阻力被克服’。如他所说，我们在完成艰难的任务的过程中，能力也会增长。

“其三，大家应该注意到，刚开始从事自我实现活动时，满意和痛苦两者是严重不平衡的（如图一所示）。许多人初期面对痛苦时手足无措，临阵退缩。自我实现活动就像投资，它是一种对个人的投资，和所有投资一样，需要舍弃短期的益处，才能获得长远的利益。初期的负面情绪不该成为放弃的理由。如果不能坚持，能力花园里的树就无法长得枝繁叶茂，结出果实。和成瘾性消费不同，沉迷于自我实现活动可以让我们的能力得到提升，至少，它能保证我们的能力不下降。

“第四点，也是最后一点。许多时候，我们开始自我实现活动的目的并不是获得内在的精神快乐，因为此时我们对它的内在快乐还一无所知。我们仅仅是被它光鲜亮丽的外表所吸引。略萨承认，福楼拜（Gustave Flaubert）、福克纳（William Faulkner）、萨特（Jean-Paul Sartre）等人除了教会他写作以外，还是他‘理想的鼓舞者’。他何尝不想像他们一样，成为蜚声海内外的作家呢？他又何尝不渴望拥有丰硕的外部回报呢？写作唤醒了他的创作天赋，充分开发了他的能力。工作‘开花结果’之时，他也体会到了作家内心的快乐。收获内在满足的同时，他也获得了外在报酬。”

“并不是全身心的。”克拉拉说，“据我了解，略萨有一段时间想进入政坛。”

“是的，他对政治也有兴趣。”贝尔说，“他在自传《水中鱼》（*El pez en el agua: Memorias*）中提过这点，他说自己没有政客通常有的虚伪和狡猾。当然，并不是所有从事政治的人都虚伪狡猾，也有很多例外。”

“得啦，老师，你好天真。”赛丽表示反对。

“这点以后讲政治理论的时候再讨论吧。”

| 补充说明 |

本节课的参考书目与上节课相同。尼采的话引用自《反基督》(马德里，阿利安萨出版社，1978)。

第 13 封信

要学到东西就得付出

星期四，第 6 周

“我不赞成，老师，”一上课赛丽就发言，“沉迷于工作真像你描绘的那么美妙吗？沉溺于自我实现活动，人也可能变得眼界狭隘、走火入魔，成为那种只关注能力的人。这太可悲了，老师。”

“我不同意。”我跳起来说，“熟能生巧，想做好一件事就得不停地做，不能分心，分心是精益求精的大忌。”

“这我理解，”赛丽回答，“可工作不是生活的全部，一个人还有朋友、家人，有娱乐放松的需求，偶尔在露天酒吧喝杯啤酒什么的……你明白吧？老师，您怎么想？哲学家也得有朋友吧？”

“那肯定了。”贝尔笑了，“哲学史上出现过不少尼采一样孤独的狼，但哲学和友谊不冲突，这点问问伊壁鸠鲁[①]就知道了。你们俩说的我都同意。赛丽认为如果控制不好，沉迷于工作可能会让你能力单一，成为

① 伊壁鸠鲁（Epicurus，公元前 341—公元前 270），古希腊哲学家，伊壁鸠鲁学派创始人，认为人应当追求幸福和快乐。

‘单向度’的人，这话有道理。卡梅说，想要达到卓越就要专心，也没问题。其实将这两种观点结合起来就能更全面地看这个问题。

“首先，希望赛丽不要介意我站在卡梅这边。现在需要一个人来配合我编一个故事。来，依德，就你吧。”

依德显出防备的样子，显然他不喜欢成为众人瞩目的焦点。贝尔希望帮他克服羞涩和胆怯，大家对此心知肚明。

“就举你学数学的例子吧，依德。假设小时候依德学数学，刚开始成绩特别好，他觉得自己在解整数题时无所不能。加、减、乘、除，算得比所有人都快。每次有同学回答不上来的题，老师都会点他的名字，这让他有一种小小的优越感。

“可有一天，老师讲到了分数。哎呀，分数！依德顿时没了信心，只要遇到分数，他就束手无策，信心骤减。神秘的分数让他感到焦虑。分数看起来像只数字组成的半人半马兽，它的外形是那么‘不自然’，比整数难看多了。终于有一天，在长期不懈的斗争后，依德恍然大悟。他理解了，以前如拦路虎般的分数居然一点儿也不难了。现在做起分数运算，他居然体会到一阵愉悦，依德的大脑满是快乐的内啡肽。没过几天，在体会过快感和满足后，他觉得分数也有点儿无聊了。大脑在怂恿他进行更大的挑战：幂、根数、基础几何、线性代数、各种数学运算……在学习如何区分变分、排列、组合时，在学习微积分里的极限概念时，依德又感到了痛苦，但这与当初面对分数危机时的苦楚相比，根本算不上什么。那时的他才好像在穿越莫哈韦沙漠[①]。

“大家可能会问了，这个故事想说明什么？它告诉我们，掌握新知识难免要流下几滴痛苦的眼泪。不经历痛苦，直接到达快乐的相对历程阶段，是不可能的。如果你能克服困难，使能力得到增长，那么这种能力的增长就会让你体会到快乐。还记得尼采的话吧，他认为幸福是‘意

---

① 莫哈韦沙漠（Mojave Desert）位于美国加利福尼亚东南部，是美国最大的沙漠。

识到自己的力量在增长，意识到阻力被克服’。所以不难理解，适当的不可控能增加成功的快乐。如果一个人在从事任务前就知道他的能力比挑战的难度高，就容易感到无聊，这也是依德彻底掌握分数计算时的感觉。要体会学习的乐趣，必须先经历一段痛苦的过程。因此寻找合适的敌人就显得尤为重要。尼采在《瞧！这个人》中用激烈的言辞说：‘我们不是要征服一切困难，我们的任务是去征服那些必须使尽浑身解数、绞尽脑汁才能解决的难题，对手要和我们的能力相匹配。’

“只有面对的挑战和‘敌人’有不确定性，获得胜利后才能体验到所谓的‘兴奋’。这种‘兴奋’让人上瘾，它让你在这次挑战后想去寻找更多的挑战。挑战的难度越来越高，痛苦的可能性也越来越大。尼采认为，如果想获得快乐和幸福，不仅要接受痛苦，还要追寻痛苦。这就是尼采哲学带有‘悲剧’色彩的原因。尼采批评佛教，他认为，我们爱的不是我们欲望的对象，而是欲望本身。欲望追求的对象总在改变，唯一不变的只有欲望本身。欲望达成后，欲望实现时的喜悦让我们上瘾，我们总想再一次面对那‘极好的怪物’，我们绞尽脑汁，想要维持它的活力。下节课我们会继续谈这一点。”

| 补充说明 |

尼采的第一处引用来自《瞧！这个人》(马德里，阿利安萨出版社，1980)，第二处引用来自《超善恶》(马德里，阿利安萨出版社，1980)。

第 14 封信

最好的生活方式是追求卓越吗

星期一，第 7 周

“大家还记得我们上节课讲的故事吧？依德的数学心路历程。”

“我觉得那个过程很像某种军备竞赛。”赛丽插话。

“很好！是这样！”贝尔激动地说，“总算找到合适的词了——‘军备竞赛’。对，依德的算数能力和数学进行了一场较量。经过这场较量，依德的数学能力不断提升。这种能力与挑战间的‘军备竞赛’是提升艺术创造力和职业技能的关键所在。这些技能包含算数、写作、芭蕾、地质研究等。

“大家或许知道，‘军备竞赛’一词源于冷战时期。苏联和美国为了压制和超越对方，不断发明新式武器。后来生物学家借用这一概念来描述物种间在生物进化中的抵抗和反抵抗现象。寄生虫与宿主，猎物与狩猎者，都存在这种进化上的抗衡关系。我们所谈论的‘军备竞赛’是一个人的战争，它是个人能力与困难间的一场斗争。我们受到外部的挑战后，需要克服挑战，从而提升能力。

“依德的数学能力与外部阻力的竞赛也是这样。为了说明这一点，我们要提到一位哲学家，他的名字非常拗口。好，让我试着把他的名字写下来，看看能不能念对。”

贝尔站起来，在黑板上写了几个大大的字：米哈里·契克森米哈。她读了一遍，像在念“米咖喱·齐肯森米咖喱”。大卫好像嫌班里气氛不够活跃似的，拉开他宙斯般洪亮的嗓门大声说：“听起来像‘米咖喱·鸡米饭咖喱’。啊，对了，就是‘咖喱鸡米饭’。”同学们听了都笑个不停，“哈哈，咖喱鸡米饭”“我吃故我在”。大家七嘴八舌了一分钟，贝尔说了句“行了”，大家便立刻安静了。

“你们所说的‘咖喱鸡米饭’是一名有趣的心理学家。他这一生好像只提出过一个理论，叫‘心流’，又称流动体验。他的每本书都与这个理论有关。希腊著名的诗人阿尔基罗库斯（Archilochus）曾说过：‘狐狸知道很多事情，刺猬只知道一件大事。’这句话启发了20世纪重要的政治哲学家以赛亚·伯林（Isaiah Berlin），他写过一篇题为《狐狸与刺猬》的文章。在这篇应该被载入史册的文章里，伯林将艺术家和知识分子比喻成狐狸或者刺猬。伯林认为，像刺猬一样的人只懂得一件重要的事，柏拉图、卢克莱修（Titus Lucretius Carus）、但丁（Dante Alighieri）、帕斯卡（Blaise Pascal）、黑格尔、陀思妥耶夫斯基、尼采、易卜生（Henrik Ibsen）、普鲁斯特（Marcel Proust）都属于刺猬型。狐狸型的人则通晓多个领域，希罗多德、亚里士多德、伊拉斯谟（Erasmus）、蒙田（Montaigne）、莎士比亚（Shakespeare）、莫里哀（Molière）、歌德（Johann Wolfgang von Goethe）、普希金（Alexander Pushkin）、巴尔扎克（Honoré de Balzac）、乔伊斯（James Joyce）都在此类。这样看的话，契克森米哈属于刺猬型的人，因为他毕生都在研究一个问题。契克森米哈的贡献就在于他发现了一种叫作‘心流’的心理状态。

“契克森米哈认为，当一个人沉浸于充满挑战的任务中时，任务的难度使得他必须全身心投入其中，没有富余的注意力去思考别的问题。他甚至会忘记自己的存在，这种状态就叫作‘心流’。在这种忘我的状态下，一个人会忘记自己，他的自我意识会暂时性消失。同时，他对时间的流逝会产生一种扭曲的判断：当人们身处心流的时候，一个小时就像一分钟。

“当你沉浸于一项工作时，你的注意力和能力都被这项工作吸引了。接下来，这些被吸引住的能力将处于一种紧绷的状态。这让你既痛苦又愉悦。前者是肯定会出现的，后者却不一定。

“上节课讲过，无论学习什么（数学也好，爬树也罢），都必须战胜自己的局限性，推动自己进步，因此就产生了痛苦。一旦这种进步产生，一旦能力的提高得到了实践的认可，你就会感受到尼采所说的快乐：‘感受到自己的力量在增长，感受到阻力被克服。’你体会到了心流的愉悦——顺利的话，（再念叨一遍，努力不一定带来成功。）在严格的考验过后，你的资质与能力都会得到提升。下面，如果依德不介意，我想通过一幅图来说明他的数学能力是如何曲折上升的。”

贝尔最近特别喜欢画画。时间一点点过去，我们看着她在黑板上画画。终于，大家看到了她的作品（图一）。

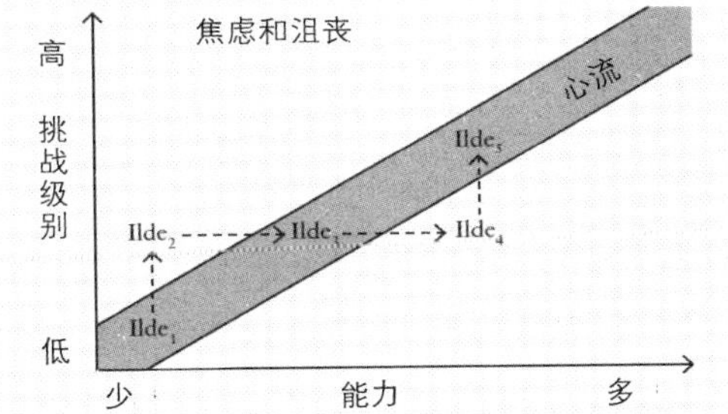

图一　心流

“依德和许多孩子一样，从整数运算开始了同困难较量的‘军备竞赛’。依德整数运算不错，他尝到了甜头，此时正处于春天般的心流中（$Ilde_1$）。后来他受到了分数运算的打击，这时他已脱离心流区：因为挑战的难度高于能力，超出了他的能力范围（$Ilde_2$）。他感到焦虑，开始怀疑自己。如果一直这样下去，他会感到挫败，认为自己天生不是学数学的料，很多人就是这样一蹶不振的。幸运的是依德没有轻易放弃，没有退缩。迎难而上是数学家应有的品质（另一个品质自然是天资了）。经历了一番痛苦之后，依德再次回到心流区（$Ilde_3$）。这时他的数学能力和分析能力都得到了提升，他更自信了，也愿意挑战新的困难。他对数学‘上瘾’，无法自拔。没过多久，依德感到分数运算也渐渐无聊了（$Ilde_4$），他想挑战更难的数学题，这样就可以重回心流区（$Ilde_5$）。此时的他又感受到了那种全身心解题时的快乐，非常幸福。

“不难发现，学习和主体接受的过程是能动的，它随时间上下波动。起初面临的困难和担心后来变为心流的一部分，让人觉得新奇又有趣，时间久了才慢慢变得无聊。就这样，一次又一次，呈S形摆动。

“心流的快乐是一种内在的快乐，它和自我实现以及能力的增长密切相关。这种自我实现的愉悦和成瘾性消费所带来的愉悦是有区别的。只要坚持挑战，只要能力足够强、信心足够坚定（也就是说，有追求卓越的渴望），最好两者兼而有之，就可以获得这种快乐。尼采将它形容为以追求卓越为目标的‘军备竞赛’，身处其中，你总是能感受到极强烈的快乐。这一点很有趣：消费带来的快乐无法摆脱易逝的宿命，而自我实现所带来的内在幸福却不会这样。

“如果上面所说的成立，那么世间的快乐远比佛教徒和叔本华描述的多。悲观主义哲学家建议人们关闭欲望机器（即意志），以避免欲望实现后的乏味。佛祖第一次在瓦拉纳西讲法时，有五人听法。佛祖劝这五人放下执念，避免痛苦：‘比丘们，此为苦因圣谛：造作再生的渴求——带着贪与喜、于处处耽享——正是对感官之欲的渴求、对有生的渴求、对无生的渴

求。比丘们，此为苦的止息圣谛：对该渴求的无余离贪、止息、舍离、弃绝、解脱、放开。’

“叔本华也认为，人要尽量避开消费性的快乐。人在愿望无法实现时，会觉得挫败。一旦愿望实现，快乐就同提勃尔·西托夫斯基说的爱情那样，像花儿一样凋谢，随时间慢慢枯萎。大家还记得提勃尔的话吧？开始时是火山般的炙热，而后则是平原般的寡淡。感情变成了依恋，和上瘾并无二致。

“叔本华倡导，不管是为了避免挫败，还是为了防止快乐消失，人都不该追求快乐，而应该摒除追求快乐的想法。叔本华在理论中提到了寂静主义、禁欲主义、神秘主义。他认为，寂静主义意味着放弃一切欲望，禁欲主义是摒除自我意志，神秘主义是将自我意识融于世界万物，这三者紧密联系。一个人若是奉行这三种主义中的任意一种，逐渐也会接受另外两种。他用隐晦的话语对禁欲主义进行了界定：‘我常提到禁欲主义，它意味着从严格意义上放弃意志。这要求人们通过拒绝享乐、寻求痛苦，通过自我惩罚和鞭笞来不断地摒除意志。’”

“好差劲，老师。”大卫评论说，“不能想象和这种人出去喝酒是什么感觉。”

“诚然，叔本华是优秀的哲学家和作家，但是确实不太讨喜。大家觉得应该以这样的态度面对生活吗？

“像尼采那样战士般地面对人生，向困难发起挑战，是不是很愚蠢？”

“不——”同学们齐声回答。大家很开心。

“西班牙历史上最伟大的哲学家（姑且先这么叫吧）奥特加·加塞特也这么认为。他曾说：‘难道保持这种相信自己的战士精神（这里指的是尼采）是忽略了生命中的不幸？ 根本不是这样，他和叔本华一样了解全部的痛苦。他预见到生命中会有险恶、不安。但面对同样的事实，同样的痛苦和危险，两个人的态度截然相反。一个人拥有战士般的勇气，充满生命力的欲望，身处艰难困苦时眼睛眨都不眨一下；一个人坦然接受这样的生活，丝毫不反抗，也因此，拥有这种态度的人被认为是在逃避生活。’”

“是这样，贝尔。”大卫热烈回应，话语中充满了天真的热情，“活着就要胆子大。”

“大家想得还是简单了。”贝尔的话让教室里的气氛顿时变了许多，“20 年前，我和你们一样。年轻人遇到尼采的哲学就像干柴遇到烈火，但我不知道时间久了大家还能不能受得了他。这种身处失败边缘的活法太危险，恐怕只有那种年轻又内心强大的人受得了。

“尼采让我们认识到，有些愉悦可以随着时间增加。不用抑制，任它在‘军备竞赛’的道路上驰骋，就可以充分享受自我实现和追求卓越的快乐，痛苦也不重要了。

“再多讲几句吧。叔本华和佛教中的悲观主义哲学容易消耗人的意志。接触这种观点后，斗志会渐渐松懈，内心原本的秩序也会受到侵扰。一个人会认为努力不值得，‘生命中的小幸福’才有意义（类似于一种老年的阶段）。这难道不是贬低生命的价值，剥夺生活的动力吗？反观尼采带有英雄主义色彩的理论，虽然潜藏着一定的危险性，但它能让我们满怀期待地与生命中的困难抗争，让我们更加年轻，为我们建立良好的心理秩序。比起 Ilde_1（说到这儿，贝尔用手指了指黑板），Ilde_3 更加专注于未来，更加勤勉。Ilde_5 比 Ilde_3、Ilde_1 更好。这说明，随着困难的增加，个人意识在不断地靠近这条线。个人对未来更加明确，内在损耗就会减少。一旦维持在心流的区域，一个人对自己会更有信心，内心也会感受到更多的愉悦。”

| 补充说明 |

1. 老师的图依据的是米哈里・契克森米哈的《心流：幸福心理学》。
2. 伯林的文章《刺猬和狐狸》在他的《俄罗斯思想家》（墨西哥，经济文化基金会，1980）中可以找到。
3. 瓦拉纳西的佛祖讲法的内容摘自安德烈・巴罗的《佛祖》（马德里，埃达夫出版社，1981）一书。
4. 叔本华的第一条引用来自《作为意志和表象的世界》（马德里，经济文化基金会及读者俱乐部出版社，2003）的第二卷。叔本华的第二条引用摘自本套书的第一卷。
5. 奥特加・加塞特的引用出自他的文章《散漫夏日之记录》，这篇文章被收录于他的作品集。

第 15 封信

在自怨自艾和出卖灵魂之间，是什么在推动创造力？又是什么让人迷失自我？

星期四，第 7 周

最后一堂哲学课让大家躁动不安。爱好讨论争辩的赛丽没有一点儿怜悯之心，她抓住我和大卫，一遍遍地告诉我们，为什么长久沉浸在心流中是种病态的行为；这种活法很可怜，它抛弃了友谊、娱乐和生命中的其他乐趣；这种世界观蔑视外在报酬，夸大了内在报酬的好处。赛丽的观点在我听起来有点儿好笑，她谈论内在报酬和外在报酬时一副胸有成竹的样子，几周前她肯定听都没听过这几个词。

相比大多数同学对理论不置可否的态度，我倒更喜欢赛丽咄咄逼人辩论的样子。我欣赏她捍卫自己的观点时的竭尽全力。从走廊到厕所，再到食堂，只要撞到她，就免不了听一番小型演讲。开始我很认真，总是和她理论，我是为了坚持自己的观点可以不惜一切的人。最后我放弃了，因为我发现赛丽真的是死脑筋，她根本就是活在自己的世界里，别人说的话全部左耳朵进右耳朵出。我不想再听她喋喋不休了，和她沟通简直是对牛弹琴。

大卫在这点上比我做得好，他会系统地反驳赛丽。他说的也不是都在理，许多也是胡说八道，连他自己都说服不了。但他喜欢看赛丽急得跳脚的样子。我觉得他们俩的沟通方式就是这样的，俩人都挺享受的。赛丽喜欢大卫和她唱反调，我觉得赛丽似乎有点儿喜欢大卫。

我正在梳理着脑袋中的一团乱麻，这时贝尔进教室了。她先点了名。过了还不到一秒钟，赛丽抢着说：

“你知道吗，老师？这些天我一直在和同学们讨论上节课的内容，我和几个大学里的朋友也聊了，我觉得你夸大了心流带来的幸福。上节课我说了，这种观点把生活过度简单化了，它会让人忽略真正重要的事情，比如友情、家庭，还有爱情。人会变得偏执又孤僻，一不小心就进精神病院了。噢，对了，还有，我觉得获得内在报酬特别好，但我觉得你把它形容得太重要了。你似乎有点儿看不起外在报酬，仿佛它比内在报酬低一个档次似的。”

“你真这么觉得？”贝尔一字一顿地问，“如果是这样，得赶紧采取补救措施了。上节课我说过，我会站在你这边说话的。你还记得吧，赛丽？

“外在报酬有什么不好呢？难道成功、权力、性、金钱对幸福不重要？这是你想问的。我也希望能赶快解决这个棘手的知识点，现在我来回答这个问题。

“我们讲过，只有投入自我实现活动一段时间后，才能获得内在报酬。我们开始进行某项活动往往是因为某种原因，比如说父母不顾你的反对逼你这么做，又比如你突然心血来潮，或被胜利者的光环吸引了，等等。如果是最后这种情况，那么你肯定是因为可观的外在报酬才从事这项活动的。

“伍迪·艾伦（Allen Stewart Konigsberg）曾告诉传记作家艾里克·拉克斯（Eric Lax），起初他拍电影只是为了出名和获得人们的认可。因为等一切就绪了，就可以去勾搭‘健身房里那个金发、古铜色皮肤的年轻姑娘了’。我没有瞧不起外在报酬的意思，拥有外在报酬能提高个人从事一项工作的满意度。它是愉悦感的重要来源，这点不容置疑。有些人故意吹嘘说自己不在乎外部奖赏，外部奖赏太俗气了。即便真让他接受，他也要装出一副不屑一顾的样子，我并不欣赏这种做法。前段时间，我读了一本小说，和法国画家高更（Paul Gauguin）有关，书名是《月亮和六便士》（*The Moon and Sixpence*），书的作者是英国作家毛姆（William Somerset Maugham）。我很喜欢这本书，它是我最爱的小说之一。不过我发现，小说对人物的心理描写有失偏颇：作家的描述是想让读者相信，高更终日只在塔希提岛上作画，对自己作品的反响毫不在乎。要知道，巴黎可是欧洲的艺术中心啊！这样描写固然可以创造出画家浪漫的形象：一位沉迷于艺术的画家，一位脑袋里只装着绘画技巧的画家。作为读者，我们也乐于接受这样的设定，懒得深究。万一艺术家不像普通人想象的那样不食人间烟火，反倒很煞风景。

“过了不久，我找到了一本高更书信集，这本书证实了我的设想。高更其实非常在乎自己的画能否‘撼动巴黎’（用他的话说）。在得知期望落空时，高更异常失望，备受打击。这本书信集还证明，一开始他的画并没有受到巴黎各个画廊的追捧。

“我一直对一点深信不疑：如果一个人说他不在乎世俗的成就，我觉得不可信，也不符合人之常情。自认怀才不遇的人说这种话能安慰安慰自己，他们可以说自己生不逢时，才华无人知晓，但总有一天，一个真正懂行的评论家会让他的作品重见天日，一切将得到补偿。

“真正被埋没的天才只是少数，没人能说自己一定会成为伟人。未来太远，对当下的幸福产生不了什么影响。这种自我安慰的人就像吃不到葡萄的狐狸，他们总是告诉自己：‘这个时代庸人当道，所以我才不被理解，难以成功。’‘成功不重要，重要的是实现自己的愿望。’有些怀才不遇的人对如饥似渴的东西反而会表现出不屑。这么活着未免太辛苦，一些人甚至因此变得疯狂而偏执。他们认为有人在暗中策划阴谋，让他们没法功成名就。”

“狐狸和葡萄是什么故事？”大卫问。

“是17世纪法国作家让·德·拉封丹（Jean de la Fontaine）的一则寓言，有人知道吗？”

“我知道。”我举手了。

“好，卡梅，给大家讲讲吧。”

“故事讲的是：一天清晨，狐狸从园子前经过，看到一串成熟的葡萄。葡萄熟得透透的，像在对过路的人说：‘快吃掉我吧。’狐狸想摘下葡萄，但怎么都够不到。最后它实在太累了，说：‘哼，算了，这葡萄肯定是酸的。’”

“很好，讲得很棒。”贝尔表扬我，“谁来谈谈这个故事的寓意？”

教室里安静了几秒。

“我来试试，”谢尔盖说，“这个寓言说明：当人们发现愿望无法实现的时候，最好改变愿望或放弃愿望。这让我想起上节课老师说的佛教的观点：想实现愿望，有时要降低期望；如果彻底放下，便不会感到挫败。我是不是跑题了……”

“不，不，你讲得很好。谢尔盖抓住了故事的精髓。这只狐狸是一只信仰佛教的狐狸，当它发现无法满足欲望时，就会选择放弃。它还懂得自我安慰，发现自己够不着葡萄时，它说葡萄是酸的。这是一种自我保护机制，大家应该都用过。假设一个同学，比方说……赛丽吧。赛丽，你非常喜欢一个男孩子，但他总对你爱答不理的。你试着用各种办法暗示他，向他表达爱慕，结果他还是没反应。最后你决定采用自我保护的办法，你安慰自己：‘算了，他有什么值得喜欢的？整个人木讷得很，也不帅。仔细看，长得还特别像一个退役的拳击手。’”

同学们一阵哄笑，赛丽更是笑得停不下来。

“没错，老师，我肯定会这么做的。”

“这样做是对的。在彻底接受失败的事实前可以先安慰自己，挽回自尊心。”贝尔说，“不过这会让你的大脑掉入一个自欺欺人的陷阱中。许多所谓怀才不遇的天才就是这样，他们陷进了自己构造的光辉形象中，编出一些疯话。

“更可怕的是另一种情况。一个人在品尝了成功的甘甜后，身陷其中，无法自拔。成功有致命的吸引力，对享受成功的人来说，哪怕是微不足道的成功都足以让他兴奋不已。为了获得称赞，他们寝食难安。他们专门创作合乎大众胃口的作品，只为得到一句喝彩。伍迪·艾伦告诉我们，这种做法其实是有隐患的：‘如果电影的目标是观众和评论家，是为了适应他人的胃口，明明不舒服，却硬要做下去，你心里一定不会好过。’但如果你是因为自己开心，就算最后结果一团糟，也比拍出《猫咪最近怎么了》(*What's New, Pussycat*)这种别人喜欢、自己讨厌的片子好……如果我喜欢我的一部电影，我就很愉快，和别人喜不喜欢无关。相反，如果我不喜欢，即使别人喜欢，票房收入不错，我也很难觉得开心。你做的事必须自己喜欢，这是快乐唯一的来源。年轻时人们觉得名气和收入能改变生活，后来才发现一切都是场梦。假如有人在电影试映后说：‘观众喜欢你的电影。’我会很开心，仅此而已。如果他说观众不喜欢你的电影，我会回答：‘要是他们喜欢就好了。’不过我实际上并不介意他的评价，我喜欢的是制作的过程。从策划到后期拍摄，这是最重要的。’

“若是工作结束后（注意了，不是之前）获得一定的认可，这种内在报酬与外在报酬的关系就是健康的。专心工作不是为了外部回报，而是出于内在需求，外在报酬是努力附带的结果。反之，如果将外在报酬看成目标，结果恐怕很糟糕。你可能什么也得不到，不仅丢掉了工作的乐趣，也获得不了成功。历史上有很多天赋极高的艺术家，他们放弃个人能力，不再追求艺术的精进，把取悦大众当作唯一的目标。结果，得到了什么呢？变成自己的奴隶，背叛自己的心，出卖天资去换取成功的外衣。观众永远在追逐新鲜，这种成功只是短暂的。在通往名利的道路上总有牺牲者倒下，苍蝇贪婪地吸吮成功的蜜汁后也要付出生命的代价。

“赛丽认为外在报酬（世俗的成功、金钱、美人、权力等）是好的，不应低估它们，这无可厚非。很多时候正是这些原因让你产生了投身某项自我实现活动的想法。然而，开始做这件事情后，最好能像伍迪·艾伦说的，出于乐趣和愉悦去做，出于提高能力和完善技能去做。名气、票房、美女的喜爱，都是附带的。

“大家作为学生也是一样的：你们学习是为了拿到好成绩，成绩对你们来说就是外在报酬。但只有真正喜欢一门课的时候，你才能领悟到它的迷人之处。这时你愿意为了愉悦和能力去学习，愿意更深入地理解这门课。如果能达到这种状态，就是处在心流中。即使不考试，为了享受学习的过程，你也愿意学习。这是老师们梦想的天堂，只有少数一部分人能够抵达。到那时，不需要分数的刺激，仅凭学习就可以获得足够的内在报酬。”

教室里静悄悄的，同学们被这种描述感动了，大家都希望它变成现实。

“对，听起来棒极了，老师。但恐怕你自己也不相信存在这种完美的情况吧。”是赛丽，她的声音把大家拉回了现实，“这种生活态度除了把内在报酬看得比外在报酬重，还可能导致人过度追求能力。这么说吧，就像把所有鸡蛋放在一个篮子里：唯一的目标就是变得厉害，成为一个高手。”

“抱歉，我好像确实还没回答你的问题，赛丽。这是我的失误。”贝尔承认，“还有时间，我们下节课再接着讲吧。”

| 补充说明 |

1. 高更的传记小说《月亮和六便士》(巴塞罗那，普拉扎 & 简斯出版社，1994)的作者是毛姆。
2. 高更书信集《寻找天堂》(墨西哥，奥丁出版社，1994)的编者是高更本人。
3. 艾伦的话出自《对话伍迪·艾伦》(巴塞罗那，卢曼出版社，2008)。
4. 对狐狸和葡萄的寓言的哲学分析请见乔恩·埃尔斯特的《酸葡萄：颠覆理性之研究》(纽约，剑桥大学出版社，1983)。

第 16 封信

卓越的代价究竟有多大

星期一，第 8 周

赛丽的样子让人看了觉得很好笑：她盘腿坐在椅子上，用两只拳头撑着下巴。她浑身散发出“看看你能讲什么”的气场，像是挑衅，又带点儿好奇。很明显她不服从于贝尔的权威，更不相信贝尔的回答能让她满意。

贝尔也注意到了，她比平常更加和蔼地说：“好啦，我们这儿有一只叫赛丽的小老虎，现在我需要禁卫军来保护我。依德、谢尔盖、卡梅、大卫、克拉拉，你们几个，快摆出阵形来和她对阵。大卫，你离她最近，快抓住她的胳膊，别让她扑到我身上。”

“放心吧，贝尔，一切都在控制中。”大卫一边笑着说，一边按老师的命令假装要抓赛丽的胳膊。当他看到赛丽冷峻的目光时，他停住了。现在这种气氛正是拉开架势进行对阵的绝佳机会。

“一个人最好能拥有一条或同时拥有几条心流，如果一条心流也没有，生活的质量就会受到影响，我这么说相信大家不会有异议。关于这点已经非常清楚了，现在我们要做的是对这种看法进行进一步思考。

“我们知道，心流是全身心投入工作时的一种状态。在这种状态下，人能忘记自己的存在，同时体验到一种极致的愉悦。

“心流不是静止的，而是动态的。我们说过，心流好比两个变量间的‘军备竞赛’，随着时间的推移，能力会通过和外部困难的不断抗争得到提高。契克森米哈将它命名为‘心流’，意在强调这种不断改变和流动的体验。我们在投身一项工作时通常会发生以下情况：克服障碍，能力得到提升，个人内心感到愉悦——这种愉悦是自我实现活动本身所具有的，可能让人上瘾。之后，个人希望接受更高难度的挑战，在心流线上的位置不断升高。随着能力和心理状态的不断进步，此时，工作对个人的吸引力也越来越强。

“然而，这种情况可能由于各种原因受阻。并不是所有人在出生时都会被赋予同样的能力，这话听起来或许有些残酷，从某种意义上说，‘生来不平等’是存在的。有些人不用付出任何代价，生下来就被命运（基因）赋予了某种能力；而有些人一生下来，其‘能力花园’就一片荒芜。如果你们认识患有唐氏综合征、孤独症、囊性纤维化的患者，就明白我的意思了。拥有宗教信仰的人会怪罪神明，而没有宗教信仰的人则只能接受命运的安排。

“一个人也许天赋异禀，但穷其一生也无法发挥潜能。希特勒（Adolf Hitler）差点就成了这样的人。少年和青年时期的希特勒渴望成为一名画家或建筑师，但他未能实现自己的夙愿。假若希特勒真成了怀才不遇的画家，未尝不是一件幸事。1919 年 8 月，希特勒来到德国奥格斯堡附近的莱希菲尔德。在面对众人讲话之后，他发现自己‘有演说才能’。他能用话语煽动听众，进而引导他们的情绪。之前他并不知道他的‘能力花园’中长着演讲天赋的‘树’。意识到这点以后，希特勒放下了做艺术家的志愿。此时的他只想成为一面‘鼓’（即具有侵略性的德国民族主义的煽动者），成为元首（即民族主义的领袖）。他发现了一条黑暗的心流。这条心流的形成得益于两个条件的满足：第一，希特勒天生有演说才能；第二，他发现了自己的才能。自然运气和意外运气两者，少了一个，希特勒就没法发现他可怖的能力，而 20 世纪欧洲史和世界史的发展也必定会大不同。

“我们知道，社会偶然性对于人生历程起决定性的作用。前几节课我们说过，假设克拉拉出生在 6 000 年前，即便她是写作奇才，也无法成为作家，因为那时苏美尔人还未发明楔形文字。

“还有一种影响心流的因素，就是历程过短。在售票处、收银台、洗车店、流水作业线上工作的人都能体会到这一点：能力历程总是很快就结束了。因为通常来说，这些技能很好掌握，只要花三四天认真学习就能掌握得不错。

“说了这么多，是希望大家明白：一个人可以像希特勒一样能力高超，但品德败坏。格雷戈里奥·多瓦尔在《野蛮西方简史》中介绍，有不止一个人曾在犯罪中体验到心流的愉悦。书中的‘杀人犯和窃贼’亨里·斯达尔说：‘我当然对钱有兴趣，也想变得富有，但最吸引我的还是那种自由的生活状态。夜间骑马奔腾和冒险的滋味，以及凌驾于他人之上的快感……都让我痴迷。’

“冒险的滋味可能让人上瘾，其他活动在冒险的对比下显得索然无味。有人看过凯瑟琳·毕格罗执导的奥斯卡最佳影片《拆弹部队》吧？杰瑞米·雷纳饰演的詹姆斯被派往伊拉克执行拆弹任务。在旁人眼中，这是一项危险的任务，但詹姆斯不这么认为。情况越是危急，他越是投入和享受。他甚至主动去寻找更困难的任务来满足自己。对詹姆斯而言，战争就像毒品（这也是电影的主题之一），他忍受不了家庭生活的平淡……这种日子过于乏味。影片中，对冒险有依赖性的詹姆斯重新回到伊拉克，因为只有这样他才能体会到心流的愉悦。

“心流若能给人提供强烈的情绪体验，则可能会取代其他一些值得投入精力的活动。被心流吸引后，人会不由自主地想变得更完美，想获得更高超的技艺。他可能会尽力排除一切干扰，集中精力去达到登峰造极的程度。受人敬仰的加拿大钢琴家格伦·古尔德（Glenn Gould）便是如此。作家凯文·巴扎纳（Kevin Bazzana）在他的书中这样形容：‘古尔德在他生命的最后 20 年中，竭尽所能，想控制生活中的一切。他开始缩小自己的演出范围，人们若想见他，必须登门拜访。他放弃海外旅行，连飞机也不坐了，还放弃了巡演。他的唱片不再在纽约录制了，先是在多伦多，后来只在他的工作室录。’古尔德这么做只是为了摒除其他杂事，让机会达到最大。通过谨慎地控制，他只和他愿意打交道的人和事物打交道。这便是赛丽所说的过分沉浸于心流当中，这么做其实是很危险的，对吧，赛丽？”

“总算讲到了，老师。”赛丽赞同地说，“我差点以为这节课的内容和我的提问又没关系了。”

“前面讲的都是铺垫，赛丽。”贝尔说，“我们现在讨论的问题是这几节课上最重要的一个问题。希望大家明白，这不只是一个哲学问题，它对你们的人生是有指引作用的。好，现在我们继续。

“有些人可能认为，体验的心流越多越好。他们不顾有限的能力和精力，希望投身于多条心流中。人生只有一次，想要事事精通太难了，如果要达成的技能难度高，则更是难上加难。这种贪婪和病态的想法被人称作‘浮士德的欲望’。歌德笔下的人物浮士德想无所不能，渴望拥有‘人类的冠冕’。他不听魔鬼的警告——‘这种无所不能只属于上帝’，坚持可笑的幻想，‘我愿亲身体验所有分给人类的人生起伏，至善至恶’。

“不难发现，浮士德不仅想体验所有的心流，还想体验人类所有的体验。他的欲望已超出心流定义的范围。今天先讲到这儿吧，下节课我们再继续。”

| 补充说明 |

1. 希特勒的人生历程可参阅伊恩·克肖的《希特勒：1889—1936》（巴塞罗那，半岛出版社，2000）。
2. 犯罪者的心流问题见于格雷戈里奥·多瓦尔的作品《野蛮西方简史》（马德里，诺沃蒂斯出版社，2009）。
3. 格伦·古尔德的经历详见凯文·巴扎纳的《格伦·古尔德的艺术与人生》（马德里，特纳出版公司，2007）一书。
4. 浮士德的故事是哲学老师自己的演绎，原版见于歌德的《浮士德》（马德里，讲坛出版社，1987）。

第 17 封信

关于幸福的五个问题

第 8 周

“今天我们要讨论哲学中一个至关重要的问题：幸福。”贝尔开始了新的一课。

“人们对幸福有各种解读，多到让人眼花缭乱，今天我简单地给大家介绍五种类型的观点。第一种是自然和超自然幸福观。超自然幸福观与宗教有着密切的联系：基督教徒认为，幸福的终极意义在彼岸，即死后。与这种观点相对的是自然幸福观。自然幸福观认为，要在现世寻找幸福，对死后的世界不应有过多的幻想。

“还有一些人认为，彼岸的生活其实并不如人们想象的那样幸福。在《奥德赛》第十一卷中，奥德修斯来到冥界。魂灵们纷纷拖着惨白黯淡的影子前来，其中就包括奥德修斯的老朋友阿喀琉斯。这位生时的常胜战士，死后变成了可怜的鬼魂，他说：‘非凡的奥德修斯，无须再为我寻找慰藉死亡的言语。我宁肯在荒芜贫瘠的农田耕作，也不愿成为魂灵的首领。’

“荷马笔下的角色向我们传递了一种观念，即生命只有一次，死后再无快乐可言。由此不难得出结论：人应尽享现世每一分钟的幸福，这比试图在彼岸获得幸福要牢靠得多。

“第二种幸福观来自佛教以及哲学家叔本华，另外还可以算上伊壁鸠鲁学派和斯多亚学派。他们对幸福持消极的态度，认为幸福只有镇痛剂的功效。幸福不是积极主动地追求幸运和快乐，而是为了逃避世间的不幸和痛苦。前面的课上讲过叔本华和佛教对于幸福的忧虑，这里不再赘述。

“有些哲学家认为，幸福有积极的作用。其中有人认为，集体幸福比个人幸福重要。功利主义者和马克思主义者就持这样的看法，但他们的出发点有所不同。功利主义者指的是英国 19 世纪的一批哲学家。他们的理论对我们今天的生活仍产生着深远的影响。这些哲学家中有杰里米·边沁（Jeremy Bentham）、詹姆斯·米尔（James Mill）、约翰·斯图尔特·米尔（John Stuart Mill）等。“功利原则”认为，无论何时何地，一个人都要最大限度地提升集体的幸福。此外，因为集体幸福是个人幸福的总和，所以每个人的幸福都和他人的幸福一样重要。应当对所有人一视同仁，个人不该认为自己、家人、朋友的幸福比他人的幸福更重要。”

“照这么说，我应该觉得妈妈的幸福和街上陌生人的幸福一样重要咯？”大卫问。

“是这样的。”

“我做不到。”

“我明白。”贝尔表示同意，“功利主义者的要求听起来的确不太合理，还有点儿过分。‘功利主义’这个词听起来有种贪婪的感觉。但如果你读过功利主义哲学家的书，就会发现功利主义者宣扬的其实是一种带有英雄色彩的高度利他主义。这听起来挺疯狂的，对吧？举个例子，约翰·斯图尔特·米尔认为，功利主义要求个人不偏不倚，在面对个人幸福和他人幸福时，做一个善良无私的旁观者。这和耶稣的精神是一致的：‘爱人如爱己’。

“还有一些思想家将幸福视作个人的历程，而非群体的体验，这些思想家占多数。下面，根据第四种观点……”

“今天不讲马克思主义吗？”赛丽打断老师的话，她这么做完全是别有用心。

“我们今天不讲，之后会讲的，赛丽。好了，我们说，第四种幸福观认为，幸福不是来自外部的愉悦，而是来自内心的愉悦。尼采是这种观点的坚定捍卫者，这点我们在先前的课上已经讲过了。

“与这种观念相反，有些人，比如康德，认为幸福源于外部。康德认为，这世上最重要的不是幸福：‘幸福是一切欲求的满足。从种类上来说，它是多样的。从程度上来说，它是激烈的。从时间上来说，它是持续的。’

“这话听起来有点令人费解，对吧？康德的意思是：幸福代表人所有的欲求和意向的满足。这种满足必须是激烈且持续的，如果达到了，便是康德所定义的‘至高的幸福’。尼采讥讽康德的观点，他说这种幸福观只适用于杂货店主、基督教徒、牛、女人、英国人和民主人士。

“下面讲最后一种幸福观。在接触或看到美好的事物时，我们会感到愉悦。美味的佳肴、气味怡人的香水都会给我们带来愉悦的感受。这些信息通过周围神经系统，抵达我们的大脑，大脑的活跃度因此而提高（即心理学家和神经学家所说的‘唤起’）。现在，我们假想一个大脑活跃度的坐标，正中间的一点是大脑活动的最佳点。点的左边是缺少刺激区，右边是过度刺激区。当我们处在最佳点的时候，会感到舒适。但是只要离开这个点，我们就会因缺少刺激或过度刺激而感到不舒服。大家明白了吗？”

“我不太明白‘缺少刺激’和‘过度刺激’的意思。”谢尔盖说。

“缺少刺激时，人会觉得无聊。”贝尔回答，“当我们感到饥饿、寒冷、性冲动时，则是过度刺激。”

“这么说，从缺少刺激区或过度刺激区到中间点的过程就是幸福？”

谢尔盖问道。

“没错。我们渴的时候，大脑会作出反应，催我们找水喝；饥饿的时候，大脑会命令我们寻找食物；感到寒冷的时候，大脑会让我们穿上外套；有性冲动时，大脑会让我们产生交配的欲望；感到无聊时，我们会寻找有意思的事情打发时间。正如圣奥古斯丁（Saint Augustine）所说：‘吃喝无法提供愉悦感，除非先感到饥饿或口渴。’愉悦是从不适到舒适的过程，是一种大脑自我调节的稳态机制。大脑会去寻找最舒适点，一旦回到舒适点，我们就不再寻找愉悦。古希腊哲学家伊壁鸠鲁认为，这是一种最佳状态，他将舒适称作‘静态的快乐’。‘这是身体的诉求：无饥渴，亦无寒冷。谁能做到这一点，谁就能享有天神般的幸福。’

“如果你总是被舒适吸引，不愿意离开舒适点一秒钟，你就永远无法体验到愉悦，这便是伊壁鸠鲁所说的‘动态的快乐’。所以，许多哲学家，比如尼采，自愿处在痛苦和不适的状态，为的是避免一味沉浸在单调和烦闷的舒适中。这样的生活方式更多姿多彩、波澜起伏。除了尼采外，我们提到过的约翰·斯图尔特·米尔也认为，在幸福的生活中，情感的起伏与平静的状态应交替进行：‘只有那些过分追求平静的人，才不愿在休息一段时间后体验情感的起伏；只有那些对感情需求过度的人，才会认为情绪起伏后的平静无聊又愚蠢。’现在大家理解了吧？有些思想家，如伊壁鸠鲁，认为保持舒适的状态是最佳选择，身体和心灵均要舒适，情绪应无痛苦与起伏。另一些人，如尼采和米尔，则认为从不适到舒适的过程本身就是快乐，这个过程越长，体验到的快乐就越多。”

“有一点我不明白，老师。”谢尔盖大胆发问，“寻找舒适的过程结束后，快乐也就结束了。这么说的话，快乐易逝，有时只能持续几分钟甚至几秒钟，对吗？这样说的话，不是和康德定义的幸福冲突了？因为康德认为幸福要激烈和持续。”谢尔盖好聪明，他把自己的想法表述得真清楚。

“很好，谢尔盖！大家明白谢尔盖的问题了吗？谢尔盖的意思是，康德在他的理论中把愉悦的激烈性和舒适的可持续性结合在一起了（很多人对于幸福的第一印象和康德一样）。对康德而言，幸福的过程是激烈而持续的。可我们无法同时满足这两点，一个人如果处于舒适点，这时幸福是持续的，却不可能一直激烈。虽然所有人都想获得激烈而持久的幸福，但这是不可能的，这种想法是不切实际的。这里还要引用约翰·斯图尔特·米尔的话：‘将幸福理解为持续的高度愉悦，很明显说不通。极度的快乐通常只能维持一段时间，或在偶尔被打断的情况下，维持若干小时或若干天。快乐的光彩固然夺目，但它不是永不熄灭的火。’

“米尔的话有道理，没人能忍受持续几天不间断的极度愉悦。康德的观点是我们大多数人对幸福的直观感受，但它其实是错误的。康德否认人的行为动机是幸福，他认为行为应当受且仅受责任的驱使。幸福只是德性的副产品，这种想法和斯多亚学派的观点类似。”

“副产品是什么意思，老师？”赛丽问，“听起来像是没人想要的东西。”

“非也。”贝尔回答，“这个问题下节课再讲。最后，请让我对这节课做一个简单的总结。本节课我们一共谈了五种幸福观：自然和超自然幸福观，积极和消极幸福观，个人和集体幸福观，内在来源和外在来源幸福观，以及愉悦或舒适幸福观。

“大家只需按顺序记住这几组幸福观就可以了。你们也可以按自己的想法对它们进行新的排列组合。”

| 补充说明 |

1. 阿喀琉斯的话出自荷马的作品《奥德赛》（马德里，格雷多斯出版社，1982）的第十一卷。
2. 约翰·斯图尔特·米尔的话引自《功利主义》（马德里，联盟出版社，1984）。
3. 康德对幸福的定义请参阅他的著作《纯粹理性批判》（马德里，丰泉出版社，1978）。
4. 尼采对幸福的定义出自他的《偶像的黄昏》（马德里，联盟出版社，1975）。
5. 伊壁鸠鲁关于动态快乐和静态快乐的论述请参阅他的作品集。
6. 伊壁鸠鲁的理论与提勃尔·西托夫斯基在《无快乐的经济》中关于愉悦和舒适的论述有共同之处。
7. 圣奥古斯丁的话出自《忏悔录》（马德里，联盟出版社，1990）。
8. 费尔南多·萨瓦特尔、卡洛斯·加西亚·古尔和哈维尔·格玛·兰松著有作品《很多幸福：关于幸福概念的三种思考以及其他》（巴塞罗那，阿利尔出版社，2014）。
9. 虽然弗朗西斯科·莫拉在《我们的大脑是为幸福设计的吗》（马德里，联盟出版社，2014）中没有明确提到伊壁鸠鲁的名字，但他借助神经科学所得出的结论和伊壁鸠鲁的观点非常接近。

第 18 封信

副产品：对理性主义思维的挑战

星期一，第 9 周

“老师，”赛丽在走廊的时候就缠着贝尔，贝尔根本没法进教室，“老师，别忘了今天要讲副产品，还有材料的再生和环保。”

“你真觉得我要讲环保材料？”贝尔有点儿好笑地望着她，“你可能误会我了。”

接下来是例行的点名和关闭手机。进行完这些仪式后，我们才正式开始上课。

“刚才赛丽提醒我，我们还没有讲副产品。赛丽认为副产品是某种糟粕，是某种没有意义的产物。的确，经济学中的副产品一般指生产过程中附带的产品，比如木制品加工过程中产生的木屑。但在哲学中，副产品还是扮演着很重要的角色的。

“副产品指的是那些刻意追求却追求不到的东西；如果我们不去追求它，反而可以得到。举一个例子，失眠。有人失眠吗？”

似乎没人有要举手的意思。过了一会儿，克拉拉举起了手。

“好的，克拉拉，你是怎么对抗失眠的呢？数数吗？还是在床上辗转反侧？”

“都不是。”克拉拉笑了，“我会试着什么也不想。”

“有用吗？”

“没什么用，这招对我不管用。到最后我实在太累了，也就睡着了。”

“你想知道为什么这招不管用吗？”贝尔说，“因为如果你希望自己什么也不想，你就得想：我要什么也不能想。所以实际上你还是在思考。仔细想想，这是不是违背了什么也不想的初衷？有一个和小孩子玩的游戏，也是这个道理。你的生活中能接触到小孩子吗？”

“能，我有一个快 6 岁的小侄女。”

“好。你的小侄女过生日的那天，你可以送她一条魔毯——就是那种普通的毯子，和她玩个小把戏。你告诉她……她叫什么？”

“鲁西亚。”克拉拉说。

“你对她说，‘鲁西亚，这是一条魔毯。记住，魔毯只在一种情况下能飞行：你在毯子上面的时候，千万不要想一头粉色的大象’。如果鲁西亚照你说的做了，她会先使劲想象出一头粉色的大象，然后尝试着不想它。无论她怎么做都摆脱不了头脑中粉色的大象。”

“好残忍哪，老师！”克拉拉露出厌恶的表情，“对一个小女孩来说，这样做也太残酷了吧！”

“是的，俄国作家托尔斯泰小的时候也被这种经历折磨过。有一次，他和他的兄弟们一起做游戏。那个游戏要求大家都站在角落里，脑袋中都不能想‘白熊’，但托尔斯泰怎么努力都做不到。豪尔赫·路易斯·博尔赫斯（Jorge Luis Borges）写过一个故事，叫《扎伊尔》。主人公竭尽全力，想忘记一枚硬币，结果呢，反倒将硬币更深刻地印在了脑海中。所以克拉拉，要是你看到鲁西亚拼命努力不让自己脑海中出现粉色的大象，一刻也停不下来，那你最好赶紧暂停游戏。

“幸福也是一种副产品。康德认为，生命的至善由幸福和德性构成，其中德性起决定性作用。德性体现在：履行个人职责，不计较个人得失。

如果不计得失，出于爱去履行义务，那么上帝这位全知全能的智者，会重视你的善举，珍视你的美德，在天堂赐给你相衬的回报。然而，如果你所做的只是为了个人的幸福，你自私自利，没有任何美德，谨慎细心的上帝也不会赐给你一丝的幸福。换句话说，一旦想追求幸福，你就已经失去了它。只有把注意力集中在其他事情上，比如说，单纯地追求德性，人才会体验到幸福。

“现在大家明白副产品包含哪两部分了吗？它既包括行为的直接结果（比如克服失眠），也包括行为其他的附加结果（比如幸福）。这是硬币的两面，一面是求而不得，一面是不求而得。

“西方伦理学忽视了副产品的重要意义。伦理学家更愿意讨论人生。他们喜欢讨论什么样的人生目标是有意义的，以及用何种方式能实现它们。西方伦理学有很强的理性主义倾向，喜欢探讨‘目的的理性’（即什么是最好的目标）和‘方法的理性’（即实现目标的最佳方法）。副产品无疑是对理性主义的一种无声的嘲弄。因为理性主义者认为，人首先要有明确的意识，清楚目标是什么，然后将手中的弓拉满，这样箭就可以直指靶心。副产品却完全不符合理性主义者的这种设想，所以西方的伦理学家几乎不会关注它（只有极少数伦理学家例外）。

“在一些东方的宗教中，比如佛教和印度教，幸福即是摒弃欲望和涅槃。艾伦·沃茨（Alan Watts）在书中解释：‘涅槃就是放下。如果因为做不到放下，从而陷入一个恶性的循环，我又怎能学会放下？如果追求放下这件事本身就是一种放不下，我又如何能够放下？’

“不难发现，战胜失眠和摒除自我意志两者间有着惊人的相似之处（放下欲念是印度教、佛教和叔本华的观点）。要做到摒除自我意志，首先要用一个想法来清空其他想法，其次要通过自我意志放弃自我意志。这是不可能完成的。只有放弃刻意追求时，才可能做到上面这两点。

“许多自我成长类书籍会告诉人们应该如何追求副产品，但这种尝试注定是失败的。特别是那种教你如何克服胆怯、赢得自尊、获得幸福、拥有宗教信仰、在社交中表现得更自然的书，副产品到来时永远不会随机赠送一本指导手册，这类书籍可以说是智力诈骗。”

“意思是说，若一个人心里想表现得自然，反而没法做到表现自然吗？”依德问。

“很难。只要你想做得更自然，你就会将注意力放在自己的一举一动上，这反倒阻止了你流畅自然的举动。如果你想表现得自然，最好先放下理性，放下刻意的想法。理性主义者认为，理性是获得幸福的最佳手段，而副产品的存在有力地反驳了理性主义者的这一观点。

“有些事是可以去主动追求的，有些事，比如说副产品，只能等它来找你。如果主动追求，反而会把它们吓跑。副产品不能成为理性追求的目标。但当你放下追求的欲念时，若运气不错，它反而会出现在你的面前。”

“我懂了，”我发言说，“副产品并不等于丧失意志。”

“对。”贝尔赞同说，“追求副产品是把意志力用在了错误的地方，是一种很荒谬的做法。关于副产品今天谈得够多了，下节课的内容和它有联系。相信到时大家能理解得更透彻。”

| 补充说明 |

1. 关于副产品的概念，老师推荐阅读丹尼尔·韦格纳的《白熊实验：如何战胜强迫性思维》（纽约，吉尔福德出版社，1989）和乔恩·埃尔斯特的《酸葡萄：颠覆理性之研究》。另见胡安·安东尼奥·里维拉的《苏格拉底可能对伍迪·艾伦说什么》（巴塞罗那，埃斯帕萨出版社，2011）。
2. 《扎伊尔》这一故事出自博尔赫斯的《阿莱夫》，详见《叙述集》（巴塞罗那，读者界出版社，1975）。

3. 康德的观点引用自《纯粹理性批判》（马德里，联盟出版社，2000）以及《道德形而上学原理》（马德里，科技出版社，1989）。

4. 请参阅罗伯特·罗德里格斯·阿拉玛约的著作《伊曼努尔·康德：解放命运的道德乌托邦》（马德里，埃达夫出版社，2001）。

5. 艾伦·沃茨的引用出自他的著作《禅宗之路》（布宜诺斯艾利斯，爱德阿萨出版社，2011）。

6. 佛教的幸福观可以在尤瓦尔·赫拉利的《人类简史》的第 19 章末读到，这是一本有趣的书。

7. 叔本华对于东方哲学的借鉴见于弗朗西斯科·拉普艾尔达·阿米戈的《从东方哲学看叔本华》（巴塞罗那，CIMS 出版社，1997）。

第 19 封信

日常的智慧无须反复思考

星期四，第 9 周

“谁会骑自行车？”老师出其不意地问。

好多同学举起了手。

“很好，古齐奥。”老师对坐在我身后的一名容貌粗糙、人高马大的男生说，“如果骑车时自行车突然向右倒，你眼看就要摔倒了，该怎么办？”

“太简单了。把车头向左转，保持平衡。”他回答。

“你呢，卡梅？你也会这样做吗？”

“当然啦。”我回答，仿佛世界上没有比这更简单的事了。

“不，你们会把车头向右转，同时整个车身就会向左倾。因为如果把车头向左转，车身会向右倾，反而更容易摔倒了。”

仔细想想贝尔的话，她说得有道理。真是的！古齐奥看起来一副原始人的模样，我居然和他想的一样！简直笨到家了！下次回答问题前我一定得想清楚。

“虽然大家的判断是错的，但你们的答案并没有问题。这说明人不是靠理性骑自行车的。理性主义者认为在做任何事前都必须先想清楚，然后再行动，刚刚的对话正是对这种观点的有力回击。我们之前提到过吉尔伯特·赖尔所描述的这种先理论再实践的‘理性主义神话’。然而，在运用日常技巧，如骑自行车、掷骰子、打篮球、说话或开车时，并不需要理性的思考。”

“可是，老师，”古齐奥反驳说，“开车前得先考驾照，要拿到驾照得通过理论考试。照这么说，开车前还是得先有一些理论知识才行。”

“不完全是。理论可以帮助你掌握驾驶规范，了解交通标志的含义，但无法提高你的驾驶水平。在现实生活中，大多数人是拿到驾照上路以后，才提高的开车水平。我现在的开车技术要比刚拿到驾照的时候好，不过，如果让我现在再去参加理论考试，估计会不及格。即便理论知识忘得一干二净了，我现在开车的水平还是比之前高了许多。

“假设我在换挡前总要先在头脑中过一遍要做的动作：踩离合，松油门，换挡，松离合，再踩油门——真的要想这么多吗？其实并不用。可以想象，万一哪天我真心血来潮这么做了，效果恐怕还不如直接凭潜意识的好。我们在进行这类活动时，最好像尼采说的那样，顺其自然，凭直觉去做。”

“你是说，人是靠直觉掌握的开车技能？”我问。

“不，我可能表述得不太准确。人类天生有学习的本能。在经过试错和练习后，人会对自己所学的知识不断进行修正，再通过自然选择，只留下那些最能适应生存环境的。学习能力可以通过基因遗传给下一代，小孩子在出生时就已具备了进化过的环境适应机制（如器官、本能、身体机能）。作为个体，人不需要学习让心脏跳动，用胰岛素控制血糖，在面对食物时分泌唾液，听到尖叫时迅速回头。这是基因赋予我们的与生俱来的能力，不用理性控制。它靠的是实践（随机变异）和错误淘汰（自然选择）。

“在人类天生具备的能力基础上，需要累加个体后天的学习。个体有学习理论的能力（如解线性方程组，记住历朝的帝王和盐的化学分子式），也有实践的能力（如骑自行车、跳探戈、表达思想等）。以语言学习为例，一方面，人类天生有学习语言的能力，大脑中有语言习得机制；另一方面，幼儿在听到父母讲话后，可以创造性地使用一门语言（即说出自己从前未听到过的话语）。凭借天生的语言学习机制，在度过初期的语言贫乏阶段后，到两岁左右，儿童会从‘两个词阶段’（会使用形容词性名词和动词性名词，但用不好虚词）成功过渡到复杂句式的阶段。此时，儿童所用句式的复杂程度可以和成年人媲美。儿童语言水平的提高可以说是井喷式的，极为迅速。

“没有父母会先教孩子理性地思考语言。妈妈们不会对孩子说：‘听好了，宝宝，今天要学说话了。我们先系统地学习理论，然后再实践。从词典的 a 开始，一直背到 z。词的意思也要记下来。我们还会学语法。’我肯定大家没有人是用这种方法学会说话的，对吧？这样子学语言不仅费力，而且痛苦。更重要的一点，这样学的语言不地道。因为在学习的过程中没有语境，懂了字面的意思，不代表理解字面之外的意义。语言是在具体的情境下习得的。模仿对象（比如爸爸或妈妈）会不断地纠正你。换句话说，语言是通过不断练习和犯错习得的。

“同学们很聪明，你们大概已经发现了，在学习语言的过程中有三类‘无意识’在起作用，分别是‘进化无意识’、‘集体无意识’和‘个体无意识’。我们在‘最后通牒博弈’一课讨论过无意识。因为有了进化无意识，人从一生下来就拥有语言整合机制。我们可以通过周围的社会环境，以及父母或监护人的教育和纠正，汲取某一种语言的使用的规则，了解它不成文的规则和交流方式，这叫集体无意识。最后，就自身而言，随着时间的推移，个人会形成自己独特的词库和表达方式。我们能够自如地使用这种个人语言，一般人很难意识到这种个人语言是不同的，这便叫个体无意识——它是自然而然发生在人身上的行为。

“如果有人想用可控的手段取代这种自然行为，结果通常都不太好。举个例子，如果我们在用每一个词的时候都先谨慎思考它的意思，那我们就没法流畅地说话了，因为思维总是会被打断，就好像在说一门新语言似的。

“理性主义哲学家认为，实践能力不是这样获得的。他们认定，一定要先掌握理论知识，然后才能实践。柏拉图在《理想国》中让苏格拉底与长者克法洛斯有过一段对话，后者在对话中提到了‘非正义’这个词：‘苏格拉底，你应该明白，当一个人知道自己将不久于人世时，他就会担忧一些自己从没想过的问题，如冥界的种种、在人世间所做过的非正义之事等。之前感到好笑的事情，此时却让人忧虑。’

“克法洛斯并没有赋予‘非正义’哲学的含义，他只是随口一说罢了。苏格拉底却不依不饶，要求克法洛斯给‘非正义’一个明确的定义。他的话暗含的意思是：如果克法洛斯不知道这个词的意思，就无法严肃地谈论‘非正义’；如果克法洛斯不给出确切的定义，他说的话就没意义。这是苏格拉底和柏拉图最爱玩的一种游戏：暗示对话者，如果他不知道某个词是什么意思，他就根本不知道自己在说什么，从而让对话者陷入窘境。柏拉图正是用这样的方式在《游叙弗伦》中讨论了善，在《拉黑斯篇》中讨论了勇气，在《李思篇》中讨论了友谊，在《查密迪斯篇》中讨论了自我节制，在《理想国》中讨论了正义。他们俩陷入的是语义学的理性主义。照这种逻辑，人在说每个词前都得先回忆一下它的意思，但如果这样做，你就根本无法流畅自如地说话，因为你需要不断地停下，还要耗费大量的脑力进行无意义的思考。

“和流利讲话一样，行善是一种实践能力。有了范式，人们才能去模仿。苏格拉底和柏拉图可以被看作道德理性主义者。他们相信，只有了解善的定义的人，才能做出善举，作恶是因为无知。对道德理性主义者来说，弄清善的定义至关重要。意志力是伴随理性产生的，若不知何谓善，便不可能行善。如果真的如此的话，行善前还必须先阅读道德守则，这样一来，这世上的好人恐怕会骤减。乔治·艾略特（George Eliot）在小说《米德尔马契》里曾不无幽默地说道：‘如果给我介绍一位只懂理性思考的好人，我便给他一本菜谱让他当饭吃。’

“没有任何证据证明，了解善的理论含义能让人做出更多善举。大多数人做不到‘善’是因为‘意志力薄弱’，这个形容大家应该不陌生吧……”

教室里出现了赞同声，我们经常听到‘意志力薄弱’这个形容。

她接着说道：“意志力薄弱有各种各样的表现形式：有的人对食物没有抵抗力，有的人喜欢喝饮料，有的人爱抽烟，有的人喜欢玩手机……几乎所有人都很难坚持长时间的学习。我想问一问：同学们中有多少人立志每周去几次健身房，但是没过多久就意志消沉，连运动衣都懒得穿了？难道我们不知道运动对身体有好处吗？还是说，我们虽然知道运动的益处，却无法付诸行动？到底是为什么？”

“因为意志力薄弱。”同学们齐声回答。

“对。意志力薄弱证明了道德理性主义者的看法是错的：很多人知道什么是有益的，却无法坚持下去。另外，柏拉图估计是受到苏格拉底的影响（卡尔·波普尔①这样认为），因而抱有一种政治上的理性主义。柏拉图还认为，只有那些最智慧的，最了解善是什么的人，才有权利统治城邦。这种想法很危险。这意味着只有哲学家才能当国王，因为只有了解善的人（柏拉图认为哲学家是唯一真正了解善的人）才有能力用知识构建正义的城邦。因此，柏拉图在《理想国》中构想了一个自上而下的乌托邦社会。哲学家作为最聪明的人，负责领导、规划社会。

“意大利南部城邦的毕达哥拉斯学派给了柏拉图这种灵感。虽然他建立理想社会的想法彻底失败了（在叙拉古僭主狄奥尼修父子两人身上都

① 卡尔·波普尔（Karl Popper，1902—1994），出生于奥地利，哲学家。

没有成功)[①]，不过他还是坚持创办了柏拉图学院，希望借此培养出哲学家式的国王。

“这种建立理想社会的尝试，这种打造人间天堂的实验发生在遥远的过去，但对后来的乌托邦文学和 20 世纪的乌托邦实验产生了深远影响。这些实验屡屡失败，结果惨烈。这充分说明，完美的社会并不是建立在理性之上的。这个话题很有趣，值得我们认真讨论。今天先谈到这儿吧。”

我看见赛丽把头从左边摇到右边，又从右边摇到左边，她是在表达不同意。可这时下课铃响起，她来不及提出反对意见了。

| 补充说明 |

1. 自行车的例子可以在尼尔·R. 卡尔森的书中找到。关于语言习得的整合请参阅史蒂芬·平克的《语言本能》(马德里，联盟出版社，1995)，以及理查德·索莱的《复杂的网》(巴塞罗那，图思凯资出版社，2009)。
2. 从“两个词阶段”到能够使用复杂句式这一“爆炸式”发展，请参阅理查德·索莱、贝尔纳特·克罗米纳斯·穆尔特拉、卓尔迪·弗尔杜尼的《语言、网和进化》(《研究与科学》，2013 年，5 月刊)。
3. 克法洛斯的引用出自《理想国》(马德里，格雷多斯出版社，1986)，又被收录于《谈话集》(马德里，格雷多斯出版社，1981)。
4. 关于苏格拉底的政治理性主义对柏拉图的影响，请参阅卡尔·波普尔的《开放社会及其敌人》(巴塞罗那，巴依多思出版社，1982)。
5. 乔治·艾略特的话引自《米德尔马契》(马德里，蒙达多利出版社，1991)。

---

① 柏拉图试图将叙拉古的僭主狄奥尼修父子改造为哲学家式的君王。

第 20 封信

如何在不自知的情况下变聪明

星期一，第 10 周

贝尔已经整整一周没给我们上课了，教导主任说她得了重感冒。过了几天，我收到了一封来自贝尔的简短的邮件，证实了教导主任的话。不知道她今天会不会来——考试季就快到了，如果今天不上哲学课，我们就只能复习了。班上大多数同学似乎不太介意老师在不在，教室里还有人在打扑克。我见不到贝尔，心里很不好受，巴望着她赶紧回来。我已经一周没见到她了，上周三也没能和她见面。说心里话，我觉得上历史课还不如和她在“鸽子窝”聊天，历史课后再向谢尔盖借笔记抄一下也是一样的。

过了一会儿，贝尔到教室里来了。她面色憔悴，也不知道她的心情怎么样。

“老师好。怎么样，一切还好吧？”大卫像往常一样大大咧咧地和贝尔打招呼。

“好多了，谢谢你，大卫。”她微笑着说，整个人看起来有点儿虚弱，

"人们说，发烧的话，硬扛七天好，吃药一周好，所以我一直吃吃停停的。对了，上节课讲到哪儿了？"

"老师你忘了？"赛丽发言说，"我们还没讲进化选择，说好这节课要讲的。另外我还想知道为什么理性不能实现乌托邦社会。"

"下次再讲吧，赛丽，你再不停地问我乌托邦社会的问题，恐怕我又得回家卧床休息了。"

"那今天先算了，你身体刚恢复。下次不许再敷衍我了。"

"放心吧，你把这个问题记下来，下次提醒我回答。"说到这儿，贝尔用手拍了拍脑门，"对了，得商量一下期中考试的事儿了。"

众人立刻乱作一团，吵吵嚷嚷，开始和贝尔讨价还价。贝尔想把考试的时间早点确定下来。最后大家终于同意下周一考试，考完后放国庆假。现在终于可以开始上课了。

"让我想想，关于进化选择能讲什么……"贝尔想了想，"知道了，先讲讲赫夫林的拇指收缩实验吧。"

"进行拇指收缩实验的时间是 19 世纪 50 年代。这个实验从表面上看很普通。实验要求测量人的拇指在环境变化时的收缩频率。拉尔夫·赫夫林（Ralph Hefferline）博士与两名哥伦比亚大学的学生组织了这场实验，实验共有 12 人参与（这些参与者用心理学的专业术语叫先证者）。他们被分为 4 组，每组 3 人。每个人的左手拇指上安有一个电极。拇指肌肉的反应会产生一定的电压，电压通过示波器显示。电极收集这些电压后，将其发送到一个放大器，放大器会将所收集的电压数（1 ～ 3 微伏）乘以 100 万，之后就可以被示波器读取了。

"在日常生活中，我们会不自觉地做一些细微的动作：如用手轻轻梳头、摸耳朵、皱眉头、抬下巴……这些动作有时难以察觉。赫夫林博士和他的团队要做的就是测量在经历环境变化时拇指收缩的变化。实验主体被安排在不同的隔间里，在第一阶段，他们会听到一段音乐；在第二阶段，音乐中偶尔会出现一段刺耳的噪声；到第三阶段，噪声开始不间断地加入；在最后一个阶段，实验主体再次听到不含任何噪声的音乐。或许有人要问了：‘为什么要这么做呢？’一开始，12 位参与者在听到平和的音乐后，拇指收缩频率呈‘自然’态。刚才我们说了，正常状况下，每个人的拇指都会偶尔收缩，只是动作过于细微，人很难意识到罢了。到了第二阶段，听到噪声后，赫夫林发现参与者开始收缩拇指了，强度为 1 ～ 3 微伏。实验团队于是暂停了 15 秒噪声。也就是说，参与者之前听到噪声后收缩拇指的行为代表了逃避的愿望，而实验团队用这种消除噪声的方式‘补偿’了他们。如果噪声还未出现，参与者就收紧了拇指肌肉，在接下来 15 秒内噪声也会停止。如果参与者收缩拇指的频率高于每 15 秒一次，噪声就会消失。原因很简单，实验团队在示波器上看到了 1 ～ 3 微伏不同程度的拇指收缩，于是关掉了噪声。

“懂一点儿心理学的人都明白，噪声频率的改变势必会影响参与者的行为。收缩拇指能避免噪声的出现，这在一定程度上会鼓励这种行为。实验结果显示，在实验结束时，几乎所有参与者拇指收缩的频率都比实验开始时高了。

“实验的第三阶段：去条件化。这时，无论参与者做何反应，都会听到噪声。此时，拇指收缩已不具有消噪功能。即使参与者在示波器上看到了电压，想用收缩拇指的办法控制噪声，也办不到，噪声根本不受控制。当看到自身行为没有什么作用时，参与者拇指收缩的频率下降了。第四阶段，参与者再次听到流畅无噪声的音乐。这时参与者的拇指收缩的频率与起初的频率相同。赫夫林团队证明了噪声的出现与否可以鼓励或消除人的行为反馈（即拇指肌肉收缩）。

“到目前为止，这项实验看起来仍旧没什么特别之处。有一处细节我一直没有告诉大家——正是这个小细节让实验变得有趣了——其实在实验开始前，每一组参与者获得的实验信息都不同。

“实验团队告诉第一组，实验是为了测量在噪声的影响下肌肉紧张度的变化，只要戴上耳机听音乐就行了，别的不用做什么。真相被隐瞒了，参与者并不知道实验真正的目的。

“第二组被告知，听到噪声时，他们会产生某种反应，一旦产生了这种反应，噪声就会停止，但这个反应非常微小，难以察觉。实验团队并没有告诉他们这个反应是什么。

“第三组知道这种反应就是拇指收缩，但他们不知道具体要用多大强度（1 ～ 3 微伏），才能停止噪声。

“第四组除了知道上面的所有信息外，还知道有示波器在观察肌肉的收缩强度。

“接下来发生了什么呢？第一组实验对象，也就是被蒙在鼓里的这组，在实验中反应正常：他们在听到噪声时会收缩拇指。当实验团队问他们知不知道是什么让噪声暂停的，这 3 个人都说不知道，他们以为噪声是随机出现的。他们没有意识到左手拇指在听到噪声时收缩了，也没有意识到收缩的频率先增加，然后降低。他们根本不了解自己在实验中的反应。

“第二组和第一组差不多。这组人没有费神去寻找控制噪声的办法。刚开始他们的确试着找了，但因为毫无头绪，他们便采取了斯多亚式的做法，放弃了寻找的努力，只是单纯地听音乐。赫夫林团队后来告诉他们，是收缩拇指这个动作减少了噪声，他们大吃一惊。

“第三组，也就是知道收缩拇指可以减少噪声的这一组，表现最差——只有一人通过收缩拇指成功终止了噪声。而仅有的这个成功的人，根据后来的沟通，发现是因为他根本没有理解实验团队的说明。另外两个人则忙着操控拇指肌肉，导致电压反应过大，示波器无法读取（超过了 1 ～ 3 微伏的范围）。他们的问题在于为了达成目标，过分努力。

“第四组的表现是最好的。他们不仅知道要控制拇指肌肉，还知道通过示波器进一步控制收缩的强度。

“实验的奥秘在哪儿呢？为何第一组——对实验目的一无所知的一组——给出了正确的回答？而为什么第三组比前两组更了解实验原理，却无法控制噪声的出现？

“理性主义告诉我们，要想做好一件事，必须先弄清楚要做的事，然后仔细思考达成目标的最佳办法。第三组在这两点上比第一组有优势，可最后的表现却不尽如人意。如果我们能放下理性主义者的想法，不再认为人类要坚持不懈地思考、寻找解决的办法，一切就豁然开朗了。正如惠利和马洛所说，‘低等动物不用语言指导就知道何时应该逃跑。人类如果连这点能力都不具备，未尝不可悲’。

“赫夫林的实验展现了人类的学习行为，然而，即使是没有中枢神经系统的动物也具备这种学习能力。史蒂文·约翰逊（Steven Johnson）描述过这样一个实验：2000 年 8 月，一位名叫中垣俊之（Toshiyuki Nakagaki）的日本科学家宣布，他成功地训练了一种变形虫门的生物黏菌。黏菌是一种原生生物，与霉菌相似，没有中枢神经，但它可以在迷宫中找到最短路线。中垣俊之把黏菌放在一个迷宫中，迷宫有四个出口，其中两个出口处放有食物。黏菌能在迷宫中找到通往食物的最近路线——它能直接连接两个放有食物的出口。表面上看起来没有认知能力的黏菌，出人意料地‘解决’了迷宫问题。

“黏菌这种原生生物的行为说明了一点。人们总是倾向从理性角度出发，去理解人类的行为，然而理性主义在拇指收缩实验中明显说不通。第一组实验对象在根本不了解实验目的的状况下，用最合适的办法达到了消除噪声的目的。

“当然了，我们还需要其他理论来解释这一现象。从进化的角度看，实验开始后，所有参与者的拇指都收缩了，这是人类惯有的细微动作之一。想象一下第一组参与者的情况：一个人正在安静地听音乐，忽然出现了恼人的噪声，他下意识地收缩了拇指的肌肉。接着，因为拇指肌肉收缩，噪声暂时消失，所以拇指收缩行为的‘积极作用（即噪声消失）’

被选择了。从这个点开始，参与者拇指收缩行为的频率开始增加。整个行为选择的过程不需要理性，也不需要意识。这让实验团队感到很费解：个体不了解详细的条件作用机制，机制也可以产生效果。即使个体不知道正确的解决方案，但只要偶然成功一次，他就会继续做下去。

“在赫夫林的实验中，有些参与者通过尝试和收到反馈（激励）顺利解决了问题，他们甚至在实验结束时还不知道自己解决了问题。这项实验因为没有确定目标，又出现了随机尝试和选择机制，因而和自然选择有着相似的效果。关于拇指收缩实验，我们今天讲了很多，这堂课先到这儿吧。”

| 补充说明 |

1. 拇指收缩实验在拉尔夫·赫夫林、B. 基南和 R. A. 哈特福德的论文《在人类主体不观察回应情况下的逃脱和回避制约》(《科学》,1956 年，第 130 期）中有详细描述。
2. 唐纳德·L. 惠利和理查德·W. 马洛的著作《行为心理学》（巴塞罗那，丰塔奈亚出版社，1983）也涉及这项实验。
3. 迈克尔·波兰尼在《默认纬度》（格罗斯特，彼得·史密斯出版公司，1983）中也提到了该实验。
4. 史蒂文·约翰逊在《自组织系统》（墨西哥，经济文化基金会，2003）（马德里，图尔奈尔出版社，2003）一书中描述了日本科学家的黏菌实验。

第 21 封信

进化智慧能比理性智慧取得更大的成就

星期四，第 10 周

巨型考拉谢尔盖正在我身边不安分地扭来扭去，谁都看得出他想说话，但不知道怎么开口好。谢尔盖是一个笛卡儿式的理性的人，他这会儿一定特别不好受。过了一会儿，他终于下定决心举起手来，对老师说：

“我有几点想说的。”

“说吧。”贝尔鼓励他。

“我感觉我就是你说的那种有理性主义情结的人。上节课以后，我想了很多。另一方面我发现你不认可理性主义者的看法，反对理性主义，而且对自己的观念深信不疑。可是，人的脑容量约为 1 500 毫升，大脑皮质占大脑重量的 80% 左右。在大脑皮质中，最重要的是新皮质。新皮质主要和我们认为的理性活动有关，比如思考、预测、想象、记忆、说话、规划、理解。既然占了大脑重量这么大的比例，我推测它执行的任务也一定很重要，不然就没有任何意义了……如果我说得不对的话，请纠正我。”

“我赞成你的看法……”

“对了，还有一点，”谢尔盖接着说，“上节课我们讲了拇指收缩实验。我明白实验的目的是什么，但不明白它和哲学间有怎样的联系。”

“好，先解答最后这点吧。”贝尔回答，“我承认我确实用不太友善的口吻讲了很多关于理性主义的内容，这点我不否认。但到目前为止，我对理性主义的描述还不够完善，并没有展现它的优点。具体的细节以后上课再讲，今天先来谈谈进化选择的问题。

“思维机器公司（Thinking Machines）的创始人丹尼尔·希利斯（W. Daniel Hillis）曾说，进行复杂的智能化设计有两种方式，要么通过理性的工程学，要么通过进化。为了说明这一点，我们假设现在需要把一列数字从大到小排列，而完成这项任务需要设计一个排序程序，或者是用电脑模拟自然的进化过程，具体方法如下：

“首先，我们要创建一个随机的程序‘库’，库中每个程序的指令都不同。假设库中有 1 000 个程序，每个程序平均的指令长度约为 100。下面，我们一个接一个地运行这些程序。因为数字序列是随机的，所以只需要等程序完成排序就可以了。从概率上来说，一些程序会完成得比另一些程序好。

“第二步，假设所有程序都分布在一个‘崎岖的地域’。这里地势起伏，有一座或多座‘高山’，‘山峰’代表局部的最优解。程序分布在不同的高度，我们只留下海拔高的，也就是那些任务完成得好的，而将其余程序删除。这个过程近似于自然选择。

“第三步，我们在这些程序中引入‘变异’（类似于自然界中无性繁殖所产生的基因变异），也可以采用其他能产生变异的办法。

“第四步，也是最后一步。重新运行‘新一代’程序，观察任务完成的情况，选出那些‘高度’最高的程序。如果计算机性能良好，几秒钟内我们就可以得到结果，看到这些程序在‘山地区域’的分布。接下来，再用同样的方法对这一代程序进行筛选。通过与生物进化类似的实验和试错，我们可以不断寻找‘山地地形’的最高点。在经过几番筛选后，‘山峰’周围集中了不少幸存的程序。我们用进化的手段成功繁育了能排序的程序。在大多数情况下，这样得到的程序要比程序员直接设计出的程序更加快速、有效。运用理性不是智能化设计的唯一办法，进化（无论是自然进化还是计算机模拟的进化）凭借不断地优胜劣汰，可以得到更好的结果。

“这种寻找虚拟空间最佳答案的办法叫作‘遗传算法’，于 20 世纪 70 年代由密歇根大学的约翰·霍兰德（John Holland）提出。到 80 年代末，遗传算法逐渐进入主流视野。如今，它被运用在几乎所有科学领域中，不仅可以构建软件系统，也可以用来设计硬件。2006 年 3 月 22 日，美国国家航空航天局（NASA）发射了 3 颗重约 25 千克的微型卫星，每颗卫星配有两个测量地球磁场的天线。此次发射计划名为‘ST5 微型卫星计划’。在这次计划中，设计天线使用的就是遗传算法。用这种办法设计出的天线和人类工程师的设计大不相同——它的外形相当奇怪，不赏心悦目，带有巴洛克风格。人类依靠理性很难设计出这样的卫星天线，正如生物物理学家理查德·索莱所说：‘它的外形不符合人们平衡、简洁的审美，让人觉得奇怪。’

“运用遗传算法所得的结果有一些独有的特点：它的程序和产品通常很高效。人们不理解为什么它们如此高效，无法完全参透其中的奥妙。丹尼尔·希利斯在数字排序实验中也发现了这一点：‘实验最有趣的一点在于，连我自己也不知道程序是如何被设计出来的。我仔细观察了指令，但还是没法明白……如果进化创造的一个选择程序都如此难以理解，想要理解人类的大脑恐怕就更困难了。’

“遗传算法设计的天线还有一个特点：它出现故障的频率惊人地低。这对卫星发射来说是一件天大的好事。

“说到这儿，我想起了哲学家丹尼尔·丹尼特的话。丹尼特是达尔文进化论的支持者：‘生物学家面对大自然蹩脚的安排时偶尔会迷惑不解，但最终他们领悟到，是自己低估了自然的聪明才智。’弗朗西斯·克里克用同伴莱斯利·奥格尔的名字为这种观点取了一个名字，称作‘奥格尔第二法则：进化比你更聪明’。①

“这话的意思非常明确。丹尼尔·希利斯和美国国家航空航天局扮演了‘开放式程序员’的角色，他们对于将得到的结果一无所知。开放式程序员不用直接参与设计，就能获得‘智能的’程序和装置。他们只需要提供‘竞争的环境’，制定适者生存的法则，然后，只要静静地等待就可以了。开放式程序员设计的程序比普通程序员设计的程序更好，自然进化也比代表人类理性的设计师更聪明。用这种办法获得的技术适应性更好，损坏率也更低。电脑可能遇到一点小问题就‘卡壳’了，但大脑即使某部分出了点儿小问题，比如说收集到错误的信息，也能继续运转。

“进化比我们聪明，因为它拒绝用直接的办法达到目的：为了制造漂亮而完美的机器，进化关注的是过程，而非结果。这种笨拙的做法得到的结果更加可信、高效。艰难的进化过程本身已证明了结果的价值。丹尼尔·希利斯曾形象地比喻：‘如果让我选择乘坐电脑操控的飞机，或者飞行员驾驶的飞机，没有特殊情况的话我会选后者。虽然我不懂怎么开飞机，但我信任飞行员的选拔机制。与遗传法则一样，飞行员的选拔也经过了层层筛选。’

“这种选择不是建立在理性上，而是建立在实验和错误排除上。自然选择、人工选择、遗传算法、受进化启发的优选机制、赫夫林的条件作用实验，都属于进化选择。

“因此，理性不等于智慧。进化与政治生活也有一定的关系：人类社会也是进化选择的产物。即便存在诸多不足，人们再怎样急切地想把人

① 莱斯利·奥格尔（Leslie Orgel，1927—2007），英国化学家，以生命起源研究而知名。“奥格尔第一法则”（任何自发过程如果太慢或效率太低，都会有蛋白质演变出来，使其加速或提高效率）和“奥格尔第二法则”均是由英国生物学家弗朗西斯·克里克（Francis Crick，1916—2004）提出的。

类社会变为理想的乌托邦，也不能否认这种社会本身要优于任何一种人类设计的社会。这是乌托邦的设计者们所不明白的，他们过分相信理性的力量，不明白看起来问题百出的社会其实异乎寻常地精巧、复杂。这或许是人类想要凭借理性建立乌托邦却屡屡失败的原因。如奥格尔第二法则所说，‘进化比你更聪明’，人类理性的智慧再有力，也难以超越进化的智慧。

“进化筛选出的社会结构不是十全十美的，其中存在的矛盾与缺陷还需要人类去化解。我相信，人类的理性在社会改良的问题上起着积极的促进作用。”

“可以举一个人类理性改善进化选择的例子吗？”谢尔盖问。

“当然。我给大家讲一讲1645年成立的‘无形学院’吧。英国著名科学家罗伯特·玻意耳①、罗伯特·胡克②、克里斯托弗·雷恩③都是‘无形学院’的成员。他们用‘科学方法’进行实验和研究。‘科学方法’的基本原则之一是：要证明理论的真实性，科学家必须就理论本身及实验步骤提供清楚的说明和解释。这样一来，其他科学家便可以进行重复实验。不符合上述原则的发现就不能被称为科学发现。

“这种创新的理性思维，让科学家在化学、生物、天文、光学等方面作出了巨大的贡献。这是理性对理性的积极贡献，是一种文化的变异（非偶然性变异）。它给人类带来了丰厚的回报，其所蕴含的积极意义越来越突出。

“‘无形学院’是英国皇家学会的雏形。时至今日，英国皇家学会仍然是引人瞩目的存在。其成员在经过同行评审之后，可以在科学杂志上发表研究成果。这样一来，学生们便可以在前辈经验的基础上继续研究，因为

---

① 罗伯特·玻意耳 (Robert Boyle，1627—1691)，英国自然哲学家、化学家、物理学家。

② 罗伯特·胡克（Robert Hooke，1635—1703），英国物理学家、仪器设计师、发明家。

③ 克里斯托弗·雷恩（Christopher Wren，1632—1723），英国天文学家、建筑师。

他们知道前人的研究是可信的。

“学会创始初期，科学方法在人们眼中还只是一种规范。如今，它已深深扎根于科学家的心中。同学们觉得我总在讲理性的不足，今天我要高兴地告诉大家，理性也同样为人类历史作出了非凡的贡献。这样的例子还有很多。

“分权制也是如此。17 世纪约翰·洛克（John Locke）首次提出分权的思想。18 世纪，为了制约君主专制，孟德斯鸠也主张分权。1948 年的《世界人权宣言》、1789 年法国的《人权与公民权宣言》，以及资本主义的产生，都与理性有关。1602 年成立的荷兰东印度公司是 17 世纪股份有限公司的前身。股份是公司资本的构成成分，投资者可以通过股份评估一家公司的投资风险。投资者还可以购买多家公司的股票，每家只投入一小部分钱，以此降低风险。企业家们可以用筹到的资金去推进企业的项目。

“或许在以后的课上我们可以再进一步讨论这个问题，今天这堂课就先上到这儿吧。”

| 补充说明 |

1. 谢尔盖说得对，大脑皮质占人脑重量的 80%，关于这一点可以查阅布莱恩·库伯和伊安·Q. 卫肖的著作《人类精神心理学》（马德里，泛美医学出版社，2009）。
2. 新皮质占大脑皮质的 90%，前额皮质（脑部真正的命令中心）占新皮质的 29%。丹尼尔·希利斯的话出自《石头里的魔法》（马德里，辩论出版社，2000），这本书很棒。
3. 理查德·索莱在《合成生命》（巴塞罗那，图斯凯兹出版社，2012）中描述了美国国家航空航天局的实验。

4. 丹尼尔·丹尼特在《达尔文的危险观念》（巴塞罗那，古登堡星系/读者圈出版社，1999）中提到了奥格尔第二法则。
5. 约翰·霍兰德在《隐藏的秩序：适应性是如何产生复杂性的》（墨西哥，经济文化基金会，2004）中对遗传算法进行了简单的介绍，拉斐尔·拉奥思·贝尔德兰在《达尔文玩骰子吗：在计算机中模拟进化》（马德里，尼伯拉出版社，2008）中也介绍了遗传算法，克里斯蒂安·雅各布在《用 Mathematica 软件进化计算》（旧金山，摩根·考夫曼出版社，2001）一书中介绍了如何用 Mathematica 软件进行进化计算。
6. 尼古拉斯·卡尔在《圈套：机器如何控制我们的生活》（马德里，金牛出版社，2014）中分析了无人机的利弊。
7. 路易斯·卡斯特罗·诺盖伊拉、米格尔·安赫尔·卡斯特罗·诺盖伊拉、胡里安·莫拉雷斯·纳瓦罗的《自然科学与人类天性》（马德里，科技出版社，2013）认为，人类的文化积累是文化的变异（特别是该书第五章）。
8. 奥地利经济学派认为，自发的社会秩序（即进化选择的社会秩序）更好，弗里德里希·哈耶克多次提到这一点。另请参阅克莱·舍基的《认知盈余：自由时间的力量》（巴塞罗那，德乌斯托出版社，2012）。
9. 弗农·史密斯在《经济学中的理性》（纽约，剑桥大学出版社，2008）中提出用理性在进化选择中引入变异。史密斯承认，该想法是由托德·载维基（Todd Zywicki）首先提出的。

第 22 封信

元偏好与连续自我：如何独善其身

星期四，第 11 周

终于考完了。我不爱刻意谦虚，我承认我考得不错。试题的答案非常清楚，根本不需要自由发挥。老师问的问题有副产品、运气的种类、理性主义神话、迷信的鸽子、内在报酬和外在报酬。其实我希望考试还能再难一点儿，考考和心流、进化选择、成瘾性消费、自我实现活动，以及李贝特实验有关的问题。我猜贝尔把题出得这么简单，是想照顾大多数同学。

贝尔前脚刚踏进教室，赛丽又开始提问了：

"老师，你改卷子了吗？"

"还没有。下周告诉大家成绩。我知道你们不在意考试的结果，分数是外在报酬。我们学习是出于对知识的热爱。"

"对，是出于对高分的热爱。"

"好，我知道了。"

"老师，考试真的是副产品吗？是不是最好不要去追求好成绩？"赛丽接着问。

“不完全是。”贝尔回答，“把考试还有成绩当作副产品其实有一定的危险性。”

“我知道。”

“今天我们补充一下副产品的定义。注意，目标不是副产品。为了拿到哲学课的学分，你需要设定通过考试的目标，然后制订计划：每周固定几个小时专门学习哲学，与同学一起总结笔记，上网或去图书馆查找资料等。我们所做的就是凭借理性确立目标，然后找到实现目标的办法。这节课讲一讲目标理性。对道德的偏好叫作‘道德偏好’。许多哲学家在讨论‘道德偏好’时甚至不明白什么是‘道德’。”

“可是老师，根据你之前讲的，”谢尔盖抬起头，流露出犀利的眼神，“在语境能说明词义的情况下，还追究词的具体含义，不是陷入语义的理性主义了吗？”

“问得好，谢尔盖。我说的话是不是自相矛盾呢？哲学中确实会区分一些重要的概念，如‘道德’‘正义’‘美’‘理性’等，我们在第一堂课上提过这一点。理性主义者的错不在于探讨这些概念，这本就是哲学家工作的一部分。他们错在坚持认为，如果一个人没思考过这些词的具体含义，就无权用它。一个不知道什么是‘道德’的人无法讨论道德，一个不知道什么是‘科学’‘美’和‘自由’的人也无法讨论科学、美和自由。理性主义哲学家错在要求别人和他们一样，在讨论问题前一定把概念弄得一清二楚。对一个不了解‘道德’的具体含义的普通人，我不会告诉他：掌握‘道德’的含义是使用它的必要条件。这是犯了语义理性主义的错误。但是如果我批评哲学家失职，不知道‘道德’是什么，这也是无可厚非的。不知道我是否解释清楚了，谢尔盖……”

“是的，很清楚。”

“那我接着往下讲了。从哲学的角度来看，‘道德’这个词到底是什么意思？大家怎么看？”

教室里一阵沉默。终于，大卫扯着嗓子大声说：“我觉得道德重在讨论什么是好的、什么是坏的。”

“大卫说得没错。一件事是否符合道德，取决于它对他人有利还是有害，对他人产生的影响是积极的还是消极的，以及该行为的执行者是否自愿去追求这种积极或消极的影响。这一点很关键，我们必须保证行为的背后是自由意志，否则即使该行为产生了可怕的后果，我们还是无法从道德层面去界定它。

“不是所有的行为都有道德特征。我们一天到晚做的许多事情都和道德没有太大的关系，如梳头发、穿运动装上街、用钢笔写字、早饭后读报、餐前吃水果……这些活动从道德上来说都是中性的，不好也不坏，因为它们对我们周围的人的幸福没有产生任何影响。

“现在，假设大卫用胳膊肘在赛丽第三根肋骨和第四根肋骨中间的地方撞了一下，就像这样。来，大卫，本着科学的精神，准备在你的同学身上撞一下……”

大卫伸出胳膊，做出假装要撞赛丽一下的样子。赛丽赶紧回头，露出很凶的表情。“你敢！”她警告大卫。

“行了，大卫。”贝尔说，“就这样吧。假设大卫突然撞了赛丽，赛丽觉得很疼。那么大卫的举动很明显是不好的，他无理地伤害了别人。可如果大卫轻轻抚摸了一下赛丽的脸颊，那么……”

“门儿都没有，老师。”赛丽跳起来说，“我宁肯他用胳膊肘撞我，我可不好惹。”全班同学听了这话笑个不停，贝尔也笑了。

“如果对方不反对，且抚摸脸颊让她感到开心，这种举动从道德上来说就是值得赞扬的——至少从理论上来说是不错的。如果你跳下河去救奄奄一息的落水者，这种行为也是好的，值得被称颂。因此有人说，道德的善与恶取决于对他人产生的影响，推动善恶的往往是人的意图。

“到目前为止，我们只讨论了人和人之间的道德，通常说的道德便是这种人与人之间的道德。这使得‘道德’不知不觉变成了为他人带来益处的代名词。显然，道德所涵盖的不限于此，一个人的行为可能同时也会对他自己产生影响。具体来说，他的行为会对自己的未来产生影响。任何一个人，不往远了说，就说班上的每位同学，都会对自己的未来做一些规划。这种‘我个人的’人生计划和我希望成为什么样的人、希望实现的目标是什么有关：我希望我能爱上运动；我希望自己能喜欢上威尔第的歌剧；我希望以后每次准时赴约；我希望以后说话算数等。

“大家注意‘我喜欢威尔第的歌剧’和‘我希望我喜欢威尔第的歌剧’是两种不同的意思。前一句话是表达审美，陈述我对《茶花女》《弄臣》《阿伊达》等作品的喜爱；后一句话则是在表明我在道德上的偏好和个人的目标，也就是我对自己未来的期望。未实现的目标构成了我的道德品位，勾画出我想成为的人。从现在的我变成理想中的我（也就是弗洛伊德所说的‘理想我’）的整个过程好似一个艺术作品。这里我们讨论的已经不是人与人之间的道德了，而是个人内部的道德，它指的是我们未来连续不断的自我偏好。

“伴随这些愿望而来的是个人规定。比如我的目标是运动，我给自己定下每周跑 3 次步的规定。这些规定是为了支撑我们完成个人目标，如果没有按规定完成，我们会感到内心不安，良心会受到谴责。我们意识到，眼前的懒散产生了负面的作用，这对未来是有害的。如果我们意志坚定，严格按照目标有规律地锻炼身体，未来的我们会更健康。

“大家注意，如果我们意志薄弱，影响的只是未来的自己，而非他人。不能实现预定的目标可能让我们的良心不好受，然而，我们又可以替自己开脱，说自己并未伤害他人，只有我们本人有权从道德上谴责自己。

“的确，实际生活中有时很难判断一件事到底是只影响到了行为者，还是同时也伤害了他人。如果一个父亲是个喜欢挥霍的赌徒，负债累累，无法负担孩子们上学的费用，那么他就确实伤害到了他人。警察执勤时喝醉了，和普通人喝醉是两码事。约翰·斯图尔特·米尔认为，个人醉酒导致无法履行职责，应该受到处罚。警察执勤时醉得一塌糊涂，自然要受惩处——不是因为他没有尽到对自己的责任，而是因为他没有履行好对他人的义务。如果他曾经保证过工作时不喝酒，那么他的行为不仅违反了与自己的约定，还违反了和公众的约定。如果他在休假期间喝得烂醉如泥，但执勤的时候清醒无比，那他的饮酒行为就和其他人无关，这是他个人有意识的选择。作家杜鲁门·卡波特[①]曾这样描述美国男演员汉弗莱·鲍嘉[②]：'他经常整夜玩扑克，早餐只喝白兰地，但他永远能衣衫整洁地准时抵达片场，而且对即将扮演的角色了若指掌。'没人能怪罪鲍嘉，除了他自己。同样，如果一个单身汉爱赌博，只要他没有家庭经济负担，就可以随心所欲地挥霍。

"约翰·斯图尔特·米尔认为，人类的行为只要没有危害到其他人，便不应受到指责。如果一个人选择酗酒抽烟，即使他会因此毁掉自己的身体，旁人也没有权力阻止他。你可以告诉他长期这样做的危害性，给他各种建议，让他重新振作起来，但他本人有最终决定权。

"一个人不能因为认为他人的行为不道德，就妄自评论，他应当把注意力集中在自己身上。只要一个人的所作所为没有给他人造成损害，其他人就不能越俎代庖多管闲事。即使一个人的举止怪异，有损于自己的尊严，他周围的人可以离开他，或公开表达不满，但没有权力禁止他这么做。我们也许会认为他人的行为是不合适或者丢脸的，但这并不能成为我们限制和强制他人的理由。根据米尔的观点，在人与人之间的道德问题上，如果一个人没有明确表达自己有接受帮助的意愿，那么，其他人就没有理由擅自去帮助他，这是应当明确的一点。如果这个人'授权'我们进入他的领地，希望我们帮他解决问题，则是另一回事儿了。今天

---

① 杜鲁门·卡波特（Truman Capote，1924—1984），美国作家，代表作有《蒂凡尼的早餐》和《冷血》。

② 汉弗莱·鲍嘉（Humphrey Bogart，1899—1957），美国男演员，曾出演电影《卡萨布兰卡》和《非洲女王号》。

先讲到这儿吧。”

| 补充说明 |

1. 胡安·安东尼奥·里维拉在《掌控命运》中详细介绍了个人内部道德。
2. 元偏好这一理论由哈里·法兰克福在《意志自由和个人观念》中首次提出。该文章于 1971 年发表在《哲学期刊》上。1972 年诺贝尔经济学奖得主阿马蒂亚·森在《选择、分类和道德》中也谈到了这个问题，该文章被收录于《选择、福利与计量》（牛津，布莱克维尔出版社，1982）一书中。另请参阅大卫·乔治的《元偏好：重新审视自由选择的当代含义》（《国际社会经济学杂志》，1984 年，第 2 期）。
3. 鲍嘉的故事出自杜鲁门·卡波特的作品《肖像》（巴塞罗那，阿纳格拉玛出版社，2004）。
4. 约翰·斯图尔特·米尔的话引自他的《论自由》（马德里，联盟出版社，1986）。

第 23 封信

难以捉摸的道德

星期一，第 12 周

终于拿到考试卷子了！贝尔一面点名，一面把卷子发给我们。我得了满分！虽然之前已经想到会拿高分，但现在我还是很开心。大脑中的外在报酬机制开始庆祝欢呼了！我有些怀疑贝尔说的外在报酬对幸福的影响不如内在报酬大的理论了。好啦，这是玩笑话。这么多节课过去，我学得特别开心。内在报酬是静默无声的，外在报酬则像在大脑中点燃烟花。贝尔说得对，正是因为它强度大，所以维持不了多久。

我们花了几分钟复查卷子。贝尔说："如果大家对卷子和分数有任何疑问，请现在就提。不然，过了这个村可就没这个店了。"班上只有我和谢尔盖拿到了满分，我害怕的事果然发生了。赛丽很看重分数，但这次只拿了 8 分，她小声嘟囔着表达不满。大卫看得很开，6 分让他心满意足。不说这么多了，我急着听今天的课。

"我有一个问题。"我举手发言。

"请讲，请讲，卡梅。恭喜你和谢尔盖拿到最高分。"

"谢谢老师。这周末我碰巧读到一篇乔纳森·海特（Jonathan Haidt）

的文章。故事是虚构的，大致内容如下：马克和表妹朱莉暑期在法国旅行。一天夜里，两人在海滩旁的帐篷里露营，他们心血来潮，想尝试爱的禁果。两人没有性经验，他们觉得这样的冒险有趣又新奇。朱莉服用了避孕药，马克用了避孕套，他们都觉得不会有任何不良后果。两个人品尝了性爱的美妙。他们决定这是最后一次这样做。那夜之后，两个人走得更近了，他们想把这次经历作为特殊的秘密埋藏在心里。”

“对，我读过这篇文章，值得看看。”贝尔评价，“其他同学明白卡梅讲的故事了吗？”

“明白了，”大卫回答，“表兄妹间的不伦恋，这两个人胆子真大呀！”

“听完海特的故事，大多数人都是这样的反应。”我回答，“虽然马克和朱莉没有对他们自己造成伤害，也没有影响到第三个人，但大多数人还是觉得他们这么做不道德，不能接受这种事情出现在自己的生活中。他们俩做了能想到的所有的防护措施，确保不会怀孕（近亲繁殖可能导致新生儿患有各种遗传性疾病）。他们也没有在情感上伤害彼此，反而比之前更加亲密了。海特问听故事的人，既然这样做没有危害，那它是否是道德的呢？如果是道德的，为什么大家不愿意接受近亲发生这种关系呢？听众拼命找论据，但是找不到，于是只好说：‘不知道，我解释不清，只是感觉这么做不好。’”

“讲得好，卡梅。”贝尔表扬我说，“这是一项‘实验哲学’。通过叙述虚构的故事情节，收集听众的反应。”

“老师，你上节课说，只有一个人伤害到他人或自己的时候，才牵涉道德问题。在海特的故事里，没有任何人受到伤害，马克和朱莉还建立了更亲密的关系，听众却认为这么做不道德，这难道和你讲的不矛盾吗？”

“我明白你的意思，卡梅。大多数人听了这个故事或许都激动得和18世纪苏格兰的哲学家大卫·休谟（David Hume）一样。休谟认为，道德来自情感，而非理性。

“海特提出了一些别的假设，比如说，在宠物死后吃掉它，用印有国旗图案的毛巾擦拭身体——希望这些画面不会让你们感到不适，这些场景都是海特精心设计的，没有任何活着的人或者动物受到伤害。但它们无一例外地引起了听众的反感。当听众被问到为什么会反感时，许多人非常茫然，他们解释不清自己为什么会抗拒，也没办法提出理性的论点。他们只是说，‘吃掉自己死去的宠物不好’。这样的例子还有许多。在这种假设的例子中，没有任何人受到伤害，如果有，受害方也默许了伤害行为。

“给大家讲一个真实的故事。2003 年，在德国发生了一起食人事件，事件的两名参与者都是成人。他们的行为触犯了道德的底线，让人反胃至极。事情是这样的：阿明·迈韦斯是一名 42 岁的程序员。一天，他在网上发布信息，希望找到一个愿意被他杀死并吃掉的人。大约有 200 人回复了他，这个数字十分惊人。迈韦斯和一些人见了面，最终他选定了一个叫贝恩·布兰德斯的人。他们在迈韦斯的一所大宅子碰面。见面后，两人先聊了聊，布兰德斯吃了几片安眠药，喝了一瓶杜松子酒。按照两人的约定，迈韦斯首先割下了布兰德斯的生殖器，保存在橄榄油里。两人想吃掉它，但没成功。迈韦斯开始读小说《星际迷航》，布兰德斯则去卫生间里洗热水澡，这时他还在流血。之后，迈韦斯亲了布兰德斯一下，并将一把厨刀插在他脖子上，杀死了他，这些都是两人事先约好的。迈韦斯把尸体切成块，冷藏在冰箱里。之后的几周，他时不时取出一块尸体，用橄榄油烹熟以后配红酒吃掉。他一共吃了大约 20 千克。

“后来，有一个学生在网上看到了迈韦斯的帖子，向警方报了案。警察逮捕了迈韦斯。在法庭上，法官宣布他犯有故意杀人罪。迈韦斯提出上诉。终审判决他犯了杀人罪，处终身监禁。问题在于，既然参与者都成年了，他们又是出于自愿，从道德上来说他们的行为是否是正确的呢？

“海特在书中又提到了普林斯顿大学心理学家艾伦·桑菲（Alan

Sanfey）和同伴们做的一项神经影像实验。心理学家给实验的参与者提供了一些引起不适的例子，然后观察他们脑神经的变化，'大脑中有三个区域出现了较为明显的反应，其中之一就是前脑岛，它位于脑部前方下端的脑皮质区域。当人们体验负面情绪或产生不适感时，特别是产生愤怒和不快的情绪时，该区域会活跃，这是前脑岛的特点之一'。前脑岛与'恶心'的感受直接相关。前脑岛受损的人无法辨别他人厌恶的表情，也不会拒绝普通人认为不新鲜、反胃的食物。前脑岛和不快的感觉以及听到非道德事件时的反应有关，这似乎证明了厌恶情绪和道德不适间的联系。纯洁单纯的感觉和道德上的愉悦有关。我们在强调一个人善良时，会说他内心纯洁，目的单纯；而当我们觉得一个人犯了道德上的错误时，我们会说他'不单纯'，说他'坏极了'，或者干脆说他'让人恶心'。

"海特和同伴乔舒亚·格林（Joshua Greene）在后来的一篇文章中比较了人们听到不含道德特征但会引发不适感的例子（比如'他舔了舔脏毛巾'），以及人们听到极不道德的事件时的反应。这说明，厌恶情绪和非正义是双向的：生理上的反感会引起道德上的排斥，非道德的行为也会引起不同程度的反感。比如说印度教禁止吃牛肉，如果印度教教徒看到用牛肉做的菜肴，生理上可能会出现恶心的感觉。

"道德是伴随着历史进程而出现的。人类的善恶观也会随着时间的改变而改变。1978 年备受批评的试管婴儿，如今已为人们所接受。以前的人认为离婚、同性恋、自慰、无神论、女性进入职场都是不道德的，现在大家认为这是个人的合法选择。有些行为以前在人们眼中是中性的，如今却被看成是错误的。若干年前，在美国和欧洲，在公共场所吸烟属于个人选择，今天却被视作不道德的行为。类似的例子还包括：歧视少数民族、买卖皮草大衣、影视节目中出现暴力情节、动物实验、环境污染、食用鹅肝等。这些行为有的已被法律明令禁止，还有一些将来也会面临同样的情况。贾雷德·戴蒙德（Jared Diamond）提到过，将环境污染上升至道德高度和法律层面是近几十年才发生的。

“裸体海滩在今天的欧洲很平常，30 年前却不是这样。若干年前，巴塞罗那政府还允许人们不穿衣服在大街上行走呢。大家想一想，这样做会不会伤害别人的利益呢？从理论上说，只要把头扭到一边不看，不就没有任何问题了吗？然而，2011 年 4 月 29 日，巴塞罗那市议会通过决定，禁止在巴塞罗那市里裸体出行。2013 年 4 月 10 日，加泰罗尼亚大区法院判处了一起裸体出行案件，声援了巴塞罗那市的决议。”

“没错，老师。”赛丽提高嗓门喊，“我想起来了。那时候我还是个小女孩，有一次看到一个大爷什么也没穿，在街上走来走去，看着特别不舒服！”

“在一些情况下，利益受损不仅被人们接受，甚至还被认为是有益的。这话乍一听很奇怪，举个例子，在一座小城镇上，一位外来的商人准备开一家海外食品店，这对于当地唯一一家小食品店的老板来说是致命一击，他的店面临着倒闭的危险。既然后果如此严重，当地政府要不要限制新店开张呢？如果政府为了保护当地商人的利益，而拒绝新食品店开张，大家肯定会认为这种做法非常过分。约翰・斯图尔特・米尔认为，这种做法只能让少数人得益（小食品店店主及其家人，也许还有某位当地的政府官员），但对消费者来说是不利的。他们无法从商家的竞争中得益，无法享受更低廉的商品和更优质的服务。政府介入不符合功利主义的原则，这种做法顾及了少数人的权益，却忽视了大多数人的利益。约翰・斯图尔特・米尔说：‘不论是饱和行业中的胜利者，还是竞赛中的赢家，在对同一目标的争夺中，获胜者的得益必然伴随着他人的利益受损。这些人的努力付诸东流，美梦幻化为泡影。’但为了人类共同的利益，即便如此，人们还是应该坚持不懈地努力。换句话说，社会不会赋予失败者任何的法律权利和道德权利，保护其免受痛苦。

“米尔认为，只要在大局上照顾到了整体的利益，从道德上来说就是正确的。1974 年诺贝尔经济学奖获得者弗里德里希・哈耶克（Friedrich Hayek）是位犀利的思想家，他并没有直接引用功利主义者的理论，可他的观点和功利主义不谋而合：‘法律不能禁止所有危害他人利益的行为。一方面，因为没有人能完全预见某种行为的后果；另一方面，新环境带来的改变只对有些人来说非常不利……为了维持自然的秩序，刻意的损坏有时是必须的。即便其他商店有可能倒闭，法律也不会禁止新商店的出现。’

“总结一下，对于道德的判断主要取决于行为引起的是积极还是消极的外部影响，对他人的影响是正面的还是负面的。今天举了一些特殊的例子，希望大家能记住，它们有助于我们理解本课的内容。”

| 补充说明 |

1. 卡梅讲的故事出自乔纳森・海特的《感性的狗和它理性的尾巴：道德判断研究的社会直觉路径》(《心理学评论》，2001 年，第 4 期)。
2. 海特和乔舒亚・格林合作的文章题目为《道德判断是如何运作的》(《认知科学前沿》，第 6 卷，第 12 期)。
3. 休谟的话出自《人性论》(马德里，国家出版社，1977)。
4. 迈韦斯的故事出自保罗・布卢姆的《快乐的真谛》(巴塞罗那，B 出版社，2010) 一书。
5. 厌恶和道德评价的关系出自乔纳森・海特的《幸福假说》(巴塞罗那，赫迪沙出版社，2006)。另外，请参阅苏珊・卡尔、莫娜・卡尼巴德和安娜・莫莱诺・阿尔卡萨尔的《执行控制、决策、推理与问题解决》。该文章被收录于迪耶戈・莱多拉尔・黎波尔编的《认知神经科学》中，展现了脑岛在听到非正义事件时的反应，这种反应与人感到恶心时脑岛的反应相类似。
6. 史蒂芬・平克在《白板》中提到了人类道德判断的改变。
7. 贾雷德・戴蒙德在《大崩坏》(巴塞罗那，辩论出版社，2006) 中提到，将破坏环境上升到道德层面是近些年来的事。
8. 米尔的话引自《论自由》。
9. 哈耶克的话出自其作品《法律、立法与自由》。

第 24 封信

从三方面看待意志力薄弱的问题

星期四，第 12 周

“老师，我有一个问题。”贝尔还没来得及说话，谢尔盖突然举手发言。

“说吧，谢尔盖。”

“抱歉，”谢尔盖有点儿胆怯地说，“我有几个概念性的问题想问，最近几节课上你提到了‘连续的我’和‘未来的我’，这些概念我从没听过。听起来好像是一个人的人生被分为了若干份，我一直觉得人生是一个不间断的、整体的过程，你说的和我想的有点儿不一样……”

“我们今天要讲的刚好和你的问题有关，谢尔盖。这节课我想和大家聊聊意志力薄弱的几种形式，相信你会找到你想要的答案的。

“意志力薄弱可以理解为第一偏好和第二偏好（即元偏好）间的冲突。第一偏好通过我们的行为展现出来。如果我每天吃 3 个甜甜圈，这说明我喜欢甜甜圈。我们的行为能反映第一偏好，却不能反映第二偏好。假如克拉拉喜欢吃甜甜圈，每天都要吃 3 个，但其实她希望自己不喜欢甜甜圈，这就是她的第二偏好，也叫元偏好。可能因为她想保持身材，可能因为她不想得糖尿病，也可能两个原因都有。如果克拉拉的第二偏好影响到第一偏好，她控制自己，每天只吃一个甜甜圈，这时意志力就在起作用了。

“反之，如果克拉拉虽然已经有了第二偏好，但行动上却没有任何改变，还是每天吃3个甜甜圈，这时就可以说克拉拉的意志力较为薄弱。第二偏好并没有对她的行为产生任何影响，她的行为违背了她的道德偏好。意志力薄弱的原因在于：第一偏好和第二偏好发生冲突，前者占据了上风。”

“那如果克拉拉在吃甜甜圈这件事儿上没有第二偏好呢？”赛丽问。

“那就不存在意志力薄弱的问题了。”贝尔回答说，“即便克拉拉一辈子每天吃3个甜甜圈，也不能说她意志力薄弱。想知道一个人有没有意志力薄弱的问题，不仅要观察她的行为，还要知道她的第二偏好。”

“这么说，如果不想觉得自己意志力薄弱，没有第二偏好就可以了。”大卫总结道。

“说得对，大卫。要是一个人能做到没有任何第二偏好，就不会意志力薄弱，也不会为了这个问题感到困扰。”

“那就不要第二偏好了。何必呢？每天开开心心地生活多好。”

“表面看确实如此。”贝尔说，“没有第二偏好，每天开开心心地生活，及时享乐，今天能享受的绝不拖到明天。眼中只有眼前，丝毫不考虑未来，变成了亚里士多德说的放荡不羁的享乐主义者。但是，不考虑未来真的能解决问题吗？ 现在大家坐在教室里听课，这说明你们对未来是有计划的，也许现在你们还没有意识到这一点。你们不知道若干年后会怎样，所以希望接受高质量的教育，找到不错的工作，拿丰厚的薪水，拥有更好的生活。为了得到这些，你们做好了牺牲自己的准备，你们愿意放弃眼前短暂的快乐。你们用和家人或朋友看电视、打游戏的时间来看书、学习，这都是为了让未来的自己更幸福。难道不是吗？如果不是这样，大家现在的行为就说不通了。现在的你们在牺牲即时的快乐换取长远的快乐。

“因此，即使没有道德偏好（或者元偏好），意志力薄弱的问题不存在了，心里也不会有什么冲突，我们却还是情愿选择有元偏好的日子，为什么呢？因为我们在实际行动中发现了不合适的举动（比如吃太多甜甜圈），所以我们希望利用元偏好调整自己的行为。我们希望用道德目标让人生变得更美好，让我们的自我形象更符合自己的期待。我们希望通过元偏好达到心目中的理想自我。

“这么做确实会让生活更麻烦，但我们自愿成为元偏好的奴隶，受制于自己设定的目标。我几周前讲过，自由意志的存在不是为了让人随心所欲地生活，而是为了让我们按自己的设定，过自己想过的生活。人越是遵守这些自我约束，就越能感到自由。乍一听，这种强迫自己的行为有悖常理，似乎还带着某种受虐倾向。可我们坐在教室里上课，不正是在这样做吗？我们对未来有计划，要凭意志力去实现这些计划，而不能沉溺于眼下、即时、迅速的回报。

“下面讲第二种理解意志力的方法。一般来讲，人们珍视的快乐出现得慢，而有些不重要的快乐反而轻易就可以得到。这也是人生的奇妙之处，人的意志力因此受到考验。心理学证明：快速获得的快乐与回报有巨大的诱惑和吸引力；相反，更有意义的回报要花费很长的时间，吸引力低，容易被人遗忘。当然了，如果能用同样的时间获得两种快乐，绝大多数人会毫不犹豫地选择价值相对高的。如果拥有苗条的身材和健康的身体需要的时间和吃一个甜甜圈一样短，后者就没那么吸引人的了。如果拿高中文凭和看电视节目一样愉快，大家都会选择学习，然后拿到高中文凭。刚才说过了，有意义的结果通常花费的时间也长，要付出很多耐心和意志力才能获得（运气也是影响因素之一）。

“人们都患有一种叫‘时间近视’的毛病，目标离我们越远，我们越觉得它实现的可能性很渺茫。这种低重要性的目标，会比高价值、耗时长的目标更吸引人。就像硬币和月亮，远看，月亮和硬币一般大。硬币唾手可得，月亮远在天边。许多时候，我们服从于自己的欲望，放弃追求更有意义的结果。这已经不是认识上的问题了（道德理性主义者可能会这么认为），而是单纯的意志力薄弱。讲到这儿，大家还有什么问题吗？”

贝尔的目光在教室里搜寻了一圈，没人举手。

“下面接着讲第三种意志力薄弱的表现形式。我需要大家做一个游戏。游戏的名字叫作‘囚徒困境’。”

“游戏？我们能参与吗？”大卫兴奋地问。

“先别激动，大卫，它不是严格意义上的游戏。还记得‘最后博弈问题’吗？‘囚徒困境’和它类似，需要参与者互动。囚徒困境是博弈论中最著名、被研究得最多的问题之一。之前说过，博弈论是数理经济学的分支。下面请大家听好了。

“与该问题相关的理论于1950年由美国兰德公司研究院的梅里尔·弗勒德（Merrill Flood）和梅尔文·德雷舍（Melvin Dresher）提出，之后普林斯顿大学的老师阿尔伯特·W. 塔克（Albert W. Tucker）把它变成了经典的‘囚徒困境’。

“研究者虚构了一个场景，两名囚徒可以选择合作或背叛。囚徒问题并不复杂，这里我们不再原原本本地复述细节了，只对囚徒问题举几个例子。同学们现在还年轻，还不需要交税。再过几年，你们有合法收入后，一般有两种选择：交税，或者逃税。自私而理性的人选择不履行交税的职责，这简直是天堂般的日子：不花钱就能享受其他人纳税修建的公共设施（街道、公路、路灯、排水系统等）和公共服务（人民安全保障、义务教育等）。博弈论将这样的人称为‘搭便车者’（free-riders），这个词源于英语，指的是那些免费乘坐公共交通工具的人。这个词还指吃白食的、爱占便宜的、投机取巧的骗子和机会主义者。

“如果你自私自利又精于算计，打算做‘搭便车者’，那么你会希望别人不像你这样。因为如果每个人都和你一样，大家都会沦为靠他人所交税款存活的寄生虫，政府便会没钱修公路，没钱建医院，没钱给老师们发工资。最后，因为每个人都希望变得更好，总体情况反而变差了。囚徒困境问题的特点在于：如果每个参与者都从理性出发，做出相应的举动（逃税），集体就会陷入无秩序和贫穷的状态。

“假设囚徒困境不是发生在不同的人之间，而是发生在一个人身上。个人有元偏好，假设这个人是克拉拉，克拉拉希望自己不再吃甜甜圈了，希望自己健康和苗条。她设定了这个目标。又因为克拉拉是一个有计划的人，于是她问自己：‘为什么要让今天的自己牺牲呢？既然已经制订了放弃甜甜圈的计划，为什么不让明天的我做这件事，做出牺牲呢？今天的我可以继续吃甜甜圈。对了，既然从明天起我就不能吃甜甜圈了，今天应该大吃一顿。’到了第二天，克拉拉又问自己：‘为什么不等到明天再开始执行计划呢？反正都已经订好了。就让明天的我做出牺牲，现在的我先享受一下。’

“这种情况也叫‘圣奥古斯丁问题’。在《忏悔录》中，圣奥古斯丁坦露，他被自己纵情声色的生活方式所困扰。他向天父乞求：‘请惩戒和处罚我吧，但不要现在就这么做。若是你过快回应我，治疗我的肉欲，我会担心。比起浇灭心中的愿望，我又更想满足它。’圣奥古斯丁的问题在于他意志力薄弱，‘现在的我’是机会主义者、‘搭便车者’，他没有替‘未来的我’打算。他寄希望于未来的自己，希望未来的自己承担痛苦。

“现在回答谢尔盖的问题：虽然我们把自己看成统一的整体，意志力的薄弱却说明了人是分为若干部分的，一连串不同时间上的自我构成了整体。这些不同时间段的‘我’在利益上有重合，也有冲突。圣奥古斯丁的‘连续的我’希望自己完成道德上的救赎，然而每个‘单独的我’又渴望自由，希望下一个‘我’来承担痛苦。这是第三种理解意志力薄弱的方式，这是个人内部在时间上的囚徒困境。个人‘连续的我’被分为多个，每个‘我’都想当‘搭便车者’，所以计划会落空。

“这和逃税是一回事儿：每个人都为了自己好，整体的情况却更糟了。

“反过来说：如今的自我意识和未来的自我意识间交叉点越多（即连续自我间距离更紧密），各个自我间的合作就会越紧密。我们更愿意牺牲和放弃眼下微小的利益，去追求更有意义和价值的未来。一句话，人的生活会更有方向。

“科学家们还通过神经影像观察了个人连续自我间的统一性。科学家让参与者首先在脑海中想象自己，此时大脑皮质中有一块比较活跃，该区域会出现一种活动，我们把它叫作‘个人模式’。当脑海中想的是不熟悉的人时，该大脑区域出现了不同的活动，我们称它为‘陌生人模式’。当我们想的是十年后的自己时，大脑的活动和‘个人模式’相似。如果脑海中想的是现在的自己，则大脑的活动就会和‘陌生人模式’类似。也就是说，神经影像可以观察到这种个人生命的分隔。我的回答还清楚吗，谢尔盖？”

“非常清楚，谢谢老师。”

今天的哲学课在谢尔盖彬彬有礼的回答中画上了句号。谢尔盖不仅聪明，行为举止也透着高雅，他像简·奥斯汀（Jane Austen）小说里走出来的英国绅士。我最近在读《傲慢与偏见》（*Pride and Prejudice*），谢尔盖让我想起了达西，但他不像达西那么傲慢。

| 补充说明 |

1. 经济学家将这种对未来的态度称为“低时间偏好”，关于这一点，穆瑞·罗斯巴德的文章《时间偏好》值得一读。该文章被收录于约翰·伊特维尔、莫里·米尔盖特和彼得·纽曼所编的《新帕尔格雷夫经济学大辞典》（纽约，麦克米伦出版社，1990）。

2. 关于博弈论的介绍性的导论有很多，莫顿·戴维斯的《通俗博弈论》(马德里，联盟出版社，1986)是简明的基础读本，读起来会令人很愉快。
3. 肯·宾默尔的《博弈论》(马德里，麦格劳－希尔出版公司，1993)则更专业全面。
4. 威廉·庞德斯通有本专著，名为《囚徒困境》(马德里，联盟出版社，1995)。书中提到，当囚徒的人数减少，或游戏轮数增加时，参与者的合作意愿会相应提高。这方面的经典研究还有迈克尔·泰勒的《合作的可能性》[这本书的老版叫作《无秩序与合作》(伦敦，约翰威立出版公司，1976)，读起来相对更费力]。此外可参阅罗伯特·阿克塞尔罗德的《合作的进化》(纽约，基本书局，1984)。
5. 有关意志力薄弱的问题，请参阅乔治·安斯利的《个人内部的持续情感状态互动策略》(纽约，剑桥大学出版社，1992)。乔恩·埃尔斯特在《意志力薄弱与搭便车的问题》中将意志力薄弱与个体各时间段的囚徒困境联系在一起，该文章被收录在 1985 年第 1 期的《经济学与哲学杂志》中。
6. 圣奥古斯丁的话出自《忏悔录》。
7. 关于个人当下的身份认同与未来身份认同的交点，可参阅沃尔特·米歇尔的书《棉花糖实验：如何理解自控和更好地自控》(巴塞罗那，辩论出版社，2015)。

第 25 封信

增强意志力的方法及其危害

星期四，第 13 周

上周一学校组织高一年级集体参观 MACBA[①]。我对这种活动向来没兴趣。每次欣赏现代艺术我都觉得自己像个傻瓜，所以当天我请假去自由活动了一天。今天上完课，明天公布测验成绩，然后就放假了！老师们基本都把考试的结果透露给大家了。我和谢尔盖两个人这学期平分秋色：他的物理分数比我的高，我的历史分数比他的高。但我一直是借谢尔盖的历史笔记自学。我跟谢尔盖说，每周这个时候我没法上课，因为我要给患糖尿病的小外甥女注射胰岛素。除此之外我真的想不出更好的借口了。

这节课本应该按部就班地结束的。贝尔总结了大家考试的情况。接下来大卫和赛丽开了开玩笑，同学们打打俩人的趣。最后是同学们互相送祝福，希望大家都能过一个美好的假期。课堂气氛其乐融融，所有人都很开心。

① 即巴塞罗那现代艺术博物馆。

最后一节课本应在打打闹闹中结束。可这时依德忽然要问问题，我不明白他为什么永远只在哲学课上提问。他把手举得高高的。

“怎么了，依德？”

“老师，我想知道有没有办法可以治疗意志力薄弱的问题。”依德的提问向来都本着经济的原则，尽量减少用词，看得出他想赶快摆脱众人的注目。

“对，我也想问这个。”赛丽附和说。

“想根治意志力不足的问题是不可能的。”贝尔回答，“不过确实有些小窍门可以缓解这种情况。注意，这些方法不是人人都适用的。我想想……第一个小窍门叫‘明线’。大家还记得，圣奥古斯丁曾向上帝乞求责罚——只要不是‘立即’惩罚他就好。有时人们认为，只要制定了补救办法就万事大吉，比如：没关系，从明天起我就开始运动，可‘明天起’这三个字是个陷阱。真到了明天，我们又不愿为实现目标受苦了，又想把事情拖到后天。等到后天，我们的想法还是没有改变。就这样，一天天往后拖。时间用它表面上的统一性欺骗了我们，让我们以为，只要定了目标就行，执行排在第二位。你会问自己：‘今天和明天有什么区别呢？为什么非得是今天呢？’

“时间看起来有统一性和流逝性，然而这种特性对执行计划无任何帮助。问题看似解决了，实际上只是被不断向后拖延。‘明线’可以有效解决这一问题。如果说时间是一片平原，明线就像平原上突出的线条。马上到新年了，相信很多人会在这段时间里重新审视自己，查看自己预定的目标是否顺利完成了，再制订符合自我期望的新年计划，比如做运动、减肥、学习一门新的语言等。”

“我听说过‘明线’这个概念。”大卫插话说，“没什么用。我试过好多次，一点儿用也没有。”

“当然啦，对很多人来说，明线就像地平线一样。你靠近它的同时，它也向后退。”贝尔表示赞同，“还有别的办法，你可以把自己绑在桅杆上。”

“什么意思？”赛丽疑惑地问。

“尤利西斯在穿越美人鱼之国时用了这个办法，他让同伴把自己绑在桅杆上。这样便不会被美人鱼的歌声引诱而离开船。

“有时解决自控问题需要特别的应对方法。给大家讲讲陀思妥耶夫斯基的小说《罪与罚》中拉斯科尔尼科夫的故事吧，这个角色让人印象深刻。小说中，拉斯科尔尼科夫杀死了放高利贷的老太婆阿廖娜·伊万诺夫娜。他杀人的原因很抽象，这里不赘述。实施犯罪后，他忽然产生了一种奇怪的感觉，觉得所有人都知道他是杀人凶手了，这让他心中烦躁不安。他希望放下这种念想，可他的行为怪异夸张，反而引起了别人的怀疑（甚至和他不相干的人都察觉到了他的怪异）。糟糕的是，他自己意识到了，这样怪异的想法和行为会害了他自己，几乎好多次他都要自首了。《罪与罚》中还有一个让人印象深刻的角色——警探波尔菲里·彼得罗维奇。他发现拉斯科尔尼科夫缺乏自控力，便想尽量利用这一点。拉斯科尔尼科夫察觉到了波尔菲里的想法，他告诉自己，和对方碰面时要尽量平静，避免掉入自我毁灭的漩涡中。他成功地做到了这一点。那么他究竟做了什么呢？一天，拉斯科尔尼科夫要去警探的办公室，像往常一样，他头脑中在想自己杀了人这件事，‘现在最紧要的，是要知道波尔菲里知不知道我昨天去老太婆家的事儿’。这次，拉斯科尔尼科夫是和他的朋友一起去的。路上他不停地嘲笑对方。走进波尔菲里的办公室时，他还在大笑。‘拉斯科尔尼科夫需要的正是这个’，托尔斯泰评论道。拉斯科尔尼科夫用笑声使自己放松，这样，在危急的情境下他就不会紧张了。自我控制感情的技巧在于预先制造一种情感，且这种情感与自己害怕经受的情感不能同时存在。乔治·安斯利（George Ainslie）还提到过一个例子，即女人如果害怕被一个男人诱惑，只要先故意和他激烈地大吵一架，就可以摆脱这种害怕的情绪了。

“最后再讲一种自控的方法吧。这种方法叫个人强制计划。我们说过，当因为元偏好而想改变自己的行为时，人们会定下一系列具体的计划来达成目标。比如说做运动这件事，如果具体要求自己‘每周末骑自行车’‘一周中有五天去健身房’，这样的计划便可以帮助我们实现目标，因为‘未来的我’要求‘现在的我’必须实现已定好的计划。

“还有几分钟就要下课了。”贝尔说，“今天咱们先讲到这儿。还有一点儿时间，我祝大家圣诞快乐，新年快乐。”

大家齐刷刷地站起来，也祝贝尔新年快乐。只有赛丽一个人很不满，她提高嗓门说：“假期愉快，老师。对了，我没明白最后这条个人强制计划。其他的内容还好，这条我不懂。”

“没关系，假期回来我们接着讲。看来下面几周你得在抱怨中度过了。”

“好吧，真是的。整个假期我都得忍受煎熬了！”

“知识的海洋很大，这不过是海洋里的一滴小水滴。”贝尔微笑着拍了拍赛丽的肩膀，“圣诞快乐，回头见。”

| 补充说明 |

1. 乔治·安斯利的文章《微经济》涉及不同的自控方法，该文章被收录于乔恩·埃尔斯特所编的《多重自我》(剑桥，剑桥大学出版社，1986)。
2. 乔治·安斯利的《微经济》还涉及明线的内容。
3. 尤利西斯脱困美人鱼之国的计策见于乔恩·埃尔斯特的《尤利西斯和美人鱼》(剑桥，剑桥大学出版社，1984)。罗伯特·H. 特罗茨在《最大功用中的神话和不可持续性》中分析过这个神话故事，该文章被收录于1956年第23期的《经济研究观察》。斯宾诺莎在《政治论》(马德里，联盟出版社，1986)中也分析过这个故事。他认为不受法令约束对于君主来说就像美人鱼的歌声一样，要想帮助君主抵抗诱惑，就要用宪法将其绑在柱子上。

4. 关于拉斯科尔尼科夫的情感控制，可参阅陀思妥耶夫斯基的《罪与罚》(巴塞罗那，布鲁格拉出版社，1981)。

第 26 封信

我开始讲我的故事了

星期三，第 14 周

今天是假期后的第一天，我和贝尔约在“鸽子窝”见面。像往常一样，我打算坐电梯上楼。但要先确认一下电梯里面没人。我不希望别人打探我们俩见面的事。假期前，我一直认为我们的运气不错，没有人知道我们见面的事。然而假期后的一些迹象让我不安，所以必须提高警惕了。我和贝尔见面的事可能已经有人知道了，一想到这儿我就惶惶不安。我大概猜到这个探秘者是谁了。学校像座村子（所有的学校都是这样），这种事情会变成大家茶余饭后的谈资。如果不幸被居心不良的人知道，他们会添油加醋地把它转述一番。我不知道贝尔是否也意识到，这么做很危险，她从来没流露过这样的担忧。我敲了敲办公室的门。

“是敌……还是友，都请进。”我替贝尔说了她想说的话，“新年快乐。”

我们俩握了握手，两个人的动作都有点儿僵硬。我和贝尔还不能大方地互行贴面礼，而我和班上的同学们就可以很大方地贴面，没有任何心理负担。估计我们俩永远都不可能了。其实这样也不赖，我觉得贝尔在心中对我有所保留。“不是私人的事情，桑尼，只是生意上的事儿。”就像《教父》里说的那样。

不过从今天起，这一切都发生了微妙的变化。

“假期过得怎么样？”

“噢，没什么特别的。”我回答，“摩洛哥家庭对圣诞节这种节日不怎么重视。我在圣诞节、三王节会和家里人互送礼物。平安夜和新年夜聚餐——我们的圣诞节没有什么宗教内涵——主要受社会环境影响。”

“这个年头，人们已经不考虑节日的宗教意义了，只是找个理由大吃大喝、纵情欢乐。西班牙的圣诞节也没什么宗教内涵了，比你们的好不了多少，我们的圣诞节其实没有什么区别。”

“在我家，家里人为了妈妈，会庆祝斋月。纳吉斯和妈妈一样，也有很深的阿拉伯情结。可是她和我一样，5 岁就来西班牙了。你说她的阿拉伯情结能有多深呢？算了，她在想象中构造了一个理想的安达卢斯王国，一派繁华盛世。”

“科尔多瓦的历史意义确实不容小觑。如果不是当时的阿拉伯翻译们，包括希腊哲学在内的许多经典文化也无法流传下来。”

“我明白。可这个时代已经过去了，今天的摩洛哥无论从政治上看还是从社会上看都是个让人失望透顶的国家。女性的权益难以保障。摩洛哥虽然没有沙特阿拉伯和巴基斯坦那么严苛，可男权主义还是大行其道。对，我知道卡萨布兰卡、拉巴特、开罗这些地方有自由派。这个假期我读了一本书，叫《我是马拉拉》，很受触动。马拉拉的父亲是自由派。有一天她坐小型公交车上学，途中遭受了塔利班的枪击。就因为她是个女孩，想去上学，塔利班分子就要枪击她！巴基斯坦以前有位女总理，叫贝娜齐尔·布托（Benazir Bhutto）。她是伊斯兰国家里首位荣登政坛高位的女性，但也被谋杀了。我不是女权主义者，但《我是马拉拉》里面的内容还是让我觉得愤愤不平。马拉拉说她的小学里有位女校长，叫玛丽亚姆。女校长接受过良好的教育，可是每天上班一定要有丈夫、父亲或者兄弟陪同。女校长这样的人尚且如此，其他女性的境遇可想而知。”

“我理解……”

“不，我不觉得你能真的理解。我父亲是个酒鬼，母亲开理发店所赚的钱都被他败光了。她的日子简直没法过，连给家里人买食物的钱都没有。她拼命工作，终于瞒着我父亲攒下了一笔钱。他们俩离婚了，后来母亲带着我和姐姐们来到了西班牙。”

“我以为你们的习俗不允许你们饮酒呢。”

“你是说我父亲？唉！记得我说过吧，摩洛哥这个国家宗教意识淡薄。我父亲是那种‘今朝有酒今朝醉’的人。算了，这些都过去了。他后来出车祸去世了。当时他喝了点酒，在卡萨布兰卡的大街上被小轿车撞倒了。他整天醉醺醺的，总是那样。”

“天哪，真抱歉！”贝尔表示惋惜。

“不用感到抱歉，”我回答，“我不恨他，但不觉得有什么好遗憾的。以前我回摩洛哥时碰到过他几回，他对我们很友好，也不恨我母亲了。他特别健谈，总提些奇奇怪怪的想法。我记得他常说一些稀奇古怪的计划，比如说怎么致富，但从不付诸行动。他靠别人过活，算得上是业余诈骗犯了。”

“你母亲呢，她爱你父亲吗？”

“母亲当然爱父亲了，父亲的态度友好，还时不时冲母亲甜蜜地微笑，可母亲懂得克制自己的感情。她不允许自己产生不切实际的幻想，她清楚父亲这种人根本没救，她不想再回到他身边了。她和父亲不同，是一个实干家。她刚到西班牙没多久就开始做一些不动产的小生意，生意扩展迅速，她成了成功的企业家。那几年西班牙经济发展迅猛，特别是房地产业，是赚钱的黄金期。母亲买了很多房子，之后倒卖或者租出去，赚到钱便给我们付学费。”

“后来的经济危机，有没有影响到你母亲的生意？”贝尔关心地问。

“嗯，肯定的，母亲的资产少了很多。当时她手头有一片地产，经济危机爆发后怎么也卖不出去。但母亲商业嗅觉敏锐，手中不止房地产一张牌，她把钱投在不同的领域。除了不动产以外，她还有股票和债券，另外还有固定存款。她在巴塞罗那富人区重新开了间理发店，她说理发生意不会受到经济危机影响，也不像工业或农业那样，要担心外国资本的竞争。生意虽然比不上经济危机前，但也勉强能维持一家人的生活。”

“你来西班牙生活还适应吗？”

“刚开始确实很难。难的不是语言[①]，我大姐瓦尔达来西班牙的时候已经7岁了，她学起西班牙语来也没什么问题。对我们来说，最大的挑战是与他人相处。2008年，经济危机刚开始，我们全家人搬到了巴达洛纳市[②]。我的生活一片狼藉。我们住的那片居民区种族问题非常严重。街上经常有人打架，发生激烈的语言和肢体冲突。幸好姐姐瓦尔达性格果决，会为我们出头。母亲说瓦尔达四肢又长又灵活，让对手生畏。我怕极了，躲在房子里不出来，一躲就是几个小时。每每想到要去学校上学，我就很害怕。我在班里从来不说话，别人问什么我也不回答，好像是个哑巴。老师们可能以为我是个傻子，智力上不健全。我患了严重的抑郁症，休学了整整一年。母亲带着我跑了很多家心理诊所，后来药物治疗和心理治疗双管齐下，我才恢复了正常。”

“休学一年！”贝尔惊讶地说，“你那么聪明，太可惜了！”

“是的，可聪明也救不了我，”我低声回答，“我那会儿总失魂落魄的，做什么事都心不在焉。幸好认识了一位心理治疗师，是她把我从深渊中拉了出来。”

“是怎么样的一位心理治疗师？”

“她叫约兰达。是她发现我有‘超能力’的。”

---

① 摩洛哥的官方语言是阿拉伯语，同时使用法语。

② 巴达洛纳市（Badalona）属于巴塞罗那省的一部分，距离该省首府巴塞罗那市大约10千米。

"她有什么特殊的地方吗？"

"她是个几乎完美的人：聪明、漂亮、笑起来像天使一样。我第一次和她接触的时候，觉得生命进入了一个新境界，我猜你第一次接触哲学时可能也有类似的感觉。我母亲的经商天赋高，但仅限于此。姐姐们也是讲求实在的人。新认识了男生，她们最感兴趣的就是他有没有钱。有钱还英俊，是好上加好。在初中没有哪位老师像约兰达那样出类拔萃。初中是片精神的荒漠，教育体制导致学生把学习当作任务，而不是乐趣。"

"我没给初中生上过课，没什么发言权。不过我有一些在初中代课的朋友，他们说的和你讲的差不多。"

"实际情况比我说的还糟。在寸草不生的精神荒漠中，约兰达仿佛美好的绿洲。她给我的感觉和你给我的差不多。第一次见面，我就知道我们是一个部落的。遇到她之前我并不知道有这样的部落存在，遇到她时我才意识到这个世界上还有和我一样的人。我的精神大门打开了，多年堆积的糟粕被打扫一空。她就像大力士赫拉克勒斯，清理干净我头脑中的奥吉厄斯[①]的牛棚。那时的我像瓶香槟，瓶塞被水泥封得死死的，是约兰达打开了我的瓶口。她的真知灼见，她智慧的光芒，展现在她的言语中。语言，简单的语言，有那样的魔力！是约兰达让我发现，我是聪明的，我是个有幽默感的人！这比药物管用多了，是这些发现让我走出了抑郁。简单说吧，从那以后我看待自己的方式和以往不一样了。我发现了自己好的一面，是约兰达让我发现了自己这样的一面。"

"真厉害，这位约兰达太有本事了！"贝尔评论说。

"你应该认识认识她，你们会处得很好的。如果你愿意，我可以把她介绍给你……"

"再说吧，"贝尔不置可否地回答，"然后呢？"

---

① 奥吉厄斯是希腊神话中的国王。他养了 3 000 头牛，但牛棚 30 年未曾打扫。大力士赫拉克勒斯在一天内将牛棚清理干净。

“病人在这种情况下通常会对心理治疗师产生强烈的依赖感。我愿意继续接受她的治疗，但治疗费用昂贵，对母亲来说长期治疗下去是‘大出血’。何况我的精神状态也恢复得不错，约兰达本人便建议我不要再接受治疗了。不知道是不是出于作为心理治疗师的义务感，她希望我们能以朋友的身份继续见面。她是个非常可爱的人，有感染力，谈吐机敏，还是音乐发烧友，特别喜欢歌剧。我接受治疗期间她曾借给我唱片让我听。我狂热地喜欢上了普契尼，读过他所有歌剧的唱词。治疗结束后，我们俩还以朋友的身份一起去过利塞乌大剧院，去听《波希米亚人》和《托斯卡》。”

“好好，看得出你已经走出了那段忧郁期。”

“是这样的。既然已经知道‘能力花园’中自己的能力，我便想成为卡洛斯·卡斯塔尼达[①]所说的‘知识女性’。这个假期我读了一本书名很怪的书，马文·哈里斯[②]的《母牛·猪·战争·妖巫——人类文化之谜》，不知道你有没有听过？”

“有没有听过？”贝尔说，“这是对我影响最深的书之一！当我还是本科生的时候，有一天这本书莫名其妙地掉到了我手里，改变了我的生活。书的作者是位人类学家，内容却涉及经济学和生物学，写得很有趣。这本书让我对经济学产生了兴趣，于是我报了两门经济学课程。真的是豁然开朗。教微观经济学的是位很有才华的老师，新知识让我大开眼界。我突然意识到经济学和伦理学，还有政治学存在着密切联系。即便是今天，我解释政治名词的时候偶尔还会用到经济学中的概念。你呢，觉得这本书怎么样？”

“很喜欢，我很喜欢这本书。但是对于作者的观点，我不敢苟同。作者认为文化的各个组成部分都是为了实现某项职责。书中的案例精彩纷

---

① 卡洛斯·卡斯塔尼达（Carlos Castaneda，1925—1998），秘鲁裔美籍作家，人类学家。

② 马文·哈里斯（Marvin Harris，1927—2001），美国人类学家。

呈，不让人觉得无聊。对我来说，最有分量的是最后一章。唐璜教会卡洛斯·卡斯塔尼达使用佩约特[①]等带有致幻作用的植物，卡洛斯在遇到唐璜后希望能成为一个‘知识人’。我也一样，我决心成为一名‘知识女性’。我知道书的作者把卡洛斯·卡斯塔尼达描绘成伪君子，可成为‘知识女性’已经成了我的元偏好。现在你知道啦，我受这本书影响也很深。我还细细总结了每一章，跟总结哲学课一样。”

“那么，整整一年没上课，再回到学校能适应吗？”

“除了体育外几乎所有科目我都拿到了最高分。最后一学年，我的成绩节节升高，高到我自己都难以置信。家里人大吃一惊，一度怀疑我在考试中作弊了。”

“啊哈，这么说你恢复了自信以后来上高一了。”

“嗯，其实中间还有些波折。”

“是吗？”

“嗯。今天讲得太多了，来之前我没想到会讲这么多。”

“你现在还和约兰达见面吗？”

“是的，治疗结束一年左右我又去心理咨询了。”

贝尔惊讶地张大了嘴，但我今天不打算再讲了。克制，卡梅，与部落里的朋友聊天就是这个下场，总是不由自主地坦露太多的过去。

| 补充说明 |

卡梅讲的马拉拉的故事出自马拉拉·优素福扎伊和克里斯蒂娜·拉姆合著的《我是马拉拉》(马德里，联盟出版社，2014)。2014 年马拉拉获得了诺贝尔和平奖。

---

① 佩约特 (peyote)，仙人掌的一种，服用后会产生强烈的致幻作用。

第 27 封信

总结

星期四，第 14 周

“假期过得怎么样，都好吧，老师？”贝尔刚走进教室，赛丽就迫不及待地问。

“应该不如你们好，我已经尽力了。新年快乐，同学们！”

大家也齐声祝贝尔新年快乐。

“三周没来学校了，想必大家都没怎么学习吧。这节课我们做一个概括性的总结，以此为起点再开始下面的学习，怎么样？”

同学们都点头表示赞许，只有赛丽没有反应。

“好烦呀，老师！”过了几秒钟，她咕哝着说，“为什么第一节课不能轻松点儿呢？看部电影怎么样？我肚子里的杏仁糖还没消化呢。”[①]

“不行，今天要一起复习本学期学的内容。不能再懒散下去了，现在就进入正题。请大家回答我的问题：到现在为止，本学期哲学课的主线是什么？”

① 西班牙人圣诞节期间有吃杏仁糖的习俗。杏仁糖分为软硬两种。

“外在报酬和内在报酬。”克拉拉发言说。

“心流。”依德小声回答。

“副产品。”大卫用打雷似的声音说。

“不对，”贝尔说，“我问的不是让你们最感兴趣的话题，而是课程的深层内核是什么？”

“我认为是对理性主义的质疑。”谢尔盖回答。

“没错，这是本学期课程的主线。我们探讨了一些和它相关的问题，但最终的落脚点是对理性主义的质疑。这么说吧，理性主义是理性哲学的根基，理性哲学又是哲学史的主流，因此了解它格外重要。谁能告诉我理性主义是什么？”

谢尔盖和我同时举起了手，贝尔这次点了我。

“吉尔伯特·赖尔认为，付诸行动前要进行理性的思考，如果不这么做，我们的行为就是不明智的。”

“非常好。理性主义的问题出在哪儿？回忆一下：我们讲了，理性主义认为应该将生活中的偶然性排除。但理性无法控制偶然性，偶然性是生命的一部分。我们来到这个世界的时候，自然命运和社会命运就已经存在了。我们出生以后，意外的偶然性又以好运气和坏运气的形式出现。偶然性根本不用我们的许可便随意闯入我们的生活，根本不受理性控制。有些时候，比如之前讲过的‘死亡抽奖’和‘所罗门的判决’，我们还可以用偶然性来提高决定的质量。

“大家还记得李贝特的实验吧？这一实验表明，某一行为的意识产生前，大脑皮质已经做好做出该行为的准备。这和人们一贯认为的先有意识，再做出动作的想法是相违背的。李贝特的实验说明，动作前的准备阶段是无意识的，这使得人们对自由意志有了新的审视角度。

“同时，我们发现，副产品的存在反驳了理性主义的原则。因为当我们刻意去追求事情的某种状态时，反而不容易达到。请大家记住失眠、魔毯的例子，还有自信、成功等一些副产品的例子。

“此外我们还分析了直接将实践技巧付诸行动，要比深思熟虑再去做效果更好。开车、骑自行车、爬楼梯都是这样。我们刚开始掌握这些技能的时候也许需要理性思考的辅助，但一旦掌握了，最好让其成为‘本能的下意识行为’。讲话通顺流畅是一项实践技能，我们在说话前并不用仔细思考每个词的含义。如果每个词都要思考一番才开口说话，便是陷入了语义理性主义的陷阱。马克·豪泽（Marc Hauser）认为，人类天生有一种类似于语言习得机制的道德判断机制，运用恰当的话，我们便可以知道自己或他人的行为是否符合道德规范。这种道德判断近似于本能，不需要反复思考，因此在做善事前并不需要理解善的含义到底是什么。苏格拉底和柏拉图则持另一种态度，他们奉行的是道德理性主义。意志力薄弱的问题和道德理性主义又是矛盾的，一个人即便知道什么是好的，也可能因为意志力薄弱而无法付诸行动。正如古罗马诗人奥维德所说：我虽知晓何谓真善，却依旧难行好事（Video meliora proboque，deteriora sequor）。最后，还有期望建立乌托邦社会的政治理性主义者。他们认为想生活在一个正义的社会，首先要把现存的社会一点点拆除掉，然后，在一片空旷的土地上，重新建立起一个符合理性构想的新社会。换句话说，新社会的构想需要由少数杰出的知识分子提出。柏拉图也这样认为。

“我曾说过，虽然没能被彻底证实，但基本可以说政治的理性主义是靠不住的。人们发现，即使没有理性的参与，通过进化选择也能得到更加显著和有效的结果。我们举了卫星天线和遗传算法的例子。

“到这儿为止，有没有遗漏什么？”

“嗯……”赛丽举手发言，“假期前最后一天还没有解决强迫性自我控制的问题，不知道和今天要讲的内容有什么关系……”

“对了，谢谢你提醒我，赛丽。同学们还记得吧？上节课我们集中讲了自我控制的方法：明线，绑在桅杆上，情感控制，还有强迫性自我控制。强迫性自我控制需要在个人环境中理性、专注地监视。我们说过，人不是单一的自我，内部自我被分为多个部分，连续的自我则分布于各个时间段。

它们之间的利益有重合，也有分歧。

“托马斯·霍布斯（Thomas Hobbes）算是英国历史上最著名的政治哲学家之一。他生活在17世纪，那时博弈论还未出现，他却提出了一种可行的解决方案。霍布斯的社会契约论是他最著名的独创理论（公元前5世纪诡辩家普罗塔哥拉和吕科弗隆也提到过类似契约论的看法[①]）。

“霍布斯让我们想象：如果社会缺少了一些国家组成（政府、法官、警察、军队等），人们所缔结的文明条约就会逐渐丧失效力（我们现在愿意默默地遵守这些条约主要是因为我们害怕惩罚）。慢慢地，不遵守这些条约的公民会越来越多。这是为什么呢？因为对于社会整体来说，遵守这些文明条约是有益的；而对个人而言，不遵守一些规定却更为有利。比如说：如果人人都遵守财产权，而唯有我有权抢夺别人的财产，难道不好吗？正因为每个人都不愿遵守规定，最后人们会陷入互相抢夺的境地，落入霍布斯所说的‘所有人反对所有人的战争’。此时，唯一能解决问题的就是社会规范。如果没了强制性机构（如国家）强迫，大多数公民可能都不会再遵守这些有益的社会规范。为了个人的利益，社会整体的利益会受到损害。如果没有政府强迫公民履行社会职责，会出现非常可怕的状况。

“霍布斯的意思很明确：国家拥有权力是我们的幸事，暴力让人生畏，从而防止个人单边违反法令。如果不遵守法律的人多了，整个社会将回到野蛮状态。国家作为强制机构，有权阻止人们自相残杀。人类生来就喜欢寻求对自己有益的事物，他们并不在乎这些事物是否会给别人带来伤害。只有惩罚能让人胆怯，从而远离这种可能性。人类看起来恭顺有礼，骨子里却不是这样的。如果失去了让人闻风丧胆的权威机构，我们终有一天会发现，人类天性的扭曲——人性中寄居着的丑恶，为了自己的私欲，人会变得和狼一样凶恶。霍布斯对于人性持的是消极的态度。

“社会共存是另一种‘囚徒困境’，参加这项博弈游戏的人可以选择

① 普罗塔哥拉和吕科弗隆均为古希腊的诡辩家。

‘遵守社会契约’或‘违反社会契约’。这和交税的例子是类似的，在交税这件事上我们有两种选择——交税或逃税。财政部的工作就是让公民不要从个人的利益出发，这和霍布斯所说的国家职能是一样的：以暴力作为后盾，强制人们遵守社会的共存规范。

“那么，霍布斯的解决办法是否对囚徒问题有用呢？我们一起来分析一下这个问题。在个人内部的环境中，所有‘连续的我’有一个共同目标，那就是实现个人的元偏好（做运动、学习、节食等）。然而，每一个‘现在的我’都不愿意履行职责，而是把希望寄托在下一个我身上。在霍布斯看来，要解决意志力薄弱的问题，可以创建一个内部的监控者。用精神分析之父弗洛伊德的话说，它是某种超我。内部监控者会观察这些连续自我的表现。如果其中某个违反了元偏好，超我就会惩罚它。具体怎么做呢？从本质上讲，如果连续自我中的某一个不遵守纪律，打算逃避对整体所负的责任，超我就会以良心受到谴责的方式让我们受到惩罚。若是道德意识足够强，当自我想当一个搭便车者时，我们的内心就会感到不安。

“这是解决意志力薄弱的问题的根本方法吗？自然不是。如果我们总是不遵守规定，道德和良心也会习惯的。还有一种可怕的情况，即自尊心欲求不满，超我过分严苛。出于自尊的需要，给自己不断提出难以达成的元偏好（或是天真地以为元偏好越多越好）。超我只要看到一点不符合要求的情况，哪怕是极小的一件事，也要严厉地惩罚自己。这便是强迫型完美主义者的情况。

“对自己有完美主义倾向的人内心中有一个十分严酷的超我，对自己不留情面。2005 年诺贝尔经济学奖获得者托马斯·谢林（Thomas Schelling）如此描述道：‘好比有一连串当下的自我，每个自我都有各自的需求和欲望。它们存在于一个不受时间限制的超我的监控下。超我是一位至高的裁判和管理者，它平等地对待每个当下的自我。’强迫型完美主义者个人内部环境的近乎‘国家’的超我所拥有的惩处权力过于强大。当内部秩序出现问题时，超我自主行事，它不解决问题，而是让情况恶化。这时必须恢复理智，摆脱这头怪物。过强的意志力有时比薄弱的意志力更可怕，正像缺乏意志力会让我们变成欲望的奴隶，意志力过强则会让我们沦为责任的奴隶（这些任务起初是我们心甘情愿承担的）。我们可能受到恶的诱惑（一些低等级的回报），也可能被善吸引。对于更好的理性追求反而使人陷入了非正常的惩罚，正如孟德斯鸠所说：'有人说美德从不过剩，这是因为他们不知道，当美德过剩时便不再是美德。'

"孟德斯鸠的这句话很经典，姑且就作为本课的结语。今天先讲到这儿吧。"

| 补充说明 |

1. 本课内容主要来自胡安·安东尼奥·里维拉的《苏格拉底可能对伍迪·艾伦说什么》。
2. 关于语言习得和道德判断学习的近似性请参阅马克·豪泽的《道德心》(巴塞罗那，巴依多思出版社，2008)。
3. 帕特里夏·丘奇兰德在《道德的大脑》中对人类天生能进行道德判断这一点持怀疑态度 。杰西·普林茨也不认为人天生就有道德判断的能力，请参考他的《道德是天生的吗》一文，该文章被收录于怀特·辛诺特－阿姆斯特朗的《道德的进化：进化适应性和天赋》(剑桥，麻省理工学院出版社，2008)。
4. 奥维德的话出自《变形记》(巴塞罗那，行星出版社，1990)。
5. 霍布斯的话出自他的著作《利维坦》(马德里，国家出版社，1983)。
6. 托马斯·谢林的话出自他的《选择与结果》(剑桥，哈佛大学出版社，1984)。
7. 孟德斯鸠的话出自《随笔集》(巴塞罗那，奥尔宾思出版社，1984)。

第 28 封信

智慧的发现：当你不知道自己不知道的时候

星期一，第 15 周

“今天我会继续进行对理性主义的战役。今天这节课的主题是发现。”贝尔对大家说，“什么是发现？如果什么东西能被发现，这说明人们并不知道它的存在，它是在我们毫无准备的情况下出现的。如果说发现有不确定性那可就错了，被发现的事物只是原本处于一种隐藏的状态，人们不知道它的存在，更无法对它进行预测，判断它出现的概率。

“为了更好地理解这一点，我们先讲讲，寻找和发现两者间的区别。谢尔盖，假设你丢了张面额 50 欧元的钞票，你把裤子和衣服的口袋翻了个遍，房间里的抽屉也都找了，还是找不到。这时，你告诉弟弟妹妹中的一个人，只要他找到钱，就能拿到 5 欧元——你有没有兄弟姐妹，谢尔盖？”

“我有一个弟弟，叫伊万，今年 10 岁了。”

“好。你向伊万保证，只要他帮你找到钱，就给他 5 欧。伊万开心地到处寻找。不一会儿，他在地毯下面找到了一张 100 欧的纸币。”

“这样的话他肯定觉得 5 欧太少了，”谢尔盖做了个鬼脸，笑着说，

“他说不定会问我要 50 欧。”

“有可能，伊万如果真这么做了，也可以理解。因为一开始谢尔盖以为只能找到 50 欧。如果你找的东西是‘已知的未知’（一个看似矛盾的词），说明有些事你不知道，比如钱到底在哪儿。你知道自己不知道，所以你刻意地去寻找，想解决这项未知。伊万找到了 100 欧则叫发现，它是寻找过程中出现的副产品，是附带的结果，伊万没有刻意追求它。我们没有定下要找到 100 欧的目标，也不可能定下这样的目标，因为我们根本不知道地毯下面有钱。也就是说，我们不知道自己不知道。寻找的前提条件是知道自己不知道，发现的前提是不知道自己不知道，后者是一种元无知。在 50 欧的例子中，我们是在寻找。发现是一种副产品，只有当事人不刻意寻找时，或是在探索其他事物偶然看到它时才会出现。大家还记得吧，仅凭理性很难获得副产品。

“而在寻找的过程中，意识到自己的无知和克服无知之间有时间差。前段时间，我想找一本高质量的小说。我去了巴塞罗那市区，逛了很多书店，想淘一本书。我这儿翻翻，那儿翻翻，读读封底，想知道书的内容是什么。一般来说，我会读一下开头和中间的某一章，判断书是否合我的口味。我找得精疲力竭，最后只好找到我的一位朋友，请她推荐一本书给我，我很信任她的品位。这位朋友给我推荐了一本塞巴尔德（W. G. Sebald）的小说，叫《奥斯特利茨》（*Austerlitz*）。塞巴尔德是德国作家，我听过许多次他的名字，但没有读过他的作品。这本小说的名字出自拿破仑军队曾参与过的奥斯特利茨战役。我满怀期待地将它买下，打算好好享受一番，可是没读几页我就发现这本书不太符合我的标准。说明一下，19 世纪的小说是我的挚爱，一旦到了 20 世纪，带上了形式实验和先锋小说的味道，我就有些不满，总感觉被人揪了头发。故事的主人公奥斯特利茨有很多经历，可给我的感觉是，这些事发生得都过于偶然。好像这样的结果说得通，那样的结果也说得通，我不明白为什么主人公这么做，而不那样做。我理解不了他的心理世界，我甚至觉得作者是在戏弄我。奥斯特利茨在虚构的小说世界中就像一株蒲公英，随风四处飘荡，一会儿到这儿，一会儿到那儿。没有清晰的主线，事件与结局间也没什么必然联系。我的激情被扑灭了，越来越不愿意碰这本小说。

“没过多久，我过生日，一位文化水平并不高的朋友送给了我一本侦探小说。一开始我很不情愿去阅读，有种屈尊纡贵的感觉，只想知道故事的大致内容，完成朋友给的任务。第一天我就读完了书的一半，到第二天早上，整本书都读完了。原本我不屑一顾的书似乎相当不错。我发现了一位值得阅读他作品的作者。

“我为了找到不错的小说，起初采取的是惯常的做法：找一本我喜欢的作家的作品，或是向在这方面有能力的朋友寻求建议。虽然我付出了时间和金钱，结果却并未成功。但当发现好书的目标完成时，无知因此消失，同时我们知道有这样一本好书，之前自己却不知道。我在书店找得精疲力竭，这时我的朋友出现了，彼时我并不知道有这样一本好书，更未刻意去寻找它，但却发现了它。在这件事上，意识到无知和无知的消失是同时发生的：我发现这本书很好看，也意识到了它的存在。

“要想发现，首先要确认我们对于某件事处于一种无知的状态。发现时我们会感到惊讶，这和寻找是不一样的：在发现地毯下面有钱时我们感到惊讶，在发现了一本好书和一位好作者的时候我们也会惊讶。我们并未对它有过期待，也没有想过会找到它。总而言之，我们无法用理性去控制它的出现。注意了，理性无法控制并不说明它的价值就低，恰恰相反，乔恩·埃尔斯特认为生命中最重要的东西基本都是副产品。

“所以说寻找是有途径的。科学哲学[①]中不时会用到‘发现的办法’，实际上却不存在所谓‘发现的办法’。1960年诺贝尔生理学或医学奖获得者彼得·梅达沃曾说：‘人们普遍认为科学家的工作有固定的模式可以遵循，也就是“科学方法”，这种想法是错误的。人们总以为，只要有足

① 科学哲学，指从哲学的角度考察科学。

够的钱和工具，不管面对任何难题，科学家都可以用科学方法解决。做不到是因为他懒惰无能。实际上，想要“计算出科学发现”是不可能的。生产性的科学发现活动是大脑的创造性活动。它和任何一种创造性活动一样，具有神秘和难以预测的特点。’

“彼得·梅达沃这样杰出的科学家能指出这点无疑是件幸事。发现的契机转瞬即逝，只有训练有素且具备观察力的人才能抓住它。

“哥伦布本想找到一条通往东方印度的商路，没想到竟发现了美洲。伊万·巴甫洛夫在研究狗的消化腺分泌时发现狗不仅在看到食物时会分泌唾液，看到没带食物的饲养者时也会分泌唾液。这种现象在科技史中被称作‘撒乌尔王效应’。《圣经》中年轻的撒乌尔在寻找丢失的驴子时，意外寻得王冠（《撒乌尔》，1，9—10）。威廉·亨利·珀金[①]在合成奎宁时发现了苯胺紫染料。爱迪生在改进电报机中的纸带打孔装置时受到启发，发明了留声机。这些都是‘撒乌尔王效应’。

“原本追求的目标较低，后来获得的发现更有价值，也被称为‘机缘巧合’（serendipity）。霍勒斯·沃波尔[②]（1764年发表《奥特兰托城堡》，是哥特小说奠基人）在1754年写给朋友霍勒斯·曼（Horace Mann）的信中首次用到了这个词。沃波尔恰好读到童话《塞伦狄普三王子》（塞伦狄普是锡兰，也就是今天的斯里兰卡的古称）。故事的主人公‘经常在偶然的情况下发现一些他没有打算发现的东西’。沃波尔将这种预期外的发现称为‘塞伦狄普’。

“发现作为副产品是不可控的，它有以下一些特征。其一，我们无法预测未来的发现。注意了，如果我们能预言未来的发现，就相当于我们现在对我们所预言的事物有一定了解，那么预言也就不能成为预言了。20世纪奥地利著名哲学家卡尔·波普尔认为：历史作为整体的过

---

① 威廉·亨利·珀金（William Henry Perkin，1838—1907），英国化学家。

② 霍勒斯·沃波尔（Horace Walpole，1717—1797），英国作家。

程是不可预测的；明天的认知水准会影响对未来的预测；人类认知水平的提升决定了未来，而这种提升在当下是不可预见的。无法精确地预测科学发展体现了未来的不可预知性，奥地利的哲学家和经济学家路德维希·冯·米塞斯[①]是这样认为的。未来的不可预测性和决定论没有必然联系。大家或许还记得，我们在学习混沌论的时候提到过：决定论和可预测性是完全不同的两个概念。

"其二，具有副产品特性的发现会产生滑稽可笑的影响：我们不可能把今天的发现推延到明天。纳西姆·尼古拉斯·塔勒布[②]用幽默的口吻说道：'假设发生如下情形，如果今天我知道明天我会听说男友脚踏两条船的事，那么我能肯定男友今天正在脚踏两条船，因此今天我就会拿起剪刀，愤怒地剪掉他所有的领带。我不会告诉自己，明天我才会知道这件事，今天本不该知道的。我要忘掉这件事，和他好好享用晚餐。'有一条定律叫作'重复期望的定律'，即如果我在期待未来发生的某件事，那么我现在就在期望它。

"塔勒布认为，一旦某种元无知被消除，人们便无法回到未知存在前的起始状态。我们无法忽视那些已经发现的东西。不仅新发现如此，新信息也有这种特性。

"我们来一起总结一下这几点特性。第一，人们无法确切预测未来的发现。第二，我们无法从发现的状态退回到无知的状态。我们既不能从今天穿越至未来，也不能从未来回到过去。理性无法穿越时间屏障。

"发现也存在于道德领域。人的一生不是没有起伏的平原，生命更像一片崎岖的土地，充满理性无法探测的曲折。理性是有局限性的。我们说过，副产品不受理性的控制，发现作为副产品的一种，也是如此。关

① 路德维希·冯·米塞斯（Ludwig von Mises，1881—1973），著名经济学家，奥地利学派大师。他的学生哈耶克于1974年获诺贝尔经济学奖。

② 纳西姆·尼古拉斯·塔勒布（Nassim Nicholas Taleb），风险管理理论学者，安皮里卡资本公司的创办人。

于这点我们会在周四的课上再详细讲。”

| 补充说明 |

1. 伊斯雷尔·M. 柯兹纳在《创新力、资本和分配公平》（马德里，联合出版社，1995）中清楚地解释了寻找和发现的区别。
2. 关于“serendipia”这一词语的历史渊源，请参阅罗伊斯顿·M. 罗伯茨的《塞伦狄普：科学中的偶然发现》。
3. 关于“撒乌尔王效应”，请参阅乔尔·莫基尔的《富裕的杠杆》（马德里，联盟出版社，1993）。
4. 彼得·梅达沃的话出自他的著作《斑点鼠的奇特案例》。
5. 卡尔·波普尔的观点引自他的《历史决定论的贫困》（马德里，联盟出版社，1973）。
6. 关于科学具有不可规划这一特点，详见路德维希·冯·米塞斯的《自由主义者的自传》（马德里，统一出版社，2001）。
7. 关于元无知（即不知道自己不知道）的不可计算性，请参阅纳西姆·尼古拉斯·塔勒布的《黑天鹅：如何应对不可预知的未来》（巴塞罗那，巴依多思出版社，2008）。塔勒布的引用即出自该书。

第 29 封信

敌意蔓延

星期三，第 15 周

“我刚知道，”我刚把脑袋探进“鸽子窝”，贝尔就对我说，显然她忘了对我说常用的欢迎词，“历史老师玛依德告诉我，昨天考试的时候你打小抄被发现了。她很吃惊，说不敢相信自己的眼睛。”

“噢，你怎么看这件事？”我问。

“我也不愿意相信。你记性那么好，为什么要打小抄呢？”

“所以？”

“所以，卡梅，我正想问你呢。考试的时候，为什么你桌子腿旁有张皱巴巴的纸条？历史老师说纸上的字是你的，她认识你的字。刚刚在教师休息室，她当着所有老师的面说，她可以肯定，纸上的笔迹是你的，而纸片上抄的都是考试中可能问的问题。”

“那不是我的字，”我认真地说，“是有人故意模仿我的字。”

“谁？你的意思是……你是说有人故意模仿你的字想陷害你？谁能做出这么恶劣的事？谁这么恨你，想让你不及格？”

“克拉拉。”我直接说。

“克拉拉·莫艾达诺？她？你说克拉拉故意模仿你的字，然后把小抄扔在你脚下，让老师和同学们以为是你的？她的座位离你很远啊！”

“对，但古尔西奥就在我旁边。克拉拉每次做坏事都利用他，他是克拉拉的走狗。只要能讨克拉拉的欢心，古尔西奥什么都干得出来。圣诞节放假前他和谢尔盖换了座位，谢尔盖本来坐在我旁边，不知道你发现没有。现在我终于明白为什么他要和谢尔盖换座位了。考试前，克拉拉把小抄交给古尔西奥，考试的时候他把小抄扔在地上，再用脚踢到我的桌子下面，差不多是这样。”

“但是为什么？为什么他们俩费尽心思这么做？你和克拉拉有什么过节吗？她这么恨你吗？你们才认识了几个月！”

“不是，贝尔，你不知道，我和克拉拉以前就认识，我在巴达洛纳读初中四年级时我们俩就认识了。”[①]

“噢，这么说，克拉拉是信里那个神秘的‘她’，这次高中开学你们俩又见面了？”

“对，克拉拉就是‘她’，她是我最不愿在高中遇到的人。开学第一天，我在教室里面看到她，真的没办法相信自己运气这么差。克拉拉看到我时也吃了一惊，很不高兴，我注意到了。”

“我不懂克拉拉为什么要针对你。”

“她……贝尔，虽然她的名字叫‘克拉拉’，但为人却并不光明磊落[②]。”我继续讲，“克拉拉一定知道了我们俩周三见面的事。她应该知道现在我正在你的办公室吧。为了不让别人发现我们见面的事，我处处小心翼翼，可还是被她察觉了。我曾经对你说过：学校好比一座小村庄，所谓‘秘密’总是会众人皆知。先前我怀疑她知道我们见面的事，便加

① 西班牙的义务教育为小学六年，初中四年。之后是非义务制教育。高中为两年制，高中毕业后学生可接受职业技术教育或大学教育。

② “克拉拉”在西班牙语中为“clara”，有清晰、明确的意思。

强了保密措施，现在看来都是些无用功了：她知道了，并对我们俩见面的事一清二楚。可能是她恰好在某个周三下午看到我没走出校门回家去照顾我生病的小外甥女，她看到我径直走上电梯，到了‘鸽子窝’。也许她装出一副天真的样子，向历史老师打探为什么我每周三都缺课。历史老师告诉她我是去照顾患糖尿病的小外甥女，可克拉拉知道我根本没有外甥女，她认识我的两个姐姐，知道她们都还没有孩子……”

“克拉拉认识你的家人。”贝尔若有所思地说，“等一下，卡梅，我们见面和克拉拉有什么关系？为什么你觉得她知道了？”

“克拉拉爱打探别人的秘密。她像小猴子一样，喜欢模仿别人。克拉拉不仅模仿我的笔迹，还模仿我的其他方面。她并不介意我们俩见面，但前提是你必须给她同样的机会。她嫉妒心很强，嫉妒起人来像只红脸怪。她受不了大家对我另眼相待，更受不了我出类拔萃。她希望和我一样聪明，或者至少和我一样好看。抱歉，这么说可能有点儿直接……”

“嗯，你是什么时候发现她知道我们的事的？”

“圣诞节放假前，大家打算一起聚会，是赛丽这个文化骨干出的主意，这个很好猜。大家计划先一起吃晚饭，吃完饭后去跳舞。吃饭我没问题，可是我对跳舞一直有些心理阴影，我打算吃完饭后就开溜。社交活动会让我觉得疲于应付，后来我甚至考虑到底要不要去。

“尽管大家在一起只上了3个月的课，班里的氛围却一直不错。我打心眼里敬佩谢尔盖、大卫、赛丽，对了，还有依德。我知道依德不会参加这种集体活动。可我还是好奇，想知道大家一起聚会是什么样的，人在不同的环境和气氛中的行为也会有所不同。最终好奇心占了上风，我打消了顾虑，打算了解一下课堂外的同学们。我报了名，噢，我只报名了吃饭，跳舞还是先算了吧。”

“你这么年轻，怎么会排斥跳舞呢？是觉得环境太嘈杂了？”

“呃……不是，我对迪斯科舞厅其实很熟悉。”

“真的？我还以为你像个隐士一样，每天待在家中，不闻窗外事，只读圣贤书。”

“也有例外的时候吧。给你讲讲那天吃饭的经过吧，那顿饭后我才意识到时刻保持警惕的重要性。过去的一幕幕又重演了，挡也挡不住。好吧，出乎大家的意料，依德当天也去了。我内心中母性的一面被唤醒了（也可能是一种保护欲吧），我希望依德能坐在我旁边，方便和他聊天，这样他就不会那么孤单了。另一边呢，最好是谢尔盖。不管在课上还是课下，谢尔盖都挺讨人喜欢的。我使了点小聪明，成功地坐在了谢尔盖和依德中间。真不能小看聚会时坐在谁身边这个问题，你身边的人决定了这顿饭能吃好，还是会在噩梦中结束。我们去的是一家传统的加泰罗尼亚餐馆，桌子旁放着长长的椅子，四周摆着炭炉和各式各样的烤肉。赛丽坐在谢尔盖的另一边，我们对面是克拉拉、古尔西奥和大卫。

“刚开始，我大着胆子坐在谢尔盖身边，我特别想了解一下谢尔盖对哲学课的看法。他对我说，虽然人们普遍认为哲学是门虚无缥缈的学科，你却用实例、图表和数据让它变得接地气了。他很惊讶，没想到能这样上哲学课，也感谢你的努力。可是有时候，比如说在谈到个人内部环境等问题的时候，谢尔盖说他好像整个人飘在空中，双脚离开了地面。谢尔盖……我不知道怎么形容他，找不到合适的词。”

“极端经验主义、实证主义，只相信事实。”贝尔说。

“对，是这样。我总感觉，只要解释的时候用的不是数理公式，谢尔盖就没法完全相信你。你说得很对，谢尔盖是坚定的实证主义者。他最喜欢的科目是数学和物理。噢……不对，是物理。”

“其实从知识的层面看，数学比物理更可信。”贝尔向我解释，她下面说的话和聊天的内容并没有太大关系，“形式科学（逻辑学和数学）是唯一准确的科学。真理不会过时，经验主义科学却不是这样。举个例子，物理学一直在发展，物理学中占主流的理论却总在改变：牛顿的天体力学取代了托勒密的天文学，相对论与量子力学有矛盾之处，但两者在某种程度上又更正了牛顿的理论。所有依托于经验的理论，都有可能被后面出现的其他经验驳倒。形式科学则不存在这种问题，它所讨论的命题（‘3+4=7’‘下不下雨’）不是根据经验判断的。我讲得比较笼统，大意如此。”

“好吧，”我说，“抱歉，我现在并不想考虑这些谜一样的话。总之，我问谢尔盖有没有什么爱好，他竟然说自己喜欢格斗术！他正在学习一种我从来没有听说过的空手道，即极真空手道。”

“我也没听过。”

“谢尔盖平时行动慢吞吞的，和要求行动闪电般利落的格斗术很不搭。后来我想起来，谢尔盖在对某样东西表现出兴趣时，眼神确实像闪电一样犀利。谢尔盖说极真空手道非常难，但他希望通过坚持训练提高身体素质，更是为了学习极真空手道大师所传达的信念。他还说：‘我邀请你进入完美主义的世界，像哲学老师说的那样，感受强迫性的自我完美。改天我得给哲学老师讲讲极真空手道创始人大山倍达的故事。’这话说出来，我又觉得正在和我聊天的人确实是谢尔盖了。

“和谢尔盖聊天很开心。这时，我注意到依德一个人缩在角落里，一言不发。我受到了某种母性的召唤。我让谢尔盖接着和赛丽聊，我负责和依德讲话。我试着问依德他的爱好是什么。原来他是电脑狂人，喜欢各种电子产品。依德和我讲了硬盘、平板电脑、电子阅读器，我有点儿不知所措，我开始后悔坐在他身边了。这时，我发现谢尔盖正饶有兴致地听我们俩对话（他对和赛丽聊天不是很感兴趣）。他问了依德一个和电脑史有关的问题。好吧，依德一下打开了话匣子，两个人开始了马拉松式的对话。他们提到了埃达·洛夫莱斯[①]、查尔斯·巴贝奇[②]、晶体管、微

① 埃达·洛夫莱斯（Ada Lovelace，1815—1852），英国数学家，诗人拜伦之女，被认为是“世界上第一位写程序的人”。

② 查尔斯·巴贝奇（Charles Babbage，1792—1871），英国数学家、发明家，科学管理先驱。1834年巴贝奇设计的分析机被认为是现代计算机的前身。

处理机、互联网协议、施乐帕克研究中心[①]、乔布斯、比尔·盖茨、蒂姆·伯纳斯－李[②]、人机共生和人工智能，太多名字和发明了，多到我记不住。

“我和赛丽看他们俩聊得火热，决定换位置，让他俩挨着坐。我们两个女孩坐在一起，一边吃火腿，一边聊八卦。赛丽问我对你讲课的时候经常盯着教室后面的衣架子怎么看，我说我没注意过这一点，也不知道老师为什么会这样。赛丽认为你在数衣架子上的挂钩，但对数的结果不确定，所以你在不停地数。我觉得赛丽的想法很有趣，可能是有更深层的原因，比如说童年心理阴影之类的，”我暗示她，“这才是衣架子问题的症结所在。”

“啊，是吗？我总盯着衣架子？我没注意过。不过既然你和赛丽都这么说了，估计是真的。我猜我可能是用这种办法集中注意力。没有生命的物体要比人脸更能让人集中注意力。人的脸上总是有各种各样的细节在不断地变化。如果我看你们的脸，会忘记正在说的话。从心理分析的角度看，我的行为是基于自我（注意力）的保护机制，不是什么童年创伤。”

“我接受你的解释。再碰到赛丽时，我会转达给她的。我们俩还聊了点儿别的，赛丽说她对你课上讲的东西特别感兴趣，虽然有些说法她无法完全赞同。还没说两句，我们俩就被桌子对面的一幕吸引了：古尔西奥正使尽浑身解数想吸引克拉拉的注意，克拉拉正睁大眼睛瞅着大卫。大卫呢，正厚着脸皮向鲁本献殷勤呢。”

“鲁本？打橄榄球的那个高个子男生？”

“对。”

---

① 施乐帕克研究中心（The Xerox PARC）为美国施乐公司于1970年成立的研究中心。研究中心设计的施乐奥托是第一批个人电脑。

② 蒂姆·伯纳斯－李（Tim Berners-Lee，1955—），发明万维网，被称为“互联网之父”。

“你是说大卫喜欢男生？天哪！真是没想到。”

“老实说我也没猜到。我看着大卫魁梧的身材，心中只闪过一个念头：‘真可惜！’我猜赛丽应该比我早察觉到这一点，所以她才对大卫不冷不热的。就算她真的对大卫有意思，应该也没到喜欢的地步。她在饭桌上大开玩笑，说鲁本应该盯着古尔西奥，这样刚好整桌人围成一个圈。听了这话，想到壮实的鲁本一副凶神恶煞的样子，我忍不住大笑起来。我笑得停不下来。大伙儿都把目光转向我。我尴尬极了，赶快干咳了几声。这时，克拉拉用一种充满恶意的眼神盯着我（也许她以为我是在笑她吧，不清楚）。她用冷冰冰的目光从上到下打量着我。她平常说话时柔和的口吻也消失了，取而代之的是一种慢吞吞、生硬的语气，她一字一顿地对我说：‘大家都想知道卡梅在笑什么。亲爱的，你为什么笑得这么开心？是不是因为你的小外甥女的血糖终于控制住了？你在照顾生病的小外甥女，对吧，卡梅？’

“大家面面相觑。没有人明白克拉拉为什么要用那种鬼片里的小女孩的嗓音说话，除了我。她肯定是从历史老师或者别人那里得到了信息，知道我每周三历史课不在的原因。她知道我撒了谎。事情到了这个地步，我猜她应该也知道我和你见面的事。她一定想知道我们为什么见面。大家都在等下文，肯定没人理解克拉拉的深意。

“原本嘻嘻哈哈的饭桌被紧张不祥的气氛包围了。克拉拉继续盯着我，用一种恶毒的眼神盯着我。如果是几年前，我可能会被吓住，一声不吭，装作没听到。可是现在直觉告诉我，我不能这么做。我对这个蛇蝎心肠的人说：‘你看什么看？’

“‘看你。’克拉拉用那种恐怖片里的嘶嘶声对我说。

“‘看我？是吗？你想不想看我怎么把你漂亮的头发揉成卷心菜？’

“我们俩同时站起来，像两只准备战斗的狗，中间只隔着桌子。大卫伸出长长的胳膊，一边把我和克拉拉拉开，一边使出浑身力气说：‘喂喂，你们俩怎么回事？今儿大家都高高兴兴的。吃饭是为了庆祝，不要

添乱。把你们俩的手给我。’

“见鬼去，什么把手给他！我和克拉拉怒气冲冲地坐下来。欢乐的气氛烟消云散，大家都在窃窃私语，用疑惑的眼神望着我们。我刷地站起来，和大家告别。赛丽主动提出她要和我一起走，她真好！但我想一个人静静琢磨下刚才发生的事情。我意识到自己错了，不应该反应那么强烈。现在大家肯定都在议论了。怎么办？同学们的风言风语正是克拉拉想要的。”

“什么风言风语？你是说我们见面的事吗？如果是这个……”

“贝尔，你不了解克拉拉。只要她想，就能中伤你。考试作弊是她使的花招。对你，她可能会让历史老师，甚至是学校领导和你产生分歧。她可以说你每周‘占用’学生本应听课的时间。就算我站出来表明态度，别人仍旧会认为这种碰面不正常，而且我还对历史老师撒谎了。你会有大麻烦的。”

“知道了。可我还是不明白，你一直没有告诉我，为什么克拉拉这么讨厌你。你们俩上高中前究竟发生了什么？”

“说来话长，改天再讲吧。”

“那你不打算澄清作弊的事了？”

“我还没想好怎么解决。我刚才对你讲的话请不要告诉任何人，也不要帮我澄清事实。”

“放心吧，没有你的允许，我不会的。有时间的话，我还是希望能多了解一些你和克拉拉的事。”

“我考虑一下。估计你不会喜欢这个故事的。”

我起身准备离开。贝尔一个人留在“鸽子窝”，若有所思地在想些什么。关门时，我瞥到她正在椅子旁来回地踱步。

第 30 封信

“机遇只偏爱有准备的头脑”：没好运的聪明不是聪明，没聪明的好运是盲目的

星期四，第 15 周

“关于上节课的内容，我有几个地方不是很赞同。”我说。

“好，说说看——”贝尔让我继续。

“我认为我们过分强调了偶然性在实验中的重要性（副产品在科学研究中的重要性）。我承认，偶然性非常重要，但发现者的知识储备也是必要的。正是因为巴甫洛夫作为科学家有足够的知识储备，他才发现了动物的条件反射。我是说，如果巴甫洛夫对于动物的行为没有充分的认识和了解，那么他在实验中发现的特殊之处（即当喂食者手中没有食物时，狗也会流口水）也无法帮助他发现条件反射。”

“我完全赞同。”贝尔回答，“讨论发现时我仅仅谈了偶然性，忽略了你刚说的这一点。未知情况发生的时候，已有的知识储备的确可以帮我们解读发生的事件。我同意你的说法，为了说明这一点，我想给大家讲一个故事。1749 年，爱德华·詹纳（Edward Jenner）出生在英格兰格洛斯特郡的伯克利镇，后来他因发明了对抗天花的牛痘疫苗被载入医学史册。

“直到 19 世纪，天花、鼠疫和疟疾还是威胁人类的三大难题。詹纳想出用牛痘对抗天花完全是无心插柳。在詹纳 19 岁的时候，一位做了一辈子挤奶工的老夫人告诉他，和许多挤奶工一样，自己因为先前感染过牛痘，所以对天花免疫。挤奶工们感染上牛痘后手上会出现脓包和疤痕。1792 年，詹纳已经开始从事医疗事业，此时他还记得那位老妇人的话，他发现的确大多数挤奶工不会感染天花。即使做看护天花病人的临时工，已经患过牛痘的挤奶工也不会染上天花。詹纳突发奇想，1796 年 5 月，他在 8 岁小男孩詹姆斯·菲利普斯身上种上了牛痘痘苗。同年 7 月，詹纳在小男孩身上小心接种了天花病毒，不出所料，小男孩果然没有感染天花。正是因为年轻时和老妇人的一席话，加上后来学习的医学知识，詹纳敏锐地发现牛痘是预防天花的天然疫苗，并找到了对抗天花的方法。

“诚如路易斯·巴斯德[①]所说：‘机遇只偏爱有准备的头脑。’这或许是卡梅刚才想说的。如果 19 岁的詹纳没注意听老妇人的话，或是后来没有投身医学（詹纳对鸟类学、地质学、音乐和诗歌也很感兴趣），他的名字不可能在医学史上画下如此浓墨重彩的一笔。

“大家看到了，巴斯德从新的角度讨论了发现的问题：想发现隐藏在表象后的信息必须具备足够的知识储备。丰富的知识，良好的运气，两者缺一不可，少了任何一个，看到的现象都无法成功变为科学发现，就算目睹了特殊现象，当事人还是会感到摸不着头脑。

“巴斯德口中的知识储备是指我们过去所积累的大量知识和经验，积累这些知识时我们并无明确目的。但它在我们遇到难以解释的现象时会派上用场，帮助我们挖掘事情的本质。那些没有知识储备的人，即便看到什么特别的现象，也不会产生疑问，更无法从知识、道德和艺术层面

① 路易斯·巴斯德（Louis Pasteur，1822 年 12 月 27 日—1895 年 9 月 28 日），法国微生物学家、化学家，近代微生物学的奠基人之一。他以否定自然发生说（自生说）并倡导疾病细菌学说和发明预防接种方法而闻名，被世人称颂为“进入科学王国的最完美无缺的人”。

深入地分析问题。正因为如此，1937 年因发现维生素 C 而获诺贝尔生理学或医学奖的匈牙利生理学家阿尔伯特·森特·哲尔吉（Albert Szent-Györgyi）认为：‘发现指的是你看到的现象所有人都看到了，但思考的问题却从未有人思考过。’

“成功的发现需要两个因素：好的运气（一般在发现开始时以非常规的形式出现）和敏锐的智慧。借用康德的话，一个人即便聪慧敏锐，如果没有好运也是白费。反过来一个愚钝无知之徒，即便好运降临也于事无补。要想有所发现，两者缺一不可。”

“除了牛痘疫苗的例子，还有没有别的科学发现的例子是这样的？”赛丽感兴趣地问。

“嗯，这样的例子很多，让我想想。”贝尔陷入了沉思。几秒钟后，她的眼中闪烁着胜利的光芒，说：“有。梅尔文·勒罗伊[①]导演过一部名为《居里夫人》的电影。这部电影生动地再现了运气和知识是如何影响科学发现的。电影非常精彩，推荐大家有空时看一看。电影中，安东尼·亨利·贝克勒尔[②]偶然发现了放射性现象。之后，居里夫妇凭借英雄般坚毅的精神，历经 3 年的不懈努力、废寝忘食，终于从沥青铀矿渣中分离出镭元素。1903 年，三人被授予诺贝尔物理学奖。

“当然，发现不仅仅局限于科学领域，在艺术和道德领域也是常见的。和爱迪生一样，法国文学批评家罗杰·凯洛依斯（Roger Caillois）也提出，没有努力与坚持，就无法获得诗歌的灵感，缪斯降临时的夺目光环常常让我们忘记自己曾付出的努力。让我们凝神细听下面一段话：‘诗人所得到的每一个意象，每一节诗，仿佛没任何缘由似的便出现了，就好像受了什么外部的命令，而诗人什么都没有做。诗人并未意识到今日

① 梅尔文·勒罗伊（Mervyn LeRoy，1900—1987），美国电影导演、制片。执导作品包括《魂断蓝桥》《鸳梦重温》《小妇人》等。影片《居里夫人》于 1943 年上映。

② 安东尼·亨利·贝克勒尔（Antoine Henri Becquerel，1852—1908），法国物理学家。

的奇迹正是对昨日努力的报偿。他没有看到今日的轻易与昔日的努力是分不开的。’

“说到这儿，我还想讲讲道德的发现，俄国作家列夫·托尔斯泰的曲折经历最能说明这个问题。他的故事我曾在之前的课上提过……”

教务主任突然敲门进来，告诉贝尔传达室有一个紧急电话要她接。贝尔赶紧出门了。这节课只上到这儿。后来贝尔告诉我，她的一位姐姐突发急病，打电话就是通知她这件事。

| 补充说明 |

1. 詹纳发现牛痘可以抵抗天花的故事请参阅罗伊斯顿·M. 罗伯茨的《塞伦狄普：科学中的偶然发现》。另外请参阅胡安·安东尼奥·里维拉的《少一些乌托邦，多一些自由》。
2. 罗杰·凯洛依斯的话出自他的文章《皮西安的遗产（关于诗歌灵感的本质）》，见于 1943 年第 17 期的《海外作品》。
3. 老师所引用的凯洛依斯的话选自乔恩·埃尔斯特的《自由的尤利西斯》（巴塞罗那，盖迪萨出版社，2002）。

第 31 封信

道德发现：真实自我的神话

星期一，第 16 周

“抱歉，上节课没上完就被打断了。有人记得讲到哪里了吗？”贝尔一定是字斟句酌后才问了这个问题，她这么问其实是想知道我们上节课有没有认真听讲。

“我知道，老师，”赛丽一边咬着圆珠笔的笔帽，一边哗哗地翻着笔记，“你正准备讲托尔斯泰。”

“是的，是要讲托尔斯泰。你读过托尔斯泰的小说吗，赛丽？”

“我读过《卡拉马佐夫兄弟》。不对不对，”她改口说，“那个是陀思妥耶夫斯基的作品。啊，对了，我读过《战争与和平》。”

“巨著《战争与和平》，还有别的吗？”

“《安娜·卡列尼娜》。”我和谢尔盖几乎异口同声地回答。

“不错，这两本是他最重要的作品。”

“老师，老师，”赛丽急急地说，“想起来了，我还读过他写的《伊凡·伊里奇之死》，特别震撼，不知道你有没有读过。”

“是的，这部也很经典。虽然没有《战争与和平》和《安娜·卡列尼娜》有名，但也是部伟大的作品。其中仆人脱靴那一幕，读过之后让人终生难忘。

“文学巨擘托尔斯泰的人生并不是一帆风顺的。16 岁的时候，托尔斯泰一心只想成为‘自己该成为的人’（comme il faut[①]）。在《童年·少年·青年》中，他清楚表明了自己是如何理解‘自己该成为的人’的：‘第一是讲法语，发音正确。第二是指甲要又长又干净，磨得光滑。第三是懂得如何优雅地打招呼、跳舞、自如地与人交谈。’

“如果大家以为这意味着年轻的托尔斯泰这么做是为了迎接未来的生活，那就大错特错了。成为自己该成为的人，对他来说本身就是一种生活方式。他认为，‘成为该成为的人并不意味着必须成为公务员、科研人员或士兵。因为一旦成为自己应当成为的人，便已经完成了自己人生的使命，这就超越了大多数人’。

“托尔斯泰的兄弟德米特里是他的反面，德米特里和‘高雅’这个词扯不上任何关系。他使托尔斯泰相信，人生规划虽然看起来清晰可见，但也许并没有想象中那么完美。此时的托尔斯泰正在经历一场人生中的‘变革’，他的元偏好发生了改变，人生理想和以前不同。从这时开始，托尔斯泰只追求真实的自我。他的内心更加坚韧，对于外部世界却愈加慷慨温和。为了牢记这些庄严的改变，他将他是如何拥有这些美德的写了下来：‘早起（5 点），早睡（晚 9 点或 10 点）……少吃，特别是甜食……凡事尽量靠自己完成……人生要有一个整体的目标，人生的每个阶段也要有不同的目标，每一年，每一月，每一周，每一天，每一小时，每一分钟都要有目标，永远将主要目标放于次要目标之上……’‘不耽于女色’‘让工作来满足你的欲望’‘做一个好人，但是不要让别人知道’，诸如此类，都是托尔斯泰为达成元目标给自己定下的规则。可是计划刚付诸实施没多久，托尔斯泰就发现自己的意志力太薄弱了。女人和赌博一次次

① 法语，意思是应当做的。

让他取消了计划。传记作家亨利·特罗亚（Henri Troyat）这样说道：‘自从托尔斯泰开始在亚斯纳亚·波利亚纳（他所继承的家族庄园所在的小村子）生活，他就一直为禁欲所困扰。村子里面，还有家中，有那么多年轻的女仆和用人。就算他尽力不去看她们，还是免不了从内心深处被她们吸引：裙襟的摇摆，裸露的臂膀散发出的光泽，紧紧贴在身上的衬衫上的汗渍……托尔斯泰在色欲和禁欲间不断徘徊。两个男人——一个耽于情欲，一个品行高洁，缝合在同一具皮囊之下，彼此憎恶。’这种悲惨的处境让人想起了圣奥古斯丁。幸运的是，这时正在高加索服兵役的大哥尼古拉主动提出陪他去高加索，希望能将自己的兄弟从这种恼人的自我谴责中拉出来。高加索！再没什么比崎岖荒凉更能帮助他战胜恶习的了。这次旅程是托尔斯泰生命中的一条明线，预示着他的人生正在朝着理想进发。

“高加索的生活并未给他带来实质性的改变。托尔斯泰在赌博中输掉了一大笔钱，至于女人……当时他住在老哥皮什卡的家里。皮什卡体格魁梧，剽悍有力，是个享乐主义者，整日无所顾忌地帮托尔斯泰安排和少女们幽会，以此收取报酬。托尔斯泰追求的个人道德再一次破碎。因此，1852年1月3日，他报名参军了。想到自己‘不再自由’了，他的心中升起一种奇怪的满足感。对托尔斯泰而言，军旅生活就好比尤利西斯的船柱：通过一种行为控制自己，从而逃离其他的诱惑。‘毫无疑问，’特罗亚在传记中写道，‘生活的不规律和言行的不一让托尔斯泰感到惊恐。对他来说，没什么比上司的命令和军队的生活更健康。’

“参军不久后，他发现自己患上了性病。迫不得已，他休息了3周。正是在这3周时间里，他怀着极大的热忱完成了《童年》。1852年7月3日，他将稿子寄给时任《现代人》主编的诗人涅克拉索夫。《现代人》的创始人正是大名鼎鼎的普希金。8月29日，托尔斯泰收到了回复：他的作品被接受了。涅克拉索夫写下了几句简短的赞美，托尔斯泰读后欣喜若狂。他第一次看到自己的作品付梓。紧接着，报纸上刊登了对该作品正面积极的评论，他兴奋极了，在《日记》中大方坦露：‘我怀着格外幸福的心情读完了其中一篇评论。'从第二天的日记不难看出作品发表对他的改变：'我想接着写高加索的故事，一刻也不停地写。'经历了如此多的彷徨、颠沛和失败，托尔斯泰终于有了明确的人生方向。

"这便是托尔斯泰投身写作前的经历。大家可能发现了，在人生志向明确前，他的生命中出现了若干意外性运气导致的波折：德米特里、高加索、性病…… 希望大家明白，托尔斯泰在成为文学殿堂的不朽神话前，并不清楚自己要走小说家的路。他的人生历程是由偶然性和理性思考共同构建的。

"托尔斯泰作家的资质是自然偶然性赋予的。但如果他不是玛丽亚·尼古拉耶夫娜和尼古拉·伊里奇伯爵的孩子，而是农奴的儿子，即便有再高的天赋，也不容易成为作家。社会偶然性赐予他成为作家的条件。在当时的俄国，写作是一项适宜贵族的、高雅的消遣活动。童年和青年的生活给了他写作的素材。托尔斯泰文学创作的才能也许在 12 岁时就萌芽了。他写了一首五节诗，送给他的姑妈塔季雅娜。家里的大人对这首诗赞赏有加。小托尔斯泰的诗是一种美好情感的自然流露。又或许，我们应该追溯到他年幼的时候，父亲为了让他夜里不孤单，买了一个瞎仆人。老人会讲故事，托尔斯泰常跑去听他讲故事，听得入了迷。

"在成为作家前，他尝试过其他的生活，即以'自己该成为的人'为导向的人生。他还考虑过成为军人、外交家、法学家、作曲家……甚至驿站管事员。直到他入伍参军，但此时他突然染上了性病。躁动不安的贵族小伙子终于有了写作的契机，他幸运地获得了世俗的认可。这次经历让他最终选择了文学。意外性偶然以疾病的形式降临，让他成为一名作家。

"听完这个故事，我希望大家明白，生命的历程并不是一片一望无际的平原，并不是第一眼就能看到真实的自我。想要沿着最便捷的道路抵达生命的顶峰是很困难的。许多道德哲学家都支持这种理性和英雄主义的人生观：'找寻真我''生命的流逝如艺术品一般'。这类唬人的话，像广告牌上的广告语一样被大肆宣扬。根据这种观点，我们首先要发掘内心‘真正的道德偏好’（即元偏好），一门心思地追求它，其间还要摒除周围美人鱼的歌声所带来的杂念，因为它会让我们偏离方向。说到这儿，我想问大家两个问题——

“第一，品达所说的‘成为你自己’，是对的吗？我们真的能够知道究竟什么样的人生最适合我们，什么样的生活能够最大限度地发挥能力吗？

“第二，如果答案是否定的，也就是说，我们对于自己能力的认识并没明确到这个地步，那么，为什么要认为所有吸引我们的美人鱼的歌声，只要和我们最初的道德选择不一致，就一定会将我们引向深渊，让我们迷失‘真我’呢？难道我们只能成为一种特定的‘真我’？还是说，随着生命历程的曲折前进，我们会不断地发现新的元偏好？我们应该从一开始就理性地朝着设定好的目标努力，还是说应随时间的推移和偶然的发现，朝着不断调整和改变后的目标进发呢？

“大家可以想一下，托尔斯泰是如何在曲折陡峭的人生历程中前进的。生命只有一次，他尽力尝试，想找到最佳的生活方式。在进行过自我审视后，他用理性绘制了一幅地形图，符合自然偶然（他的能力花园）和社会偶然（他所生活的时代、贵族身份）所赐予他的天赋。然而这幅地形图是他在行进的同时绘制的。一开始地形图不清晰，也不精确。起初，作为俗世中的纨绔子弟，他希望自己成为应该成为的那种人，这是16岁的托尔斯泰的愿望。自从在这个层面上得到提升后（靴子和指甲是否干净，法语的发音是否标准，跳舞和与人交谈的能力如何），兄弟德米特里让他明白，人生应该有更高的道德追求。通过斯巴达式的严格自律和禁欲，他开始更加关注内在。这种生活方式对于年轻的托尔斯泰来说未免有些严酷，此时他还处在玩世不恭的阶段，向往声色犬马。因此他摇摆不定：他像圣奥古斯丁一样，渴望神圣的品德，却又难以戒掉现世的享乐。他对自己无法持之以恒感到厌恶，就在他打算将毕生奉献给军旅生涯时，他体验到了写作的乐趣。

“所有这些人生的起伏都证明了所谓真实的自我是一种误判。我们看到了各种各样的托尔斯泰，到底哪一个才是真正的他呢？是那位爱打扮的花花公子、秉持禁欲主义的青年、那个士兵、卓越的小说家，还是晚年名不副实的圣人？事实上，并不存在真正的托尔斯泰。真实的自我夸大了理性在生命中的重要性而忽略了偶然性，让人们陷入理性主义的神话，认为人生的历程是平坦的，所以首先要理智地远距离观察自己的元偏好（元偏好是确定不变的），然后直接成为我们渴望成为的人。

“与这种理性主义（即认为应先从理论上探索个人想成为怎样的人，然后朝着这个目标前进，少走弯路）相对的是另一种解决方案。当我们在曲折崎岖的山路行进时，应该睁大眼睛，因为只有不断地观察，才能清楚自己所处的地形。伴随着这些并非刻意为之的偶然，我们可以逐渐发现自己的道德偏好。这样一来，我们便可以在各种丰富的可能性中进行探索了。

“今天先讲到这里，下节课我们会对到目前为止课上讲过的知识做一个总结。”

| 补充说明 |

1. 理性需要运用在崎岖和复杂的地形中，这是哲学老师自己总结的观点。“复杂的地形”的说法出自斯图亚特·考夫曼的《秩序的起源》（纽约，牛津大学出版社，1993）。这一观点的基础是群体遗传学家休厄尔·赖特的“适应性地形”说法，请参阅他 1932 年的文章《突变、近交、杂交和选择在进化中的作用》。该文章被收录于他本人所编的《进化：论文选》（芝加哥，芝加哥大学出版社，1986）。与

"comme il faut" 有关的描述出自《童年·少年·青年》(巴塞罗那，布鲁格拉出版社，1984)。

2. 老师上课时还引用了亨利·特罗亚的《托尔斯泰》(巴塞罗那，布鲁格拉出版社，1984)。该传记一共三本，老师引用了第一本。关于本课的内容请参阅胡安·安东尼奥·里维拉的《掌控命运》。

第 32 封信

篮球场上的事故：关于自由意志的新思考

星期三，第 16 周

“我刚听说了昨天的事。”我的脚刚迈进“鸽子窝”的大门，贝尔就对我说。

“我知道。”我回答，“这件事是昨天的校园头条，大伙儿都在议论。”

“给我讲讲吧。”

“嗯，当时我们正在上体育课，在打男女混合篮球。有红蓝两队，我在红队。我们全速进攻的时候，我传了一个球给大卫，他没接到，眼看到手的分数丢了。鲁本和克拉拉在蓝队，鲁本把球抢了过去，传给克拉拉，她没接到，但是她撞到了我的左脚。我发誓，我根本没动左脚。我当时整个人都在想怎么回到另一侧的场地，所以并没有移动。克拉拉撞到了我的脚后，脸朝下摔在了地上。她像一座山似的倒了下去，桡骨和尺骨都骨折了。大家立刻安静了下来，克拉拉不敢相信地看着自己的胳膊。那会儿她还没觉得疼。有同学找到正在执勤的老师和门卫，让他们给医院打电话。其他人去通知了体育老师巴托洛梅。门卫和生物老师扶克拉拉坐在椅子上，因为担心她着凉，又给她盖上毯子。克拉拉忽然号啕大哭起来，她的胳膊几乎从中间折断了。过了一刻钟左右，救护车来了。生物老师和体育老师要陪她一起去医院。我跟老师说，想一起去，可救护员说车上没有多余的位置了。管不了那么多了，我套上外套，去更衣室拿完东西，就开车跟到了医院。”

“这么说你在医院待了一天？”

“对，老师和我在医院待命。等结果的时候，我顺便买了些巧克力和花。”

“哎，感觉克拉拉像你女朋友。”

“哪儿呀，我知道她喜欢巧克力。过了一个多小时，护士推克拉拉出来了。她缠着绷带，从右手直到胳膊肘都打了石膏。她的皮肤本来是黝黑的，这时却面色惨白。我们问她感觉怎么样。之前发生的事让我不知所措，我觉得很难过，但还是努力冲她微笑，把花和巧克力递给她。克拉拉此时已经从惊吓中恢复了正常，她看着我，用那种愤怒的、沙哑的声音说：‘离我远点儿。’对，当着老师和医生的面就这么说了。大家都愣住了。我不敢相信，她这么恨我。

“我带着花和巧克力从医院出来，整个人失魂落魄的，没和任何人道别。整整一天我都没回过神来，我想道歉，但不知道该怎么说。”

“这么说是场意外？那我就放心了。现在学校里流传着好多个版本的故事。同学们难免会把这件事和你们俩在圣诞聚餐时的争执联系起来。”

“真的吗？我没注意。不过大家如果真这么想，我也不奇怪。你怎么想？你不会也相信传言吧？”

“我？我不觉得你是报复心很强的人。”

“其实我报复心挺重的。不过我不会使什么肮脏卑鄙的手段。我不会这么做，你可以放心。这事儿真的是个意外。我真的没有故意绊倒克拉拉，潜意识里也没想这么做。”

“没事，我认为无论是有意识的，还是无意识的行为，都是由某种原因引起的。估计李贝特也会赞成我的话：即便你潜意识里想绊倒克拉拉，但你有时间察觉自己的冲动，可以在它发生前抑制住它。

“不过大数据时代的理论家们不认为自由意志存在。我们生活在大数据时代，收集庞大的数据不再是件困难的事。数据可以帮我们作出有效的预测。好莱坞有一家公司（The-Numbers.com），它由大数据方面的专业人士（如数学家、统计师、程序师、网络理论家等）组成。公司可以在影片开拍前提供收益预算，他们的预测比影评家更专业。专业人员会从预算、选角、影片类型、技术设备等方面对影片进行全面分析，之后再和美国近几十年来发行的商业片比对。分析的内容还包括该影片的编剧和导演是否合作过，主演和导演是否合作过，等等。公司得出电影的预期收益后，将报告卖给制片人，制片人再交给电影工作室。

“有人认为可信度高的数据可以取代偶然性。当某种行为被预测到是高概率事件时，就可以避免未来一些错误行为的发生。举个例子，如果大数据预测马上要出现犯罪案件，警方就会尽量制止它。史蒂文·斯皮尔伯格（Steven Allan Spielberg）的电影《少数派报告》讲的就是这样的故事。然而，这种方式也有问题，一个人可能仅仅因为有犯罪的可能就被警方逮捕。根据大数据抓人是默认了自由意志无法逃出大数据。里士满市曾举办过武器展，警方在展览开始两周前就用大数据预测到，展览后城里的犯罪率会上升。

“我认为自由意志终归是形而上问题中一团解不开的乱麻。最好的办法莫过于接受大卫·休谟的观点，相信普世的观点。这些观点或许既没有理性论据，又没有经验研究的支撑，但它们充满着智慧。我认为应该承认自由意志的存在。你没有想过要伤害克拉拉，这都是意外。不要再多想了，想再多都对解决问题没有帮助，这个问题本来就是无解的。”

“我不懂你的意思。”

“我讲得有点儿快了，重新讲一遍吧！休谟把陈述分为三类，分别是像勾股定理一样的逻辑真理，像真空中的光速一样的事实真理，以及神学和形而上的论断。休谟认为，一条逻辑陈述如果是真的，那么它陈述的必然是真实的，而它的否定陈述必然相反（‘现在要么在下雨，要么没在下雨’，只有这两种可能）。但如果是事实真理，即便陈述内容是真的，真实也具有偶然性，否定陈述并不一定与之相反。例如：人们检测出光在真空中的速度为300 000千米/秒，但也有实验测出光速为250 000千米/秒。至于形而上学的陈述，我们永远无法说清形而上学的陈述究竟是真还是假。无论是通过实证的办法，如测量、观察、实验，还是逻辑推理，都无法得到一个肯定或否定的结论。因此休谟曾在《人类理解研究》的结尾部分提出，所有形而上学的论断都是诡辩和假象。

“另一方面，休谟认为要抱有反对形而上学的信念。我们永远无法确切知道外部世界是否真实地存在。我们不知道当我们不观察这些外部世界的事物时，它们是继续存在，还是消弭于无形。正如笛卡儿所说，或许一直以来人们只是被一个‘坏天才’欺骗，对不存在的东西信以为真。在《黑客帝国》中，人的心灵可能被某种能篡改现实的系统控制。这个系统会给我们的大脑发送电子信号，让我们以为所有看到的事物都是真实存在的。但实际上，信号都来自一台控制心灵的超级计算机。我们无法弄清自己看到的究竟是真实世界，还是计算机所制造的幻象。几个世纪以来，形而上学的哲学家一直试图给出各种关于世界运行的解释（B面）。有些新解释乍一听上去荒诞不经，但你会发现很难做到不接受它们。大部分人都接受了这些关于世界运行的普世版本。比如：外部世界不依赖于人而独立存在，即使人们不去观察，它依旧在那儿；我们生活的世界是真实的，而非虚幻的；除了我们，还有其他智慧生物的存在；未来生物会像过去一样繁衍发展，物理规律不会发生突然改变；即使人处在熟睡、喝醉、被麻醉或自我意识的真空状态时，还是能保留个体的身份认同；我们有选择行为的自由；等等。然而，这些说法无法被证明是真实的。注意了，这说明我们接受了这套世人普遍认可的形而上的观念（A 面）。

“对大多数人来说，这些观点是最基本的常识。只有当它们呈现 B 面时，我们才会意识到原来这些都是抽象的形而上的观点。A 面的观点并未经过严格的理性或实证检验，也不可能被检验。它之所以被认可，不过是人的经验和习惯罢了。生活中的许多理论并无理性支撑，不过是建立在习惯之上。无论这些形而上的观点是真还是假，实证研究和它都是不相违背的，现实生活中发生的事也不违背这些看法。A 面与 B 面间的平衡很难被打破，前者是不假思索习以为常的道理，后者是哲人们乐于强调的奇思妙想。许多事用 A 面和 B 面都解释得通。

“既然无法搞清这些形而上的问题（这些问题有着重大的现实意义，但同时又没人把它们真当回事），休谟建议人们接受惯常的 A 面世界观（有些人称其为‘朴素的现实主义’），他建议人们接受那些约定俗成的形而上的解释。因为不这么做的话，心理健康会危在旦夕。假设一个人认定自己生活在《黑客帝国》那样的虚拟世界里，他认为明天太阳升起时，自然定律可能突变，或者他睡着以后，第二人格会突然附体，这样他还怎么能维持正常的判断力呢？休谟说，最好放下那些让人饱受折磨的执念，即便它所描绘的是真的，最终也只能扰乱我们的生活。只有不聪明的人才会和自己过不去。聪明不等于真理，它不过是支撑人活下去的信念，这些信念只是增强了人适应生存的能力。”

“你是说自由意志不过是一个形而上的问题？”我问。

“正是这样。虽然它看似可以通过数据论证，进行实证研究，但实际上却并不是这样。正如休谟所说，尽管每天太阳都从东边升起，但明天会怎样，谁也打不了包票。股票交易员常说，过去的盈利不能保证未来的收益。虽然我们认为自己的行为是由自由意志决定的，可谁又能拍着胸脯说，自由意志不是幻象。当我们能真正了解影响我们的行为的全部时，一切才会真相大白。斯宾诺莎也赞成这点，他说：‘人的灵魂中不存在绝对意志或是自由意志。我们的喜恶是有原因的，这个原因不过是另一个原因的果。因果循环，以至无穷。’由于无法探清这千因万果，人永远无法知道自己的行为是出于自由意志还是因果注定。因此，最佳选择莫过于保持对自由意志的信念，相信我们的行为和选择都源于它。

“正因为无法说清这些问题，一些持反对意见的人便将它们锁在潜意识的深处，大部分人更是从未想过这些问题。”

“你真了不起，贝尔。”我对贝尔说，“从克拉拉受伤能延伸出这么多哲学思考。”

“你说得对，职业病又犯了，不好意思。这样，咱们先暂且把哲学放在一旁，能告诉我你是怎么认识克拉拉的吗？你们俩之间到底怎么了？她怎么会这么恨你？”

“噢，这事儿说来话长。今天有点儿晚了，学校大门马上要锁了。”

“是吗？”贝尔看了看表，“天啊，都这会儿了！赶紧下楼吧，不然明早前都出不去了。对了，你要是没有其他安排的话，我们一起吃点儿东西吧。”

从昨天起我就有点儿六神无主，特别希望能把所有的事一吐为快。我立刻答应了贝尔。说实话，即使贝尔不提，我也会邀请贝尔一起吃饭的。我还想和她再聊聊天。

“好。我得给家里打个电话，告诉她们我不回去吃了……”

| 补充说明 |

1. 大卫·休谟在《人类理解研究》（马德里，联盟出版社，1997）中提出形而上学的论述只是“诡辩和幻觉”。
2. 休谟关于因果性和自由意志的阐述见本书第 8 封信。休谟认为人们无法判断形而上学的论述究竟是正确的还是错误的，因此最好认为它们是伪论述。

3. 维克托·迈尔－舍恩伯格和肯尼思·库克耶在《大数据：大数据的发展》(马德里，特纳出版公司，2013）中强调了大数据对于理解自由意志的意义。

4. 斯宾诺莎的话出自他的《伦理学》(马德里，国家出版社，1975）的第二部分的18命题。

第 33 封信

餐厅谈话

星期三，第 16 周

“我们开一辆车去吃饭吧。你要是不介意，我们开你的吧。”贝尔提议，“我有点儿懒，不想动。”

“你想去哪儿？”两个人都钻进车里以后，我问贝尔。

“哎，你这车挺棒的。”贝尔扫了一眼车厢说，“比我的整洁多啦，保养得也好。你想去哪儿吃？我知道有个餐厅不错，价格适中，下午 5 点关门，我们可以多聊一会儿。现在我们俩最需要的就是时间，还有一个可以安静聊天的地方。开吧，我告诉你怎么走。”

餐厅的位置有些偏僻。好温馨——这是我走进餐厅的第一感觉。难道因为我又饿又冷，餐厅里又飘着食物的香味，所以有了温馨的感觉？我和贝尔挑了一张角落里的桌子坐下，远离喧闹。其实餐厅里人不多，为数不多的几个人都是中年人，也没有哭闹的小孩。贝尔是这里的常客，老板娘和她亲切地打招呼，服务员也知道她的名字：“下午好，贝尔特丽思女士。”贝尔走向桌子时的那种姿态，仿佛整个餐厅都是她的。

“打算点什么？”贝尔专心研究了一会儿菜谱后问我。

“沙拉和鳎鱼。”

“不要甜点？”贝尔看着我笑了，“你吃得不多。”

“是的。”

“选得不错。鳎鱼刺少，好解决。我还是更喜欢吃肉。今天运气不错，你看，他们有加泰罗尼亚炖牛肚，要是你不介意……第一道，我看看……就点豌豆炒火腿。你觉得怎么样？”

“我没意见，你喜欢就行。”

“你介不介意别人点内脏？我点了牛肚……我知道淑女不应该点这种菜，可我真挺喜欢吃的。你不会告诉别人的，对吧？”

“不会不会，我没那么八卦。你要点火腿也可以的。”

“好，那就这些吧。这儿的厨师不错，一会儿你就知道了。喝酒吗？我猜喝点儿酒问题不大。”

“可以喝一点儿。”

“我一个人吃饭的时候只喝白开水。如果有人陪的话，可以喝点儿葡萄酒。喝酒有助于交流，酒后吐真言嘛！你要红酒还是白葡萄酒？”

“我不懂葡萄酒，你定吧。”

“你如果没意见的话，咱们今天点瓶红酒吧。”

“好的，随你。我随便喝点儿就行。其实我不太喜欢红酒的味道，酸酸的，不如带点儿果香的白葡萄酒好喝，白葡萄酒甜一些。”

“明白了，你对美食和美酒都不太在行。这是禁欲主义吧：满足精神生活，牺牲肉体享受。柏拉图和苏格拉底认为这是通往智慧的道路。”

“其实不是，”我笑了笑，“我不是因为苏格拉底和柏拉图这么做的。我在意自己的身材，我不会节食，但会运动。我总是想保持体形，有些男生也这样，但他们不好意思说。”

“保持身材？你想更有吸引力？”

“不是，我知道我还是有一些吸引力的。我小时候圆滚滚的，比较胖，吃过很多亏。不说了，我们点菜吧？”

10分钟以后，服务员端上来第一道菜。贝尔吃得津津有味，她看着我吃饭的样子，笑着说："你看沙拉的样子很像昆虫学家在观察昆虫，你是不是在算每吃一口会摄入多少卡路里？"

贝尔吃饭的样子让人喜欢，她心情很好。我心想：真希望能像她一样啊。我在贝尔旁边，看起来就像修女一样，一小口一小口，吃得没什么滋味。这些年我一直在控制饮食，从没超重过。

"只有两种解释能说明你此刻的表现，"已经吃完了第一道菜的贝尔看到我只吃了一小半后说道，"一、你不喜欢这道菜；二、你是个极端自律的人。"

"沙拉和酒都不错。对了，告诉你个秘密，我一年前差点儿得厌食症。"

"厌食症？"贝尔惊讶地望着我，"你看起来蛮健康的。"

"已经痊愈了。我对自己的许多方面都很在意，身材只是其中一个方面。起初为了消耗摄入的卡路里，我会做高强度的运动，如跑步、爬楼梯、骑车、划船。过了一年左右，我开始慢慢用其他办法，如泻药、利尿剂、催吐。挺吓人的，对吧？吃饭时不应该聊这种话题的，抱歉。"

"没关系，下道菜还得一会儿。我不懂，通过运动维持体形还不够吗？不好意思，是这样的，我很少有这种困扰，怎么吃都不胖……"

"其实足够的运动就可以了，但厌食症患者的判断经常出现扭曲，总觉得自己不够苗条。我认识一些姑娘，瘦得只剩下骨头架子，还总觉得自己胖。我还没到那个地步，但我担心自己会吃多，总是想瘦一点儿，再瘦一点儿。如果没有达成预期的目标，干脆自暴自弃好了，大吃一顿，再想办法催吐。真是场噩梦，典型的强迫症式完美主义。我不是随时随地都和厌食症患者一样，一般只有在做帐篷生意时，我才会服用泻药和催吐。"

"什么帐篷生意？"这时服务员端上来第二道菜，牛肚和鱼来了。

我啜了一口酒，这回葡萄酒的滋味好多了，我有点儿喜欢这种味道，一种接近巧克力的味道。喝的时候好像丝绸滑进了喉咙。

“你没听说过？夏天人们会找一片场地，搭起帐篷，卖酒，还有些别的。”

“我没去过，”贝尔说，“你说的‘别的’是什么？当临时服务生？”

“比服务生多一些。”我回答道。

“你是说……”

“不，不是。不是你想的那样。我知道有些女孩会那么做，我没有。”

“谁出的主意让你做这种工作的？难道是你自己的想法？”

“是大姐瓦尔达的主意。她对我和纳吉斯说，如果我们做帐篷生意，铁定会大赚一笔。想想吧，3个年轻漂亮的摩洛哥女孩，在吧台卖酒。瓦尔达说绝对不会赔钱。她是我们三人中唯一一个继承了母亲的闯劲儿的。”

“你们那么缺钱？”

“不缺钱，问题不在这儿。家里给的钱绝对够花，还有富余。可是瓦尔达凡事都要买最好的，花钱像流水。纳吉斯和她一模一样，我反而是最节俭的。”

“你完全可以拒绝她的提议，为什么要答应呢？”

“我一开始确实不想答应，可是瓦尔达会给我施压：她说妈妈为了给我请心理医生下了血本，这一年为了负担我的心理咨询费，家里金库大出血。于情于理，我都应该赚些钱，好歹也还妈妈一些。瓦尔达天天在我耳旁念叨，终于有一天我被说动了。我答应和她们一起经营帐篷生意，但是只限于暑假的3个月。我那时已经明白自己要成为‘知识女性’了，不想耽误学业。”

“生意如何？”

我又喝了口酒，红酒像天鹅绒一样，丝丝滑滑到了胃里。这时外面忽然下起雨了。餐厅里这么温暖，和贝尔一起吃饭、聊天，感觉真好！

回忆过去的种种不免让人觉得有些扫兴。

“开始还不错。瓦尔达负责生意和法律方面的事，她从帐篷主那儿租了两个吧台。她和纳吉斯负责一个，我负责另一个。我提出抗议，说不想一个人负责。瓦尔达说可以让克拉拉来帮忙，几个人一起做生意。我和克拉拉那时在同一所初中，关系很一般，但她和瓦尔达比较亲密。克拉拉给我一种虚伪又阴险的感觉，像一只毒蚊子。她和吧台这种地方格格不入。可是已经太晚了，瓦尔达已经和克拉拉说好了。克拉拉居然答应参加这次活动，这有些出乎我的意料。”

“帐篷生意的环境怎么样？我从来没去过那种地方。”

“你可以想象一片俗气、充满色情意味的丛林……对，差不多。我对帐篷酒吧之前也不了解，我只知道和参加合唱队肯定不一样。要做生意，得先引起顾客的注意，这一点瓦尔达强调了好多遍。为了让我们理解得更透彻，她展示了她的工作服，可以说是衣不蔽体了：领口很低，非常短的超短裙（真的是‘超’短裙了）。我拒绝穿成这样出门，克拉拉表示赞同，她也不想露那么多肉。这么说可能有点儿损：克拉拉和我们几个比起来，真的没太多好露的。纳吉斯的工作服也很暴露，只比瓦尔达半透明的裙子稍微好一点儿。”

“很难把你和在那种地方工作想象到一起。你学习那么认真，聪明得像个怪才……”

“你是说我不像个花瓶。”我替贝尔说完了她想说的话，“做帐篷生意前，我没办法想象参加这种活动。可是没人能百分之百地了解自己，人的性格中总是有连自己都难以察觉的部分。人们以为，行为是内心情绪、信念、欲望和习惯的自然流露……可是我觉得除此之外，还有环境因素的影响，这些影响可以让潜在的性格显现出来：极端的状况可能会让人做出极端的行为。”

“什么极端行为？”贝尔问。

“第一天开张的时候，我化了那种中规中矩的妆，穿了衬衫和紧身牛仔裤。克拉拉来的时候差不多也是这副打扮。我们俩乍一看像是周末出来玩的中学生，和帐篷的气氛格格不入。帐篷里经常有大群各个年龄段的男人，有些人老得路都走不动了。有群花枝招展的女孩慷慨地展示着肉体，有数不清的酒瓶子，还有人在非法买卖毒品。耳边是单调的音乐，哐啷哐啷，震耳欲聋的。到了晚上，男人和酒瓶子更多了，音乐声越来越刺耳。隔不了几分钟就有人打架斗殴，有人伤得很重。我和克拉拉就像两个局外人，瓦尔达和纳吉斯不像我们俩，她们俩看起来开心极了，疯子似的咯咯乱笑。她们两个人一边和客人套近乎，一边忙着收钱。

"收摊的时候，瓦尔达算了账，批评我和克拉拉经营不利，一天下来几乎没有盈利，她让我们俩多留点心。后来瓦尔达又把我单独拉到一边，说这样下去，我连妈妈当初花的十分之一的钱都赚不到。瓦尔达从小就凭借一己之力在街上保护我们，我总觉得欠她点儿什么。我佩服她的勇气，不想让她失望。再说了，她是我的大姐，她的话本来就有权威性。"

"克拉拉呢？"

"嗯，克拉拉没什么反应。她打一开始就表现出甘做寄生虫的态度，估计她已经想好了，要做机会主义的搭便车者。克拉拉总是摆出一副嫌弃的表情，到了分钱的时候却把手伸得长长的。我卖出 10 杯酒时，她才能卖出 1 杯。一天辛辛苦苦下来，到了该洗杯子和扫地的时候，你猜谁干活？是我。她假装这儿扫扫那儿擦擦，实际上什么也没干。我跟瓦尔达抱怨，说克拉拉不配合我。瓦尔达说是我没有安排好，没有让克拉拉服从指挥。瓦尔达和纳吉斯会聊天，能逗客人们开心（我从我们这儿都能听到她们俩的笑声。她俩会和人打交道，尤其是口齿伶俐的瓦尔达）。我和克拉拉几乎连话都不说。不对，互相指责的时候我们俩会说几句。"

"相互指责什么？"

"我说克拉拉什么也不做，让我一个人怎么忙得过来，类似这种话。克拉拉也不甘示弱地反击我。她比较狡猾，说话拐弯抹角的，有时还打着阿谀奉承的幌子。我那时刚好在读陀思妥耶夫斯基的《罪与罚》和王尔德的《道林·格雷的画像》。"

"这是我最喜欢的两本小说。对了，你之前补充过一个陀思妥耶夫斯基的例子，特别棒。"

"谢谢，能帮上忙就好。那我接着讲了。吧台没客人的时候，我会找时间写写读书笔记和对这两部作品的书评——这两部作品除了本身的文学价值，还蕴藏着丰富的哲学意味。结果呢，后来我不止一次发现克拉拉在休息的时候偷看我的评论，还在她的本子上做笔记。"

"奇怪，她为什么要这么做？"

"原因一，克拉拉喜欢模仿别人的字迹。一方面，这样可以打发时间；另一方面，收集不同的人的字迹还可以满足她的收藏欲。有人收集邮票，有人收集唱片，克拉拉收集字迹。她不懂阿拉伯语，却能模仿我们姐妹三人的阿拉伯文字体。她对自己的这项特长洋洋得意。

"原因二，可以戏弄别人，搞些阴谋诡计。记得有一天我收到了瓦尔达的一张纸条，上面写着：'如果再不提高工作效率，你离被开除不远了。'我拿着纸条找到瓦尔达，才发现是克拉拉的一场恶作剧。她看到我和瓦尔达惊讶的表情时，像鬣狗似的哈哈大笑。

"原因三，为了奉承我。克拉拉常赞扬我想法犀利透彻。有一次，她用甜美的声音（克拉拉音域较广）对我说，她欣赏我对《罪与罚》中拉斯科尔尼科夫杀人动机的分析。当我批评克拉拉偷懒的时候，她就对我的读书笔记夸奖一番，说我聪明。她请我把笔记继续借给她，她说，如果我不愿意借，她也不会介意的。人在听了甜言蜜语后容易放松警惕，卸下防备，就像上钩的鱼儿。我于是答应她继续借我的读书笔记。

"后来我才知道，克拉拉看读书笔记还有一个原因。通过这种方式，她可以快速获得二手知识，然后用这些知识让她的'恋人'，一个叫马里奥的小伙子对她神魂颠倒。这个小伙子也是秘鲁人，他们俩那时在谈恋爱。"

"他住在秘鲁？"

“不，他住在巴塞罗那。那时他在巴塞罗那自治大学学哲学，我估计他还在念本科，不大清楚。”

“你后来认识他了？”

“对，这件事一会儿再讲吧。”

“好。我已经吃完了。如果你也吃好了，可以请服务员上甜点了。”

“赞成。这儿的鱼不错，葡萄酒也好喝。”

“你喜欢就好。我们点甜点吧。这儿的沙哈蛋糕很惊艳，是餐馆的厨师亲手做的。”

“我要布丁就行。”

“布丁？真没意思！”

“那就布丁，再加一杯咖啡。”

很快我就后悔没有听贝尔的建议了。沙哈蛋糕的模样好看极了，我的布丁在沙哈蛋糕的映衬下像个可怜的婴儿。我已经知道下回再来时要点什么了。

“你做了个错误的决定。”贝尔一边吃蛋糕，一边满意地舔着嘴唇，“你接着讲吧，我要把这块蛋糕都吃完。”

“时间一天天过去，”这时贝尔已经吃完了蛋糕，服务员端上来咖啡，“刚开始我不适应帐篷的环境，后来渐渐习惯了。如果亲眼看过那种混乱的景象，谁都会不舒服的。”

“你也觉得不舒服？”贝尔问。

“当然会不舒服，我那时意识到自己的自尊心原来那么强。对我来说，瓦尔达象征着权威，她比所有人都了解我争强好胜的性格。她对我提出要求，说我和克拉拉的盈利要和她们俩一样多。她说我们必须吸引来更多顾客：‘克拉拉是指望不上了。但是你很漂亮，身材火辣，还会跳舞。你得利用好这些。多笑笑，把头发散开，别穿得像个修女似的，这样男人们才喜欢你。'我和瓦尔达、纳吉斯越来越像，这是个缓慢的过程。我沦陷了，克拉拉没有（我不知道是因为她内心坚定，还是因为她知道自己外形不够靓丽，懒得打扮）。两个吧台上演了一场旷日持久的较量，这是我和两个姐姐之间的较量，克拉拉始终没有参与。我一向好强，瓦尔达很清楚这点。很快，我开始喜欢上胜利的感觉了。我失去了理智，我知道这样做对自己没有任何好处，但对胜利的渴望已经超出了我能控制的范围。我竞争的目标根本没什么价值，但我愿意作出牺牲去获得胜利。这种每天都要吸引男人的工作，说实在话，没什么意义，对此我心知肚明，却控制不住求胜的心——我一定要成为最好的。

"我越来越释放自己。这是一场我们姐妹间的较量，要比出究竟谁才是最性感的。我们的行头越来越暴露，后来我们干脆换上了比基尼。为了尽可能多地挣到小费，我们还要和客人跳舞。客人们则把钱塞进我们衣服里。有规定称，客人不允许摸服务生，我曾不止一次把男人的手推开。我们三个还专门去学跳性感舞蹈，有一种叫 chupito sexy 的……"

"那是什么舞？"

"没什么。"我说着做出一个厌恶的手势，像是想把这种不愉快的记忆赶走，"一种低俗舞蹈。远远看起来像有身体接触，实际上又不会真碰到。跳这种舞需要完美的身材，为此我开始进行高强度的体育锻炼、催吐、服用泻药，最后患上了厌食症。"

"可是你说你没有厌食症的症状啊。"

"我比较幸运，症状不严重。我表面上看起来很正常，每天都赚大把的钱，比姐姐们赚得多。我当时唯一的目的就是打败她们，有几次是险胜，只比她们多赚一点儿。我们三个为了招揽生意，还会和客人一起吃饭，只要他们能带更多的朋友来就行。生意就像滚雪球一样，越滚越大。"

"你和他们发生过性关系吗？"贝尔问。

"怎么会！"我大声回答，就差叫起来了。

“抱歉，”贝尔道歉说，“听你讲了这么多，很难不这么想。”

“都是逢场作戏。我知道这么做挺危险的，但我绝不会逾越肢体接触这条线。男人们像公兽发情似的来看跳舞，但不能碰我，一秒也不行。”

“你这么说，感觉对男人有些不公平了。你自己都承认，你厚着脸皮吸引他们，让他们产生念想，又把他们扔在一边。这么做无异于引火烧身，随时面临被骚扰的危险。”

“的确，我也感觉是在自掘坟墓。有几次情况挺危急的。不过如果一个女人说她不愿意，不管她前面怎么挑逗，不愿意就是不愿意，不能强人所难，对吧？”

“是，正人君子会尊重女性的意愿。但和你打交道的不是正人君子，你很清楚。”

“是的。我有好几次虎口脱险的经历。我还记得有一个特别奇怪的家伙。有一次，我和他一起吃饭，他好像在证券公司工作（他们说的话都不太可信）。吃完饭他打算强暴我，他说他在我身上‘投资’了很多。你看他用了‘投资’这个词，就好像我是一只股票。我狠狠踢了他的要害一脚，他便不再嚣张了。后来他再没出现。”

“其他两个人呢？她们也会为了招揽顾客，跟60多岁的男人出去吗？”

“不知道，我猜她们俩也许和顾客有过身体接触。她们俩已经成年了，我没资格批评她们。但我不想和出现在这种地方的人有任何瓜葛，我想成为一名‘知识女性’，后来我也算是受到惩罚了。每天凌晨回到家睡觉，我就开始做噩梦。母亲不会过多地过问我们的个人生活，她看到我们凌晨才回家，也不问什么。反正是假期，只要不影响学业就行了。”

“你妈妈这么开明，真好！”贝尔说。

“是吗？我倒不这么觉得，我反而希望她能多关心我一些。我只知道，我心里最重要的就是学业。一个每天晚上都穿着比基尼，在男人面前倒酒跳舞的女孩，和‘知识女性’有任何关系吗？没有。我觉得自己堕落了，浑身恶臭。每次数完钱，我发现赢了两个姐姐后，兴奋一下子立刻就会陷入低落。我觉得一切都是闹剧。我希望能马上抽身，一刻也不耽误。我意识到自己正在背叛自己的梦想。每天晚上我都哭着入睡，抽泣的时候为了不让家里人听到，我都会用牙紧紧地咬枕头，想办法把哭声压低。”

“这么说，你不再去帐篷那儿了？”

“还是接着去。我总想告诉瓦尔达我不会再和她们一起了。但每次我打算开口时，瓦尔达就会表扬我，说我前一天赚了大钱，让我继续坚持，马上就有钱还给母亲了。新一天的工作要开始了，她会对我的表现拭目以待。

“我猜瓦尔达感觉到了，我对自己的状况很不满。她知道我不高兴，却还是坚持说服我。没几分钟，一切又回到了正轨：化妆、微笑、跳舞。人们适应一开始自己认为不正常的情况是多么容易啊！唯一放弃的人是克拉拉。”

“是吗？她也觉得良心过不去？”

“不是，哪儿的话。她才没有良心上过不去，她不像我，她不展示自己，不跳舞，更不和客人们一起出去（现在想想，似乎也没什么人邀请她）。也许客人们被她不随和的态度、轻蔑的微笑和高人一等的姿态吓跑了。克拉拉放弃是因为她的男朋友马里奥出乎意料地在帐篷中出现了。当时他整个人看起来很不好，眼睛里闪着愤怒的火苗。估计是有人向他透露，他女朋友在不体面的地方打工。也许他不相信别人告诉他的话，总之，那天马里奥来了。周围的人不用竖起耳朵就可以听到两人的争执。不一会儿，帐篷里就只剩他们俩的声音了，‘这么说，传闻是真的？’马里奥问。这个男生不论是从口音还是外表上看都是典型的拉美人，皮肤黝黑，外表俊俏，我想不出他看上了克拉拉哪一点。

“‘什么传闻？’克拉拉用拉美口音回问道。

“‘还能是什么，大家说你在妓院里上班，每天晚上都光胴胴的。’我猜他说的‘光胴胴’应该是指赤身裸体。

“‘你看见我光胴胴了？’

“‘没，但这些人是怎么回事？一个个不知羞耻。那边那几个是不是你的朋友？你看那几个非洲女孩，都穿的什么呀！’

“‘她们是她们，我是我。’克拉拉反驳说，‘她们不要脸，我和她们不一样。’

“我们三个人听到这话，立刻原地呆住了，虽然我们不觉得自己正在做的事有多么高雅，但也从没想过会被人用‘不要脸’形容。

“‘啊，是吗？’马里奥反问，变得越来越生气，‘好吧，让我检验一下。你过来。’

“马里奥一边说着，一边把克拉拉拉到了一旁。他把两只手放在了克拉拉的臀部。克拉拉反应强烈，扇了他几个响亮的耳光。耳光的声音很大，一开始我以为是吧台的酒杯被打碎了。不知道是因为羞恼还是因为那几个巴掌，马里奥两颊通红。他更生气了，像变了一个人一样，两眼充血。他从吧台后走到前面来，然后说：‘你居然打我？你以为你是被冤枉的良家妇女？咱们来看看，看看你的朋友都是些什么人。’

“说着他就朝我走了过来。他一把搂住我的腰，带着我跳起舞来。我猜他可能太生气了，连我的脸都没有看清。我记得我那天晚上穿得比较暴露，还喷了香水。过了不到一分钟，马里奥看着我的脸，闻到了我身上的味道，很快他就受到了挑逗。我察觉到了这一点（这对女性来说并不难，何况我们俩还离得那么近），我做了一件在那之前从来没有做过的事情：我贴在他的身上，进一步挑逗他。我这么做完全是为了报复克拉拉，脑海中挥之不去的是克拉拉刚才形容我和姐姐们的话，这些话足够我抵抗心中对身体接触的反感了。克拉拉像一道闪电似的冲出柜台，拼命把我们俩分开，她的眼睛因为愤怒变得更小了，说道：‘你，放开我男朋友！’我愤怒极了，推了克拉拉一把，她一下子坐在了地上。‘谁稀罕，你收好。快把他带走，你自己享受吧。还有，别想再踏进这帐篷半步。’

“这个过程中马里奥一直呆呆的，克拉拉只好拖着他往外走。马里奥一边走，一边不住地回头看我。我觉得他挺喜欢我的。克拉拉应该也发现了，她像一头母狮子似的喊：‘别看了，笨蛋，她是个不知廉耻的人！’俩人离开的时候，马里奥用楚楚可怜的眼神看着我，克拉拉一面挣扎着想把他拽出帐篷，一面不停地骂。整个场景滑稽极了，围观的人大笑起来。”

“这么说，克拉拉和你们的合作就此结束了？”贝尔问，“从那时起你就再没见过她？”

“没错，但后来我在学校又遇到过她。几天后，我遇见了马里奥，他独自一人，没有和克拉拉在一起，很明显，他想和我发展。这次他看起来谦恭有礼，没有了当初的放肆轻佻。他的外表确实很俊俏，人也和善，而且我肯定他头脑也不笨。可是我实在没法对曾经对克拉拉产生过感情的男生认真起来，我从根本上否定了这个人。我相信他不管表面上如何表现，内心一定认为我是个轻浮的女孩。想想我们当时碰面的地点还有我的穿着，这么想也正常。我温柔而坚定地拒绝了他。他被我拒绝，也不再坚持。我再没见过他，我不知道他还是不是克拉拉的男朋友，可能不是了吧。”

“帐篷那边呢？你们后来还继续经营么？最后怎么样了？”

“很糟糕，租期 9 月中旬就结束了。帐篷生意结束前，新学期报名已经开始了，我报了名，但生意迟迟结束不了，我不知道什么时候能再回去上学。

“姐姐们总是说生意是暂时的，只做暑假的几个月就可以了。我一心只想继续回去上学，我那时天真地以为她们和我想的一样。事实证明，她们俩只对赚容易钱感兴趣。她们俩甚至和我商量，要不要再续租 3 个月的吧台。我简直没法相信。我问她们学业打算怎么办？如果妈妈知道了可怎么办？瓦尔达这个始作俑者告诉我说妈妈已经知道我们打工的事了，她觉得让我们挣些钱，自食其力并没有什么不妥，她不可能一直养着我们。

“我不相信瓦尔达说的话。后来有一天我和母亲进行了一次长谈，我发现瓦尔达的话字字确凿：瓦尔达马上要念法律本科二年级了，纳吉斯要开始读企业管理了，这对母亲来说是一笔不小的开支，大学的学费不便宜，不是高中能比的。况且，房地产的黄金时期已经一去不复返。母亲拿不出这么多钱，我们作为她的女儿，必须努力一起赚钱，补贴三个人的学费。我试图告诉母亲如果开始打工，我们的学业会受到影响，但是根本没有用。我甚至一度想告诉她我们在做的工作究竟有多么丢脸，可我说不出口，我猜想妈妈或许已经知道她的女儿们到底在做什么，说不定瓦尔达已经告诉她了。不然为什么我们这几周每天都带回很多钱，她却从不过问钱是从哪里来的呢？她怎么不问问，我们买名牌香水的钱，都是从哪里来的呢？母亲已经成了一个彻头彻尾的商人，她知道有很多种赚钱的办法，读书并不是唯一一种。这时我才意识到，家中只有一个看重学业和教育的人，那就是我。说起来也挺滑稽，我当时还没正式上高中，还是三人中成绩最差的那个。”

“抱歉打断你。”贝尔对我说，“不过你的情况真的让人费解，你的智商那么高，现在还在高一……”

“你以为我没意识到这一点吗？”一阵愤怒和绝望突然向我袭来，“难道你以为我现在不想像姐妹们一样读大学，念我最喜欢的神经科学吗？”

“好吧，你得先读医学或是生物学，然后才能学神经科学。知道了，你不要生我的气。”

“我哪里在生你的气啊！我是在生自己的气。你说我的能力强，其实并非如此，我不是完人。我做事情的时候容易有不健康的紧张心态（我知道我的心态有时候不健康），正是这种紧张经常让我处于厌食症的边缘，也是因为它我再次陷入了抑郁。”

“你又陷入了抑郁？”贝尔问我，“对了，你告诉过我，你后来又去见你的心理治疗师约兰达了，可是为什么你又抑郁了呢？”

“我每天晚上到家的时候，内心都格外煎熬，自己正在做的事情和自己想做的事情差距太大了。只有不断告诉自己吧台生意只是暂时性的，我的心里才会好受一点儿。可是只要一想到生意有可能继续，而且还得持续好几个月，我就觉得难以忍受。我没再对妈妈讲什么，我只是告诉瓦尔达，我没法再坚持下去了。真的，我一天也不想在帐篷里多待。瓦尔达个性强势，她知道自己对我还有一点掌控力。她说生意还得继续，我们 3 个人必须团结一致，奋战到底。我试着和她理论，我觉得生意不该再继续做下去了。我们赚了些钱，可吧台只是夏天生意，随着天气一天天变冷，顾客会越来越少。瓦尔达不反驳我，只是说我们 3 个人是一个阵营的，必须共同进退。我妥协了。我只提了一个条件，我希望工作结束后早点回家，这样去学校上学前我至少还有几个小时的时间可以睡觉。无论发生什么，我都不想放弃学业。我和瓦尔达一番讨价还价，最后总算定下来，我每天凌晨 2 点结束工作。这样虽然我只剩不到 4 个小时，但好歹可以睡一会儿。纳吉斯和瓦尔达对学习都没有太大兴趣。她们已经习惯了现在的生活：有钱花，可以天天去购物。两个人甚至有点儿向表现癖发展，相互竞争谁更受男人欢迎。

“我的计划只坚持了几周：每天我死人似的来到教室，睡得不省人事，听不懂老师讲的内容。人一天天消瘦下去，黑眼圈越来越重。我本来打算把学校里的作业带到帐篷那边去做，但也做不进去。我是最受欢迎的吧台女郎之一，每次我面前都挤满了各种各样的男人。他们让我倒酒，给我小费请我跳舞。在这样的环境下，人是很难集中注意力写作业的。我的精神愈加萎靡，我再次和瓦尔达提出，我要退出，至少让我再早些回家，但瓦尔达说什么也不答应。11 月初的某一天，我还清楚地记得，我终于下决心不再去帐篷工作了。那天早晨，我既没有去学校，也没有去吧台。我知道我不是因为累，而是我的老朋友——抑郁症又回来了。黑色的阴郁又一次席卷了我，连续几天我一口饭也没吃。我每天只吃安眠药。我又被家人送进了心理诊所。”

“这么说是这个原因导致你休学了一年？”

“是的，母亲又花了不少钱，不过至少这次我们都知道什么对我有奇效了——约兰达和帕罗西汀。”

“帕罗西汀是什么？”

“是一种抗抑郁药。许多时候要实践才能找到合适的药物，得一个个试，混合起来试，直到找到适合你的。我的抗抑郁‘药方’是帕罗西汀和约兰达，大脑需要这两样。我又去找约兰达进行心理咨询了。善良的约兰达啊，她又惊又喜地接待了我。喜是因为重逢，当初为了防止我对她过度依赖，她建议我暂停心理咨询。惊是因为她本以为我已经摆脱抑郁症了。再看到我时，我的脸色，走路的姿势，说话的音调，说明我的抑郁症又犯了。约兰达伤心了一阵儿，但她很快就恢复了理智。她又开始对我进行治疗，用她的生命力、热忱、智慧、灿烂和有治愈力的笑容浇灌了我干涸的心灵。”

“她到底做了什么？”

“她会听我说话，这恰好是我最需要的。我告诉她我四年级时在学业上取得了优异的成绩，又告诉她后来我在帐篷店工作过一段时间。约兰达让我讲得越细越好，特别是在帐篷里的经历，细节也不要放过。我们进行了多次长谈。她像科学家似的，对我身上发生的种种进行分析，包括我的情绪变化，我和姐姐还有克拉拉的关系，我和客人们的交往，我为了招揽客人所做的努力，厌食的问题。回忆过往对我来说无异于折磨，不过我慢慢发现，倾诉不好的过往是有益的，尤其是在约兰达这位感性又聪慧的倾听者面前。我开始逐渐摆脱自己内心的罪恶感。”

“帐篷那边呢？”贝尔问道。

“帐篷那边？差不多像我想象的那样结束了。夏天过去，气温降低，顾客们的力比多也减弱了。合约还没到期，瓦尔达就关闭了两个吧台。她也发现这样下去不是办法，如果再待 3 个月，之前赚的钱都会赔进去。她和纳吉斯两个人看到生意这么不景气，只好重新回到学校。”

“请继续给我讲你和约兰达的故事吧。”

“噢，对了。我特别希望知道是什么让我在短短几周内发生了如此大的变化，我是怎么从一个求知若渴的学生变成在吧台半裸着倒酒的女服务生的。我认为自己是个顽强坚定的人，有清晰的目标，特别是在回归学校后。此时我却陷进了意志消沉的泥沼里。可是，为什么我会丢掉种种目标？为什么我的做法和目标恰好相反呢？贝尔，你不是告诉过我们吗？这是意志力薄弱的表现，明明知道什么对自己好，却不做，对不对？”

贝尔点点头表示赞同。

“约兰达告诉我，”我接着说，“我从本质上来说不是一个意志力薄弱的人。要想理解这种短期性的行为变化，不能仅仅将其看作是意志力的问题，更需要看到环境对行为产生的影响。我对约兰达所说的‘环境的力量’很感兴趣，我以前没有听过这种说法。约兰达告诉我：将人的行为单纯看作受内部驱动是不明智的，将行为全部归于内因也是错的。外因和环境对人可以产生极为重要的影响，这点我们俩之前也聊过。举个例子，我们有很强的模仿能力，我们会模仿他人的举动。我们文身、在身上穿环，很多时候只是因为我们看到别人也这么做。看似平常的轻微身体接触，其实会影响到我们的行为。约兰达告诉我，科学家曾做过一个实验：实验者在电话亭放下一些硬币，然后离开电话亭，假装是忘记了。下一个进电话亭的人自然会将硬币收起来，放在口袋里。这时实验者返回电话亭，他问对方是否看到了硬币：‘您是否碰巧看到了我忘在这儿的硬币？’说这句话的同时，实验者会轻轻碰触一些人的胳膊，时间为 1~2 秒。结果证明，当两人产生轻微的身体接触时，硬币归还的概率会增加。人们倾向于把行为的不一致归咎于内因（我们认为那些归还了硬币的人更加诚实），事实上却不是这样的。这个例子里让人们做出不同反应的原因是肢体的短暂接触。约兰达告诉我，这一理论被广泛运用在实际生活中。比方说，用这个办法，空中乘务员们可以让旅客感到乘务员是值得信赖的；在校生的成绩能够得到提高；治疗师能让病人更信服。约兰达又告诉我，她本人也会用这个小技巧来提高咨询对象的满意度。我问她是否在我身上也用过这一招，她笑而不语。我猜她应该在所有人身上都用过了。”

“真神奇，这个应该属于社会心理学的范畴吧。”贝尔说。

“是的。约兰达解释，我的经历是由环境导致的，具体点儿说，我是受了大姐瓦尔达，还有帐篷环境的影响。周围的女孩都穿着轻薄的衣服展示自己的身体，每天在这样的环境中耳濡目染，我也会理所当然地以为这种做法是正常的，会不由自主地模仿她们。瓦尔达对我的行为所产生的影响是巨大的。约兰达说既然我喜欢读书，就给我推荐了一本斯坦利·米尔格拉姆（Stanley Milgram）的书……你听说过这个作者吗？”

“对，他做过一个著名的人际网络实验，”贝尔说，“叫六度分隔理论。”

“约兰达推荐给我的那本书叫《对权威的服从》，你听过吗？”

“没听过，”贝尔回答，“难道我们说的不是一个米尔格拉姆？那未免也太奇怪了。”

“读完这本书后，我恍然大悟，”我接着说，“书里描述了几项 20 世纪 60 年代在美国耶鲁大学进行的实验。其中有一项实验，参加者都是正常的普通人。这些人需要在一名心理学家的监督下，电击他们并不认识的陌生人。心理学家在这里扮演了实验权威和道德权威的角色。电击从微弱的强度一直升到 450 伏左右。细节不多说了。实验中，心理学家对受电击者的疼痛反应采取漠视的态度，不断要求参加者增加电击强度。实验结束时，大约 2/3 的人为了让身旁的心理学家感到满意，用到了 450 伏的电压。”

“不太可能啊，”贝尔说，“没人能受得了这么高的电压强度。这种实验是被明令禁止的，如果米尔格拉姆真的公布了他的实验结果，肯定会被赶出大学的。”

“受电击者的反应其实是假装出来的。实验前，他们被告知并不会受到电击，他们只要做出疼痛的样子就行了。当然啦，实施电击的参与者并不知情，他们不知道对方在演戏，以为他们真的痛苦。只有1/3的实施电击者放弃了实验，剩下的人则选择了听从心理学家的指挥。刚刚我也说了，其实他们都是普通的正常人，不是有什么施虐倾向的变态者。只不过，他们所处的环境比较极端。米尔格拉姆在书的末尾写下了几句话，让我印象深刻——‘当代社会心理学向我们揭示了一个道理：很多时候一个人是怎么样的并不取决于他自身，而是由他所处的环境决定的。’”

“所以呢？”贝尔问。

“我也经历了这种情况。帐篷酒吧里堕落的氛围，姐姐瓦尔达的权威，都是环境给我的压力。米尔格拉姆的实验中实施电击的参与者也觉得煎熬，他们做的事情违背了他们的道德准则，他们不想伤害与他们毫无过节的陌生人。但是为了让心理学家满意，他们还是不断地增加电击强度。他们受制于权威的铁爪，只有少数人有勇气听从自己良心的呼唤，放下电击操控设备。我读到这些话的时候，仿佛看到了曾经的自己：我也经历过这种内心的挣扎，我使出浑身解数，也没能从瓦尔达的权威下挣脱。”

“你讲得很好，卡梅。这说明你的行为不仅有外因的影响，还与内因有一定的关系，只不过当时外因占了上风。”

“对，我也觉得是这么回事。有另外一个内在因素影响了我：我内心中残酷的竞争意识。我总想证明自己更能吸引人，这和我总希望成为班里最优秀的学生没有什么区别。我把这点告诉了约兰达，她也同意，她还认为我不服输的劲头有些夸张。约兰达说，其实每个人都不是单面的，有时甚至连我们自己（更不用说别人了）都意识不到自己的其他面。

“她又解释说，米尔格拉姆是犹太人，他做这个实验是为了解释为什么在纳粹统治德国时期，平日无任何异常行为的正常人，竟然会允许甚至参与对近600万犹太人进行屠杀的行为，这些犹太人中还有不少妇女、老人和婴儿。这些德国民众并不是天性邪恶，而是因为他们身处一个令人窒息的、迷信权威的环境中。阿道夫·艾希曼（Adolf Eichmann）是‘犹太人问题’最终方案的责任人（用毒气室等手段进行屠杀）。他一度潜逃阿根廷，没想到被以色列的秘密机构逮捕，押往耶路撒冷受审。米尔格拉姆知道这个消息的时候，恰巧在写博士论文。艾希曼的受审时间是1961年8月。第二年6月，他被处以绞刑。巧的是，5天后米尔格拉姆刚好完成了博士论文。对于此次审判，德国哲学家汉娜·阿伦特（Hannah Arendt）也写过几份叫《耶路撒冷的艾希曼》的报告。报告中最让人赞叹的莫过于她对艾希曼的描写。她没有将这个罪犯写成海德里希（Heydrich）式的血腥的纳粹分子。她笔下的艾希曼是一个普通人，没有被纳粹的意识形态腐蚀（他不读书，看报纸只看新闻标题，对犹太复国主义充满了同情，会说简单的意第绪语），他的思维是典型的官员式的，没有施虐和变态的倾向。他还是一名好父亲。他只关心自己的工作，只关心怎么能服从上级，特别是希特勒。正是这样的艾希曼被变成了屠杀犹太人民的刽子手。

“约兰达看我这么喜欢这本书，又给我推荐了一本社会心理学著作：菲利普·津巴多（Philip George Zimbardo）的《路西法效应》（*The Lucifer Effect*）。津巴多在书中详细讲述了一群健康聪明的年轻人担任狱卒后发生的变化。实验模拟了监狱的环境，于1971年在斯坦福大学的地下室进行。津巴多的著作不如米尔格拉姆的书让我印象深刻，或许是因为有米尔格拉姆的书先入为主吧，总之我认为津巴多的书没有米尔格拉姆的那本犀利睿智。我在大学的图书馆借到了津巴多的书。在那儿，我认识了鲁卡思，他也读过米尔格拉姆的书。我知道他读过社会心理学的书以后，与他兴高采烈地聊了一阵儿，我们俩成了好朋友。鲁卡思话很多，但讨人喜欢，他也是什么都读。”

“有意思。”贝尔像对自己说话似的喃喃说，“我得好好读读这几本书，你顺利走出低谷期了，对吧？”

“对，我从抑郁症中走出来了，这次康复得比之前快。是约兰达、帕罗西汀、鲁卡思和社会心理学救了我。”

“哎，我看时间差不多了，咱们该走了。”贝尔说着站了起来，“天色不早了。和你吃饭聊天真的很愉快，除了要消化一下刚吃的东西外，我还要消化一下你提供的信息。今天我请你吧，有机会你再请我。”

“啊，真的吗？”

回学校停车场的路上，贝尔再一次和我道别：“卡梅，和你聊天我很受启发。今天你是老师，我是学生。咱们明天学校见。”

“对啊！”想到这里，我回过神来，“明天又要恢复按部就班的生活了。”

“明天见，老师。”说再见的时候，我觉得有点儿难过。我们今天聊得真的很开心。

| 补充说明 |

1. 神经生物学家迪克·斯瓦伯认为神经性厌食症不是社会影响导致的行为紊乱（比如说被年轻人认为是美的标杆的模特们在T台上展示自己的身体），而是一种脑病，诱发该病症的位置极有可能处在下丘脑区域（科学家们认为导致厌食症的真正原因至今还是一个谜）。参见《我即我脑》。老师后来阅读了卡梅推荐给她的书，她发现这些书确实有趣并且发人深思：斯坦利·米尔格拉姆的《服从权威：从实验的角度出发》（毕尔巴鄂，德布劳尔出版社，1980）和菲利普·津巴多的《路西法效应》（巴塞罗那，巴依多思出版社，2008）。贝尔老师还读了阿纳斯塔西奥·欧贝海罗·伯纳尔的《社会心理学：理解人类行为的几个关键》、汉娜·阿伦特的经典著作《耶路撒冷的艾希曼：关于平庸的恶的报告》（巴塞罗那，卢曼出版社，1999）。
2. 卡梅将莱因哈德·海德里希描述为“嗜血的”纳粹，然而海德里希本就不是什么圣人，在明确了这一点以后，可以读一读罗伯特·格瓦特的传记《希特勒的刽子手：海德里希的一生》（马德里，埃斯费拉出版社，2013），书中对他有更加详细的描述。塞巴斯蒂安·哈夫纳在《一个德国人的故事》(巴塞罗那，布基特出版社，2006)中也对德国纳粹早期服从权威的压抑氛围进行过描述。另外，米尔格拉姆的服从权威实验和六度分隔理论实验是一样的，然而这两项实验间没有必然的联系。另见斯坦尼斯拉斯·德阿纳的《大脑中的意识》。

第 34 封信

理性主义演绎法的早期胜利及其可怕的后果

星期四，第 16 周

“我上节课答应大家，本堂课将对前几节课的内容作一个回顾。”贝尔说，“但我后来想了想，今天暂时还不用。这堂课我们接着讲理性主义。同学们可能对理性主义在哲学中的意义感到好奇。人们常说，当我们用理性的解释去取代虚无且神秘的宇宙运行法则时，哲学便产生了。地球绕太阳转，这我们都知道。古希腊人认为，每天清晨，太阳神会为他的马备好马鞍。马儿生着翅膀，负责拉动太阳神车，车上有个金色的护盾。每天，太阳神会驾着车从东方到西方。日出日落不过是马车行进时护盾所散发的光芒。古希腊人用超自然的神力解释了太阳的运行。公元前 6 世纪，泰勒斯及和他有同样想法的哲学家，尝试用自然的原因去解释自然现象，以取代过去神秘的超自然理论。正是从这时开始，西方哲学正式拉开序幕。泰勒斯及其追随者是最先提出理性主义的解释的一批人。亚里士多德将他们称为‘自然科学家’，即研究 physis（希腊语中的‘自然’）的理论家。

“再后来，公元前 6 世纪，理性的概念从理性认识逐渐偏向观察与实验（即经验主义）。20 世纪的哲学家、逻辑学家和数学家罗素认为，卓越的哲学家和数学家毕达哥拉斯是这一潮流的主要奠基人。毕达哥拉斯有两大发现被后世夸大，并深深地影响了哲学的发展。其一，他认为存在一种纯粹的演绎论证方法，也就是数学中的论证方法。这种论证方法不是以经验为基础的，也不需要通过经验来证明。它更加严谨可靠，要比通过观察与实验获得的知识更加高级。毕达哥拉斯这一思想影响了后来的帕尔米尼底斯、柏拉图、笛卡儿，也就是说，基本影响了整个哲学中的理性主义分支。从毕达哥拉斯开始，理性认识被以一种更加狭义的方式解读。人们认为，理性认识一方面源于直觉能够感觉到的明显的原则与公理，另一方面则源于由这些原则和公理演绎出的理论。这便是笛卡儿看待哲学的方式。

“毕达哥拉斯发现的第二点在于，他认为数学对象是完美的，因此它不属于我们生活的可感知的世界。这个世界中有太多的不完美与缺憾，因此他认为，数学理应属于一个超感知的世界，这使得数学与宗教及神秘主义产生了联系。对于今天的我们来说，这种说法或许有些荒诞。毕达哥拉斯、柏拉图、开普勒和牛顿等人都曾表达过这一观点。罗素曾说：‘几何学对哲学和科学方法的影响相当深刻，在古希腊，几何学以不证自明的（至少希腊人是这么认为的）公理为基础。’从这些公理再演绎出几何学的定理，定理就不再是不证自明的了。公理和定理在实际空间中应当是正确的，实际经验恰好能证明这一点。这样一来，探索现实世界成为可能，人们可以以公理为基础，在此基础上进行演绎，这种想法深刻地影响了柏拉图、康德等人。我认为数学是超感知世界和理念世界中永恒真理的主要来源。几何学中讨论圆形，然而没有任何一样实际物体的形状是绝对的圆，再怎么样仔细地用圆规画出的圆，也总是会有一些不规则。这说明，理性讨论的都是理想中的物体，这和我们实际感知的物体是有区别的。因此，认为思想比我们的感官以及感知到的实际事物高级是很正常的事。

“罗素所提到的数学中的公理演绎其实要比毕达哥拉斯和柏拉图晚很

久，公元前 3 世纪的希腊数学家、亚历山大的欧几里得，被认为是它的创始人。欧几里得有一本叫作《几何原本》的著作，是继《圣经》之后西方文化史中人们研究最多的作品 ——我认为这种说法有夸大的嫌疑。不管事实究竟如何，必须承认，有许多数学家是柏拉图思想的追随者：他们认为数学对象是完美的，它存在于另一个世界，数学对象不是出自数学家的凭空想象，而是数学家发现的，数学对象是原本就存在的。

“这些思想对伦理学产生了深远的影响，毕达哥拉斯、柏拉图、笛卡儿以及诸多后来的理性主义者都有二元和清教徒式的观念。他们认为人是由身体和灵魂两部分组成的：灵魂是最高贵的部分；身体则是囚困住自由灵魂的监狱，只知一味追求粗鄙的俗世享受。如果一个人想要成为真正的哲学家，就必须限制身体追求享乐的需求，践行一种禁欲的生活，全身心投入一种默观的生活，用理性追求真理。

“总而言之，大家看见了，这种对于理性夸张的赞誉，是从理论层面出发的，因此难免会产生道德上的影响。也就是说，它提出了最佳的生活方式。

“很久以后，经济学对哲学产生了影响。理性被赋予了更符合时代潮流的实际含义，我们因而可以运用理性假想在某个特定的时刻，我们面前摆着多种行为模式，它们可能像扇子一样平铺在我们面前；我们还可以运用理性对这些行为的结果进行分析。理性还能帮助我们（至少是近似地）计算这些结果及其产生的可能性。这样，我们便可以遵循最能使我们得益的行为模式，我们便可以在可选择的范围内知道哪个是最佳的方案：简单点说，这便是理性的功用。

“功利主义者认为，最佳方案不一定只是对个体而言的最佳选择，它也可能是对群体乃至人类整体来说的最佳选择。哲学家、经济学家杰瑞米·边沁和约翰·斯图尔特·米尔也认为功利主义是人类的行为法则（正因为如此，我们才会在面对诸多选择时选择最能提升集体幸福的那一个），这便是实践理性（也就是说，用它来指导和解决实际问题），和理论理性是不同的。”

“这么说，按照康德的观点，难道要我告诉坏人，‘我朋友就藏在右手边第二扇门的后面’？”赛丽问。

“是的，正是如此。道德原则不接受特殊情况。”

“如果朋友都这样出卖彼此了，那还不如去投靠敌人。”赛丽接着说。

“是的，我完全理解你的意思，赛丽，”贝尔回答，“康德的观点违背了我们在面临这种情况时的道德直觉。然而康德并没有考虑道德直觉和具体情况，他只是认为不论发生了什么，人们都不应该撒谎。这是康德的观点严苛的具体体现。在这个例子中，康德伦理观在面对具体事件时缺乏变通性与灵活性不足的问题被暴露得一览无余。”

贝尔从公文包里掏出了一本小书，她正准备读点儿什么，这时铃声响了起来。

“哎呀，不知道快下课了！今天的时间没安排好。下周我们接着谈这个问题，我向大家保证，下次我会给大家一个关于人类理性更加积极正面的解释，我们会从更全面的角度看待这个问题。”

| 补充说明 |

1. 关于毕达哥拉斯对后世哲学的影响请参见罗素的《西方哲学史》（马德里，埃斯帕萨卡佩出版社，2013）的第一卷。
2. 笛卡儿作为一名数学家，非常信奉柏拉图的学说，相关内容参见理查德·沃森的《笛卡儿：带来光明的哲学家》（布宜诺斯艾利斯，维加拉出版社，2003）。现当代数学家中柏拉图学说的追随者的著作还包括戈弗雷·哈罗德·哈代的《一位数学家的辩护》（马德里，尼沃拉出版社，1999），罗杰·彭罗斯的《通往真实之路》，伊恩·斯图尔特的《致青年数学家的信》(巴塞罗那，辩论出版社，2009)，马库斯·杜·桑托伊的《素数的音乐》(巴塞罗那，阿坎蒂拉多出版社，2007)。

3. 康德的《论出自人类之爱而说谎的所谓法权》出自《理论与实践》(马德里，科技出版社，1986)。垂死之人把钱托付给友人的故事请参考《论俗语：在理论上可能是正确的，但不适用于实践》，这句话也被收录于《理论与实践》。阅读康德作品时手边最好有参考书籍，幸运的是，这样的书有很多，比如说恩斯特·卡西尔的《康德：生活与理论》(墨西哥，经济文化基金会，1974)。关于康德对道德可能的阐释，参见范瑞·库什曼、利亚妮·扬、乔舒亚·格林、约翰·多丽丝的《多系统道德心理学》(纽约，牛津大学出版社，2010)。在康德之前，通常被划分在理性主义阵营的莱布尼茨曾尝试调和经验主义和理性主义的矛盾。参见贡恰·罗尔丹·巴纳德罗的《莱布尼茨：在最好的可能世界中》(马德里，巴蒂斯卡福出版社，2015)。

第 35 封信

两种思维方式：直觉与理性

第 19 周

克拉拉胳膊上打着石膏，再次回到了学校。大家在欢呼和掌声中迎接了这位阴险女王的归来，但我的脑海里还回响着她在医院里说的那句“走开”。大家还沉浸在庆祝的快乐中，除了克拉拉，没有人察觉到我压抑在心里的不痛快。她意味深长地看了我一眼，带着胜利者的骄傲。看到我此时的反应，她大约能幸灾乐祸一阵儿。

过了一个小时，贝尔来了。这时教室里已经安静了许多。

“上节课说今天讲什么？”她点完名后问大家。

“讲你最喜欢的话题：人类是非理性的。”赛丽回答。

“哪儿呀。”贝尔回答说，“我并不这么想，你们知道的。”

“可看起来好像不是这么回事儿。”赛丽坚持说，“你总在不厌其烦地一遍遍告诉大家，人的理性有局限性。”

“这是两码事！”贝尔强调，“这牵扯到另一个问题，理性并不是非黑即白，非此即彼的。你刚刚说得对，理性是有局限性的，但理性的局限性不代表我们是非理性的。这是问题的关键。赫伯特·西蒙（Herbert Simon）提出过这一点。西蒙是心理学家，也是经济学家和人工智能专家，是位全能的通才型学者。他还是1978年诺贝尔经济学奖的获得者。上了这么多节课，大家或许发现，理性问题复杂又烦琐。虽然我们已经从若干角度分析过它，可还有不少新层面有待我们探索。

“西蒙指出了关键：人并不完美，无法做到百分之百理性。不过这不代表我们是受本能驱使的动物。两者是有区别的。2002年诺贝尔经济学奖的获得者丹尼尔·卡尼曼后来更新了西蒙的理论。现在给大家讲讲他的主要观点。

“卡尼曼认为人有两种思维方式：一种在后台持续运作，敏捷而迅速，卡尼曼称其为系统1；另一种思维方式更慢、更深入，被称为系统2。我们在收房租时，路上施工需要重新找一条路时，高中决定学文还是学理时，以及考虑要不要告诉一位朋友他的伴侣背叛了他的时候，都要用到系统2。虽然系统2只是偶尔被用到，但它运行时表现明显。我们能意识到系统2在运行，而在系统1运行时我们却处于无意识状态。我们倾向于将系统2的结果当作自己的决定：系统2负责做出决定，并将理性规划付诸行动。然而，系统2的工作只占大脑工作的一小部分。据列纳德·蒙洛迪诺（Leonard Mlodinow）的估计，大脑每秒会接收约11 000 000比特的信息，但大脑有意识处理的信息只占16～50比特。大家看到了，理性的光芒是短暂的，大多数时间它都处于关闭的状态。卡尼曼解释得非常清楚，他说：‘假设我们拍一部关于本书的电影，系统2自认为是主角，其实它只是配角。’大脑真正的主角是系统1。我们的进化潜意识、集体潜意识和个体潜意识都在这个区域中。系统1负责维持心脏的跳动、我们说话时的语流、骑车时脚踏的动作。从进化的角度看，系统1更加原始，也更加重要：多数动物可以没有系统2，仅凭系统1就可以存活。系统1迅速、及时，不需要费力控制便可做出反应。我们一生下来就拥有了系统1的大部分功能：识别物体、判断噪声来源、避免疼痛、害怕蜘蛛等。

“有时系统 1 也会处理系统 2 接手的任务，刚开始这一过程会消耗注意力，需要付出努力。但通过不断重复，这一过程会变得稀松平常。写字、打字、开车、如何在课上表现，起初属于系统 2 的活动，但之后会变为系统 1 的活动。当行动变得自然而然时，脑活动也会相应减少，这时由基底神经节来负责这些活动（即执行习惯动作）。

“基底神经节位于大脑皮质的下方，负责自主运动，这样大脑意识就可以进行复杂的新任务。基底神经节受损的人要忍受很大的痛苦，他们在做一些简单的动作时，如开门、拿水杯，都会感到困难。如果失去本体感觉的话，便会发生类似的情况……”

“本体……什么？”赛丽问。

“本体感觉，”贝尔回答，“是指除了外感受器（如视觉、听觉、嗅觉、味觉、触觉）以外，身体中其他种类的感受器。我们身体中有本体感受器。举个例子，此刻，本体感受器正告诉我，我的右腿正搭在左腿上。我不用看自己的腿就可以知道这一点。换句话说，本体感受器可以告诉我身体各部位肌肉的位置。如果本体感受器受损会怎样呢？心理学家克里斯・弗里思（Chris Frith）曾有位神秘的病人，叫‘IW 先生’。IW 先生每次做出动作时，都必须有意识地移动身体——病毒感染导致他四肢上的本体感受器失灵。因为缺少对动作的控制力，在做每一项动作之前，他必须先看看身体的各个部位，然后再慢慢移动身体，以确保每个动作都是正确的。连关门、用手拿水杯都得照这个顺序进行。每天 IW 先生都要凭理性去缓慢移动。‘他说每天的生活都像是一场马拉松’，傅瑞斯评论说。如果每一个动作都要靠系统 2 完成，便会出现这样的情况。还好实际生活并不用这样。

“理性是间歇性的。系统 1 极为活跃，系统 2 则懒惰拖延，需要葡萄糖才能运作。举个例子：8 位以色列法官连续若干天以斯达汉诺夫式的高强度进行工作，处理犯人的释放申请。他们平均每 6 分钟看一份申请，只有35%的犯人的申请能够获批。法官们做每一个决定都要花费时间和精力。他们只在三餐时休息，而每次饭后，批准的概率都会显著上升，最高达到65%。这个现象很有意思吧？正因为血糖的上升，法官们变得仁慈了。

“系统2运行时要消耗大量的葡萄糖，这解释了为什么在葡萄糖水平较低的时候它会抗拒运行。系统2的运行比系统1更平稳，系统1能够掌控的注意力、记忆力和运算力是有限的。只有在出现新鲜任务时，系统2才会运作。新奇的任务会唤起系统2，直至这种新奇变为日常的一部分。学会开车以后，我们就不用把注意力集中在换挡上。系统2在未感到新奇时是不会运作的，理性也不会运作，反之亦然。感谢系统2，它让我们能够感知新鲜的事物。没有了系统2，这些信息容易被忽略掉。由此，出现了一个反馈环：一个人越理性，对新信息就越敏感。哲学就是对在常人看来稀松平常的事物进行思考，我们知道，哲学家要比一般人更理性。”

“这么说系统1和系统2像是居住在大脑中的小人儿。”谢尔盖评论，“我觉得这话好像没什么科学依据。”

“并非如此。”贝尔回答，“卡尼曼特别强调，系统1和系统2不是大脑中的小人儿。这么命名不过是因为这两个词简单直接，比复杂精确的名字好理解。对了，系统1在大脑中正是做这个工作的：将复杂的问题变得简单。”

“这么说，在大脑中没法找到这两个系统的确切位置？”谢尔盖继续怀疑地问。

“是这样的，卡尼曼一直避免谈论这两个系统的精确位置。”贝尔承认，“不过精神心理学家埃尔克诺恩·高德伯格（Elkhonon Goldberg）提出，负责处理新信息的系统（系统2）位于大脑右半球，负责重复任务的系统1位于大脑左半球。关于这一点，有研究已经证实：对音乐一窍不通的人通常用大脑右半球欣赏音乐，而精通音乐的人一般用大脑左半球欣赏音乐。大脑在识别人的面孔时也是如此，右半球负责处理新面孔，左半球负责处理熟悉的旧面孔。

“系统 2 负责收集新信息，在信息达到一定数量时，传送给系统 1。系统 1 擅长于将事情程式化，复杂的新信息经它处理后，变成了容易掌握的思维惯例。现在我们一起了解一下，复杂信息究竟是如何被简化的。卡尼曼和他已经去世的研究伙伴阿莫斯·特韦尔斯基（Amos Tversky）提出过一种‘启发法’。启发法可以将复杂问题简单化，很实用。启发法中有一种叫作‘代表性启发法’。为了便于理解，给大家举一个例子：琳达是位聪明的 31 岁单身女性。她毕业于哲学系。学生时代的琳达对歧视、社会正义等问题十分关注。如果现在我问大家：‘琳达可能是银行柜员呢，还是她在做银行柜员的同时，也是名女权主义者？’”

“当然是第二种可能性大。”赛丽不假思索地说，“我认为她既是银行柜员又是女权主义者的可能性更大。”

“这么想的话就错了。大多数人听完这番话后的想法和你一样，赛丽。但这明显犯了数学和逻辑上的错误。因为无论是谁，同时符合两个条件的概率都比只符合其中一条的概率小。不错，女权主义柜员是柜员，但不是所有柜员都是女权主义者。琳达除了是银行柜员以外还有可能是女权主义者，这点没错，但她仅仅是银行柜员或仅仅是女权主义者的可能性要比同为两者的可能性大。同样，大卫既是中学生又是篮球运动员的可能性要低于他仅仅是初中生的可能性。赛丽刚刚是犯了合取谬误。”

“这问题有陷阱，老师。”赛丽表示反对，“你讲的故事明显是想强调琳达是女权主义者。”

“问题的关键正在这儿，你大脑中的系统 1 向系统 2 传达了消息，告诉你琳达既是女权主义者又是银行柜员的可能性更大。大脑中的系统 2 一向较为懒惰，这让你没多想就遵从了直觉。不过这么想是正常的，不用担心，这说明你的大脑很健康。要是你深思熟虑，那你还得调查西班牙的银行柜员、女权主义者，以及女权主义银行柜员的比例。首先你得选取一些西班牙女性作为样本，调查她们的职业，以及她们是否为女权主义者。然后从这些样本中筛选出那些既是银行柜员又是女权主义者的女性。最后，因为样本数目众多，你还要采用数据分析。这一工作耗时且费力。

“如果秉着理性严肃的态度，一天下来，只为了解决这样一个不重要的问题，我们会精疲力竭（这和本体感受器受损的 IW 先生是一样的）。我们的能力显然是有限的，如果每时每刻都特别理性，注意力、计算能力、记忆力很快就会耗尽。这无异于是对精力的一种浪费。自然进化赋予我们一套快速简单的直觉系统，即系统 1，让我们可以用一眨眼的工夫就能解决上述的问题。赛丽，虽然你的系统 1 这次作出了错误的判断，可是以往大多数时间它都运行良好（它可以自动将信息归入某一类常见的问题中），不然它也不可能通过生物的进化留存下来。它战功赫赫，不能因为它偶然犯几次错就抛弃它。从进化的角度看，如果你在琳达的问题上过于理性，综合分析各种数据，反倒是不正常了。刚刚说了，对待这样一个问题根本不用这样做。我们只需要一点儿逻辑推理知识，再加一点儿直觉。不过要注意，代表性启发法与合取谬误两者并没有必然联系。

“还有一种启发法，叫作‘可得性启发法’。我们会根据回想同类事件的速度来判断某一事件发生的可能性。假设现在有人问大家，某位政客（比如说一位议员）清廉的可能性大，还是腐败的可能性大。因为大家平日读到的报道经常讨论政治腐败，很容易就会想起这些消息，于是判断这位议员一定腐败透了。我们无须进行实际调查，只根据粗浅的印象便可作出判断。

“人们对发生不久的重大航空事故会记忆犹新，因而倾向于高估自己遭遇航空事故的可能，有些人甚至因此取消航班行程。

“讲了这么多，我想说明的是，进化决定了大脑没法随时随地理性思考，更无法每次都给出百分之百正确的答案。不过大脑的判断有利于人的生存繁衍。即便启发法得到的答案是错误的，这些错误的答案有时也具有进化上的积极意义。错误管理理论也提示了我们这一点。这一理论认为，男性容易高估女性性暗示的可能，进而有不切实际的幻想，或在对方身上花费大量无意义的时间和精力。这种认知上的错误会导致精力的损耗，但也为他们提供了更多可能。女性恰好相反，她们容易低估男性与自己发展持久恋爱关系的愿望。正是因为如此，她们有时会拒绝值得信任的潜在伴侣，但这也减少了她们接受花花公子然后被抛弃的可能，独自一人养育孩子难度极大。这是进化所赋予我们大脑的本能，虽然偶尔会犯错，但从生物学的角度讲，对我们是有利的。”

| 补充说明 |

1. 赫伯特·西蒙关于理性的局限性的观点出自他的文集《有限理性模型 》(剑桥，麻省理工学院出版社，1982)。该书第二册较详细地讨论了这一问题。
2. 关于基底神经节对惯常行为的影响，请参见查尔斯·都希格的《习惯的力量》(巴塞罗那，乌拉诺出版社，2012)。
3. 本节课和下节课的主要内容出自丹尼尔·卡尼曼的《思考，快与慢》，在之前的章节中提到过这本书。胡安·安东尼奥·里维拉为这本书写过一篇书评《失去》(《图书期刊》，2014 年，4 月刊)。另外，参见捷尔德·盖格瑞泽的《半秒直觉：无意识的智慧》(伦敦，艾伦·莱恩出版社，2007) 以及弗农·史密斯的《经济学中的理性》。
4. 卡尼曼曾在《直觉思维的奇迹与缺陷》中对系统 1 和系统 2 做过清晰的解释。该文章刊登于 2011 年 10 月刊的《边缘》(*Edge*) 杂志。
5. 关于系统 1 与系统 2 在大脑中所处的位置，参见埃尔克洪·戈德堡的《大脑的行为：精神文明的裂片》(巴塞罗那，评论出版社，2008)。

6. 关于大脑处理信息的能力，参见列纳德·蒙洛迪诺的《潜意识：控制你行为的秘密》（巴塞罗那，辩论出版社，2013）。另外，请参阅斯坦尼斯拉斯·德阿纳的《大脑中的意识》。IW先生的例子在傅瑞斯的《发现大脑的力量》一书中可以找到。“错误管理理论”见于埃琳娜·加维里亚·斯图尔特等人编著的《社会心理学导论》。

第 36 封信

损失：谁来监控那些监控我们的人

第 19 周

“关于上节课的内容，大家有什么问题吗？”贝尔点完名后问。

似乎没人有要提问的意思，连赛丽都默不作声。这时，“巨型考拉”谢尔盖打破了沉寂。

“上节课讲到理性的局限性，我特别感兴趣。之前我头脑中零碎的知识被整合起来了。我们能再聊聊这个话题吗？不知道其他同学是否同意，我真的很希望再多了解一点儿。”

“当然可以，谢尔盖。你对这个问题感兴趣，我很高兴。理性的局限性有时是外部原因导致的，比如说时机不成熟，或偶然性导致的客观条件不许可。另外，它和问题本身也有关（比如形而上的问题有时仅凭理性是无法解决的）。其次，理性的局限性也和内因有关，人的注意力、记忆力、运算能力都是有限的，当它们耗尽时，人的理性也会受到影响。

“另一个决定性的因素是人类行为的倾向。我们在之前的课上讨论过这一点，今天再具体讲讲。卡尼曼认为，他和同伴特韦尔斯基最重要的贡献就是提出了人类对于厌恶损失的内在倾向。要理解这一点，我想先问一个问题，有没有人读过茨威格的《变形的陶醉》？”

没人吱声，我也没读过。我把书名默默地记了下来。

“好的，没关系。”贝尔继续说，“故事的主角是位叫克里斯蒂娜的年轻女性。从出生起，克里斯蒂娜就住在一座小镇上，工作的地方是镇上的邮局。克里斯蒂娜的姨夫和姨妈很富有。他们两人有一天从美国赶来，打算带克里斯蒂娜离开镇子。后来连续 9 天，克里斯蒂娜一直住在阿尔卑斯山上一所豪华的酒店中，生平第一次体验到了纸醉金迷的生活。在这短暂的 9 天里，她快乐得像一只鸟儿，感到年轻幸福、充满活力。回到小镇后，克里斯蒂娜陷入了失落和低沉，对生活的热情骤减。有些人可能会觉得摸不着头脑，难道她和离开时不一样了吗？刚刚说了，人们对于损失有种特殊的厌恶感。从客观上看，克里斯蒂娜的生活是回到了原点，但她的心态却大不同了，回归正常的生活对她而言是一种损失。突然，一种犯罪的渴望攫取了她。这可能会令她万劫不复。但只要有一丁点儿希望，让她逃出暗无天日的生活，她都愿意试一试。比起已成定数的损失，她情愿选择未知的损失。既然损失是注定的，她反倒不害怕了。难民将生死置之度外，只求逃离战争和饥荒，也是这个道理。很多人在身陷囹圄时，都会选择放手一搏。卡尼曼认为，人类对损失的厌恶具有某种特殊的进化意义：‘那些在面对威胁时反应更迅速的机制，会有更多生存和繁衍的机会。’不过卡尼曼知道，这种对于损失的厌恶有时会导致非理性的行为。

“假如大卫被诊断有严重的心脏病，但通过手术治疗能够痊愈。这时，如果医生告诉他，每 100 个患者中有 90 个人 5 年后还可以活得好好的，可能他会同意接受手术。但如果医生说，每 100 个患者中有 10 个人

5 年后会死掉，也许他就不愿意做手术了。虽然医生说的两句话从严格意义上来说没有区别，但我们做的决定却不一样了。这并不是说我们反复无常，而是因为突出事情的正面或负面对决策能产生深刻的影响，问题的提出方式对人的选择也很关键。

“这种对于损失的憎恶还会导致‘框架效应’：以积极方式提出的选择要比以消极方式提出的选择更受欢迎，即便这两种选择从逻辑上来说没有任何差别。框架效应让我们更加不理智。之前说过，大自然‘设计’人类大脑的意义在于帮助人类生存繁衍，而不是为了让人发现真理或更加理性（特别是当理性会影响人的生存繁衍时）。

“损失具有负面的情感意蕴。受进化的影响，它在正面的情感面前显得不利。当处于险境、受到威胁或感觉痛苦时，我们的反应自然比在愉悦中更剧烈、明显。在大脑神经影像实验中，当一个人情绪激烈时，他大脑中的杏仁核会像圣诞树一样被点亮。实验证明，在一群笑脸当中，生气的脸更引人注目。相反，在一群愤怒的脸中，充满幸福的脸并不显眼。自然选择使得人类大脑对于不好的事情更为关注，对损失的厌恶（以及框架效应）只不过是这种思维倾向的表现之一。简单地说，坏的比好的更容易受人重视。”

“这样说的话，这种理性缺陷会给人带来麻烦吧？”谢尔盖问。

“嗯，这个问题很有趣。关于这点其实是存在争议的。要回答这个问题，与其空谈一番理论，不如讲一个具体的例子。这次我们聊聊器官捐赠。”

“器官捐赠吗？”谢尔盖有些摸不着头脑。

“对。”贝尔回答，“乍一听大家可能会感到疑惑，为什么要讲这个呢？一会儿你们就明白了。1954 年，一名男子给双胞胎兄弟捐出了一侧的肾：这是历史上第一例器官移植成功的案例。8 年后，科学家第一次将已经去世的捐赠者的器官移植到了活人身上。听起来，自愿捐赠器官似乎没有任何不妥之处。那么问题来了，很多时候，捐赠的器官数量并不能满足手术移植的需求，如此一来，似乎用市场手段增加器官的数量是正常的。哈佛大学哲学家迈克尔·桑德尔（Michael Sandel）这样说过，世界上多数国家都明令禁止器官买卖。在美国可以捐赠肾脏，但是在公开的市场上肾脏是不能随意买卖的。尽管如此，还是有人坚持认为应当修改法律。请诸位想想，每年都有几千人在漫长的等待肾脏移植的过程中死去，他们认为，如果市场允许自由买卖肾脏，那么每年能够用于移植的肾脏会大大增加。另外，他们还认为，穷人如果愿意，便有出售自己器官的自由。既然人是自己身体的主人，就有买卖自己肾脏的自由：我的身体我做主，只要我想，就可以出售自己的器官。

“桑德尔不赞同身体是人们的自由财产，他认为卖器官换钱从道德上来讲是非常高尚的（即便捐赠器官会导致捐赠者死亡，也是一样）。

“‘假设，’他写道，‘印度有一座小村子，住着一位农民，他做农活挣的钱只够家里人糊口，可他的儿子想去上大学。为了攒到足够的钱，他把一只肾卖给了一个需要器官移植的美国富人。几年过去，第二个孩子到了上大学的年龄，这时又有一个需要器官移植的人来到村里，他愿意支付一大笔钱买肾。这位农民是否有权卖出自己的肾脏呢？如果承认我们是自己身体的主人，那便可以认为卖器官不违背道德。这位农民既然是第一只肾的主人，自然也是另一只肾的主人。对此有些人持反对态度，认为人们不该为了钱出售生命。可既然这位农民是自己的主人，他完全有权卖出第二只肾，即使这样等于卖掉自己的命。这个例子是有事实依据的。20 世纪 90 年代，加利福尼亚州监狱里有一名囚犯想把仅剩的一只肾捐给他的女儿，但医院的道德委员会否决了他的申请。’

“这个问题是很有现实意义的。自愿捐献的器官不能满足移植手术的需要，所以出现了器官买卖市场。每年都有人因为没有合适的器官，在等待中死亡。有没有办法能优化自愿捐献机制，而非寻求器官买卖呢？

“我们大可以对比德国和奥地利的器官捐赠。德国采用的是‘明确同意’原则（也就是说，只有明确声明后，你才是捐赠者），因此只有

12% 的人口是捐赠者。奥地利则采用‘默认同意’原则（即不作出明确声明的人都是捐赠者），因此奥地利有 99% 的人是捐赠者。西班牙的器官捐赠数目在世界排名比较靠前，和奥地利差不多，采取的是‘默认同意’原则。

“现在大家明白了，在器官捐赠中，选择的提出方式极大地影响了结果。此时，选择导致的得失已经不是最重要的了。奥地利和西班牙的公民并非都是利他主义者，德国人也不是都自私自利。这些结果不过是因为理性的怠惰，我们不多加思考就接受了默认的规定，因为我们根本懒得去修改。在移植器官的问题上，人的好恶与损失没有必然联系，懒惰的系统 2 是最终原因。

“1995 年，美国有大约 5 万人由于没有合适的移植器官而死亡。如果刚刚所说的是对的，用默认同意的方式就可以改变这些人的命运。无须绞尽脑汁地动员人们提高‘道德意识’，只需将捐赠方式改为‘默认同意’，就能拯救上万人的生命。

“卡尼曼相信，人类的完全理性（系统 2 相当活跃且没有认知偏误）会违反家长制，同时还与捍卫个人自由、防止干预有着不可分割的联系。如果一个人选择了酗酒、吸毒、挥霍钱财，因为没人比他更清楚究竟什么对自己好，所以对他进行干涉只能说是在滥用家长制。

“卡尼曼还是个人自由意志坚定的捍卫者，他允许人们做那些在外人眼中有害的事情，比如摄入过多的油脂和糖分，长时间看肥皂剧等。在他看来，官方如果强迫人们违背自己的意志做运动、观看科学纪录片、保持健康的饮食，也体现了家长制作风的傲慢无礼。

“卡尼曼明白，人类的理性有局限性，有时他们并不知道什么是有益的。人们经常做出错误的决定，再后悔。人有各种各样的认知偏误，其中有一些有适应能力，有一些则有害，大脑中懒惰的系统 2 没法控制它们。

“从理查德·塞勒（Richard Thaler）和卡斯·森斯坦（Cass Sunstein）

的角度看，卡尼曼是所谓的‘自由家长主义’的支持者（这个名词听起来有些矛盾）。根据自由家长主义，公权力应意识到民众的认知偏误，然后利用它们帮助公民做出更好的决定。他们需要在为公民提供选择时，让公民自由选出有利（对国家来说）的一项，这个选项可能是正常状况下公民不会选的那项。这种选择体系的重点在于利用好系统 2。国家可以在养老金、医疗保险、器官捐赠等问题上为公民提供默认的选择项。国家不禁止个人选择非默认项，因此不能说是限制了个人的自由。只不过国家用了一种比较巧妙的方式引导个人，促使他们做出更好的选择。

“自由家长主义可能带来一系列问题，甚至是危机。一般认为自由家长主义的国家应当利用好人民的认知偏误，为人民谋福利，比如说国家强制银行和企业用大号字体写明重要条款。对百分之百理性的人来说（当然，不存在这样的人），字体的大小、语言的晓畅都不是问题。可对于系统 2 容易出纰漏的普通人，这些就都成了问题。

“不过，居心不良的自由家长主义政府可能会利用其优势地位，（在心理学家的帮助下）让个人做出有害于自己的行为。自由家长主义的捍卫者默认统治者正直且诚实，处处考虑大众的利益。但这样想未免过于天真。把权力全部交付于统治者很危险，因为他们可能会利用大众的信任谋取私利。自由家长主义和许多想法一样，本意虽好，带来的结果却可能是坏的。这也就是它所隐含的负面效应：高尚的意愿却带来预期外的结果。

“大家还记得霍布斯的社会契约论吧。根据霍布斯的理论，一旦人类摆脱束缚，不再遵守共存的约定，就会沦陷在所有人对所有人的血腥战争中。国家改变激励机制和展现自身力量，正是为了避免人们陷入这片战争的泥沼。维持合作的社会机制比相互毁灭要好得多。国家采用了自由家长主义手段：它的出现影响到了群体的决策，并将决策引向更有利的局面。这是个人通过一己之力无法办到的。

“与其说这是一种自由主义，倒不如说它更偏向家长制。一旦出现反社会的行为，违背国家规定，国家不由分说就会惩戒个人。霍布斯没有指出问题的关键所在，但讽刺诗人尤维纳利斯（Decimus Junius Juvenalis）却说得明白：国家对于个人的监控与个人意愿无关，可是，谁来监控国家呢？谁去监控统治者呢？‘谁来监察那些监察者呢（Quis custodiet ipsos custodes[①]）？’这种地狱般的情形不正是我们想奋力摆脱的吗？说这话可不是我胡言乱语，20 世纪可怖的纳粹主义证明：国家失去掌控时，会变为可怕的刽子手。它们拥有巨大的强制力，亦能制造四处蔓延的恐惧。

“所以说不能小看自由家长制隐藏的问题：我们会选择一些人来引导我们做出‘有利的决定’，然而对这些人进行监管却很难。公民们不能放松警惕，那些负责监管的人也需要被监管。不然自由家长主义者很容易就把自由抛在脑后，转而奉行家长制了。

“现在再回答你的问题，谢尔盖。‘理性的局限性’确实暗含一些不利（‘局限性’这个词用得好，表扬一下），但这很难改变。自由家长主义提出了解决办法，但若是运用不当，情况可能更糟。换句话说，治疗疾病的方案可能会比疾病本身更危险。不知道你是怎么看的，谢尔盖？”

“嗯。”谢尔盖谦虚地回答，“讲的内容有点儿多，能让我想想吗？下周我再发表看法吧，老师千万别对我期望过高。”

“你会讲得不错的。下节课时，你先谈谈你的看法吧，然后我们再讲新内容。不能让大家觉得哲学只讨论理性，不是这样的。还有许多重要问题有待我们探索，比方说刚才提到的公权力。这些我们回头再聊，下周见。”

① 拉丁语，为尤维纳利斯讽刺诗集中的句子。

| 补充说明 |

1. 迈克尔·桑德尔的话引用自他的《公正》（巴塞罗那，辩论出版社，2012）一书。
2. 理查德·塞勒和卡斯·森斯坦在《为什么助推》（马德里，金牛出版社，2009）一书中积极倡导自由家长主义。
3. 尤维纳利斯的话“谁来监察那些监察者呢？”出自其讽刺诗集。尤维纳利斯说这句话时更侧重于强调其情色意蕴，而非其政治含义。

老师的告别

那是我最后一次在课上看到卡梅。她忽然人间蒸发了，再也没出现过。大家告诉我，她也没有去上过其他课。我再没收到过她的邮件。教务主任和校长也没有她的消息。卡梅的家人说她出去旅游了。我担心她会不会又陷入了抑郁的状态。大约过了一个月，克拉拉也不见了。没多久，古尔西奥也消失了。三个人无影无踪。我有预感，他们的消失之间有着某种联系，但是具体原因我也猜不到。一年级的课对我的吸引力顿时减少大半。卡梅不在了，我再也看不到她怀疑和认真的眼神了。这样过了小半个学期。一天，我收到了卡梅的邮件，邮件发自一个我不认识的邮箱：

亲爱的老师：

（这是我第一次这么叫你，其实我已经在心里这样叫过你好多次了。）

你应该已经知道，这学期的课我只上了一半。“怎么又这样！”你大概会这么说。是啊，命运难以捉摸，我又没办法按预期完成学业了。学校的氛围真的让我感到窒息。和我预料的差不多，还记得我告诉过你吧？克拉拉到处散布关于我的谣言，我没想到她会背后中伤，把我描述成一个人品有问题的女生。我毫无防备，我没想到她会这样攻击我。有一天我正在走廊上，大卫拦住了我，告诉我班里有人说一年前我在吧台做过服务生（这是真的，你也知道），近期又有人看见我在公路旁做沿街妓女。大卫说他不相信这些流言。听完这话，我一下呆在原地，浑身发抖，失魂落魄。我花了好大的力气才回过神来。我对大卫说，感谢他肯把这些话告诉我。我知道散布谣言的是克拉拉，除了她还能是谁呢！学校我是待不下去了，我不知道还有多少不堪入耳的话是我没听到的。虽然我很独立，也比较自我，但我还是很介意别人对我的评价。克拉拉真的懂得怎么样中伤我。

我天生爱记仇，克拉拉做出了这样出格的事情，我只想报复她。我想了又想，想不到该怎么办。后来事情的发展出乎意料，有人帮我达成了愿望。我不去学校了，母亲很奇怪，因为我在学校一向表现良好，成绩也不错。刚开始我不想告诉她为什么，对于不去上学的原因闪烁其词。她不相信我只是心血来潮，意气用事。她知道我对重拾学业充满了希望，而且我的学业进展顺利，我也很开心。看到我忽然每天都起得很晚，拖拖拉拉不去上学，她难免困惑。我只好告诉她，我不想上学是因为克拉拉散布关于我的谣言，我在学校已经待不下去了。母亲和姐姐们认识克拉拉，还有她的家人。我们两家住得很近，克拉拉和我在同一所初中念书，有时母亲会和克拉拉的父母在学校的督导办公室碰到。她听完我的故事很惊讶。当然了，她只见过克拉拉平日里可爱的样子。最终她相信了，相信我讲的都是真的。她抱了抱我，又摸摸我的头发，告诉我不用担心。

我继续每天在家无所事事，关在房里，翻来覆去地想这件事，想着怎么才能让克拉拉得到教训。我集中不了注意力，小说都读不下去。我想让克拉拉远离我的生活，我不想再在梦里看到她。没过两天，母亲又和我谈了一次话。她告诉我，事情都解决了。我没明白她在说什么，于是她告诉我，她认识一个房地产建筑商，这个人以前和她做过生意，是朋友。克拉拉的父亲和大哥是建筑工人，而母亲的这个商人朋友恰好是他们的老板。

母亲说这两个人在生活层面上对她造成了很大的困扰，具体原因她不愿意多谈。她请她的朋友看在她的面子上，辞退这两个人。商人朋友表示，如果生意不错，他不会轻易答应，毕竟这两个人也要养家糊口，但近期建筑行业不景气，公司效益不好，他确实在考虑裁员，而且克拉拉的父亲和大哥也不是他重视的员工，人缘也很一般。“总之，他们已经被赶出去了。”母亲说，“要么重新找一份工作，要么就只能回国了。”这些话，母亲都是用一种不紧不慢的口吻说出来的，她说得那么自然平静，仿佛在告诉我她刚从超市里买了什么。我听完这些话，一瞬间有点儿不认识她了。像她这样一个心地善良的人，能如此迅速地将这件棘手的事情解决掉，又让我心中对她产生了小小的敬意。我想起了之前读过的马基雅弗利的一段话，他说作为一名领导者，应该“相时而动，尽可能地获得利益，在身处危难时懂得如何解决问题”。母亲用行动践行了马基雅弗利的话。我崇拜她，又感到内疚：我明白她的做法不妥当。可她把家人的利益放在第一位，是多么让人敬佩！我希望知道你是怎么想的，老师。在这些问题上，你也许比我更有发言权。

母亲也为我做了安排。这学年已过去大半，现在再去其他学校注册为时已晚。她建议我去卡萨布兰卡的姑妈那儿度假，放松一阵儿。母亲说的话有绝对的权威性，我像一个小女孩一样屈服了。我在圣周前出发，准备回摩洛哥，从零开始，把有关克拉拉的一切都忘掉。让人捉摸不透的克拉拉呀，过去一段时间里她让我耗费了多少精力呀。

现在我在摩洛哥，我打算在这里过完暑假。我不知道自己还会不会回西班牙——或许会，或许不会——别担心，我过得不错。我每天读书、学习，甘之如饴，和从前一样。离开西班牙前，我买了个电子书阅读器，我曾看到你在“鸽子窝”拿着一个。还记得我们在“鸽子窝”的会面吗？那时我是多么开心啊，每次你都把上课要讲的东西先告诉我。我永远不会忘记那段日子！

电子书是个神奇的发明，我一刻也不停地阅读，读了很多小说和散文。我给鲁卡思写过信，请他给我寄一份书单。他推荐的书我并非都喜欢，不过有些真的是棒极了。我陶醉于马基雅弗利的《君主论》（通篇充斥着犀利又邪恶的观点，是不可多得的好书），还有卢梭的《忏悔录》和丹尼尔·卡尼曼的《思考，快与慢》。卡尼曼这本书你在课上引用过，现在我明白你为什么那么喜欢它了。在最后一堂课上，你推荐了茨威格的《变形的陶醉》，我也读了，是本引人深思的好书。

说出来你可能不信，我现在还做一些其他事情：去海里游泳，品尝摩洛哥的美食（这名厌食症患者正在慢慢变胖，你知道吗？我已经不在乎所谓身材了，随它去吧），有时还和男孩子出去玩。摩洛哥的男生普遍奉行大男子主义，我性子野，和他们的交往都很短暂。说实在的，我也不太在乎。唯有知识能让我温柔，如果一个人聪明又善良，我会被他融化的。不要以为我变成了“正常”的女孩，我永远没法成为正常的女孩，也不打算成为正常的女孩，我还没堕落到那个份儿上。

我只想告诉你，我没有消沉，真的没有。接触哲学（还有认识你）让我重新获得了生命力，就像当初认识约兰达那样。你在课上讲的有些内容，在我看来仿佛是专门说给我听的。有时，我甚至认为你是专门为我备的课。你看，我其实是很自负的。

能请你帮一个忙吗？你能否寄给我一份本学期的书单？文章或小说都行。短文最好，我的脑细胞饥不择食，得喂点儿东西给它们吃。我目前在自学，不管发生什么，我都会坚持学习的，这点不会变。不论我在摩洛哥，还是在西班牙，都不会变。下次我想一口气读完高中，然后去上大学。发现了吗？我还是那么野心勃勃。

来自你不可或缺的资料员最最诚挚的问候

卡梅

这是卡梅的最新消息。我回复了她，顺便把她需要的书单也寄给她了。我告诉她，她母亲在“克拉拉事件”中的反应原本可以用在哲学课上作为研究的例子，可她不辞而别了。如果她下学期再回来，到时再举这个例子——我没有掩饰想再次见到她的愿望。我希望她告诉我她自己的学习情况，希望她在学习上投入更多的精力，在之后的信中和我聊些更具体的话题。她这样半途放弃学业，实在太可惜了。后面几个月，我又给卡梅寄了几封信，但最终都石沉大海，没有回音。我只好放弃了。

不过，我还是想抓住最后一丝希望。这本书便是我寻找卡梅的一个尝试。我猜，也许把之前她写给我的邮件找出来，她就会再次出现的。我将她本学期发给我的邮件从电脑中调出来，加上注，又给每封信都加上题目。但愿这个办法能奏效，这样我就可以再次见到卡梅了。我真的希望能在课堂上再看到她，她会记下课上发生的一点一滴，准时发送给我。剩下的课程内容，等卡梅回来后就可以记下来。

但愿这一个“小伎俩”能奏效，我想把卡梅拉回学校生活——她能够回来，也应该回来。这是最后的办法了。希望如此吧！

感谢辞

我想对维多利亚·康普思（Victoria Camps）致以最诚挚的谢意，一直以来，她都带给我好运，是她把我介绍给本书的编辑——华金·巴拉乌（Joaquín Palau）。

华金是一位专业的编辑，他对他所从事的职业怀有极大的热忱。他仔细阅读了本书，并提出了富有洞见的建议。他还让我根据自己的想法，有选择性地采纳。对此我表示衷心的感谢。

此外，我还要感谢《实践理性摘要》的主编费尔南多·萨瓦特尔（Fernando Savater），以及《读书杂志》的主编阿尔瓦罗·德尔戈多－盖尔（Álvaro Delgado-Gal），感谢他们允许我在本书中引用自己曾刊登在这两本杂志上的文章。